Bettina Kerwien
Mitternachtsnotar

Bettina Kerwien

Mitternachtsnotar

Berlin-Krimi

Jaron Verlag

Die Veröffentlichung dieses Werkes erfolgt auf
Vermittlung von BookaBook, der Literarischen Agentur
Elmar Klupsch, Stuttgart.

Originalausgabe
1. Auflage 2017

www.jaron-verlag.de
Umschlaggestaltung: Carsten Tiemessen, Düsseldorf
Satz: Prill Partners | producing, Barcelona
Druck und Bindung: CPI books GmbH, Leck

ISBN 978-3-89773-815-7

Everything God does not want is mine.
Ted Hughes, *Crow's Feast*

Für alle Rebellen

Verflucht

Berlin-Tegel. In den Vorgärten der Kleinhaussiedlung riecht es nach Ofenheizung und schlesischem Apfelkuchen.

Michael Waschke streckt seine Hand aus, in der er die nächste Kündigung hält. Sie ist erstaunlich ruhig. »Ich habe hier eine Zustellung für Sie.«

Magda Rausch wischt sich die Hände an der Kittelschürze ab. Sie setzt die Lesebrille auf und öffnet den Umschlag mit ihren dicken, roten, runzligen Fingern. Der Himmel über der Siedlung verdunkelt sich. Ein verrotteter Fensterladen knarrt im Wind. »Heute werde ich 85«, sagt sie mit ihrer Kleinmädchenstimme, während sie das Blatt Papier entgegennimmt und auffaltet. »Es gibt Apfelkuchen.«

Es gehört zu Michael Waschkes Pflichten, die Geburtstage aller Mieter zu kennen. Jedes Jahr an Weihnachten sitzt seine Frau mit den Kindern auf dem Schoß am Küchentisch und überträgt die Daten von einem Apothekenkalender in den nächsten.

Magda Rauschs papierene Lider zucken. Die alten Augen darunter sind veilchenblau. »Den Apfelbaum hinterm Haus hat der Otto gepflanzt, als er aus der Gefangenschaft zurückgekommen ist.«

»Bitte unterschreiben Sie hier«, sagt Waschke. Er meint seinen eigenen Opa zu sehen, wie er plötzlich vor der Tür steht, nach acht Jahren Sibirien. Die

Oma hat es ihm erzählt. Das Zustellprotokoll in der Sache Rausch flattert nervös in seiner Hand.

Magda Rausch zeigt Waschke ihre Goldzähne. »Nichts unterschreibe ich«, entgegnet sie. »Ich habe den Krieg und die Hitlerei überlebt. Ich habe die Mauer und die Blockade überlebt. Ich habe Otto überlebt. Ich werde auch das hier überleben.«

»Das tut mir wirklich leid.« Waschkes Stimme ist ihm tief in die Kehle gerutscht. »Die Häuser werden saniert, wissen Sie. Kamin, Swimmingpool, Wintergarten.«

»Deshalb können Sie mir kündigen?«

Waschke kann ihr nicht ins Gesicht sehen. »Nein, die Gesellschaft kündigt Ihnen, weil Ihr Garten vollkommen verwildert ist.«

Magda Rausch spuckt vor ihm aus. »Wissen Sie«, sagt sie, »Sie werde ich auch noch überleben.« Sie schlägt ein Kreuz.

Die Welt dreht sich plötzlich nicht mehr, und Michael Waschke sieht eine veilchenblaue Träne in Extremzeitlupe fallen. In der Träne spiegeln sich die Fassaden der idyllischen Kleinhaussiedlung. *Steuern sparen mit Denkmalschutz-Immobilien in Bestlage*, hört Waschke seinen Chef siegesgewiss schmettern. Und als die Träne neben den Krokussen auf den Plattenweg klatscht, gerät etwas in Michael Waschke ins Schlingern.

Er sagt noch einmal, dass es ihm leidtue, mehr zu sich selbst, und vielleicht geht es ihm auch mehr um sich selbst als um Frau Rausch. Dann macht er sich davon, geht über das Kopfsteinpflaster und zwischen den Forsythien hindurch. Das Laufen fällt ihm schwer, es ist ihm nie zuvor schwergefallen. Michael Waschke schleppt sich an den Vorgärten vorbei zu seiner Hausmeisterwohnung, wie ein alter Mann. Er staunt. Wie verwundbar er doch ist.

Momentversagen

Martin Sanders' zukünftige Detektei ist klein und dreckig. Der Warteraum riecht nach nassem Hund. Als er die Glastür zum Büroraum öffnet, schlägt die Jalousie gegen die Scheibe. Im Gegenlicht wirbelt ein funkelnder Staubschleier hoch und legt sich auf sein Gesicht. Plötzlich schmeckt die Luft nach schon lange verstorbenen Hausstaubmilben.

Sanders fährt sich über die Augen. Vielleicht, dass eine unsichtbare Macht irgendwo im Himmel über Moabit ihn in diesem Moment mit einem Fluch belegt hat. Falls es über Moabit einen Himmel gibt.

Sein zukünftiger Vermieter, ein original Berliner Schlitzohr namens Pawel Krawczyk, hat Sanders die beiden winzigen Räume im ersten Stock als seine neue »Hauptstadtrepräsentanz« verkaufen wollen – immerhin augenzwinkernd. Denn hier in dieser Ecke hat Berlin so viel Klasse wie El Arenal, ist so sicher wie Mexico City und so ruhig wie der Große Bazar von Istanbul, wenn man sich noch zwei Millionen Automatencasinos hinzudenkt.

Bemerkenswert ist auch diese schlafwandlerische berlinische Stilsicherheit. Die Vormieterin des

Büros hat die Wände mit Latexfarbe gestrichen, in einem hypnotischen Mauve. Dieses wilde, erdrückend feminine Violett mit seinem tieftraurigen Unterton schwingt beunruhigend genau auf Sanders' Frequenz. Aber natürlich kann er das nicht so lassen. Kein Detektiv, der etwas auf sich hält, hat ein lila Büro, in dem auch noch phosphoreszierende Sternbilder an der Decke kleben.

Eine Möglichkeit wäre, auf Zeit zu spielen. Wenn Sanders das Büro zwanzig Jahre nicht renovieren und stattdessen Zigarren rauchen würde, könnte sich der Raum so dunkelbraun verfärben wie bei *Liebling Kreuzberg*, wo selbst die Nachwuchssekretärinnen schon einen Oberlippenbart tragen. Erfahrung schafft Vertrauen. Aber dieses Intime, Heimelige ist nicht Sanders' Stil. Im Kopf verwandelt er das Büro bereits in etwas Weißes, Leeres, dem Geist eines japanischen Zenmeisters nicht Unähnliches.

Ein bisschen Farbe und eine Menge Desinfektionsmittel also, dann werden diese Räume ihren Zweck erfüllen. Sanders sieht in Gedanken schon den neuen Schriftzug an der Glastür kleben, seriös und kraftvoll wie ein Heilsversprechen: *Martin Sanders – Private Ermittlungen.* Aber dann kommt ihm in den Sinn, dass ein solcher oder ähnlicher Schriftzug mit diesem oder jenem Namen bereits an so vielen Glastüren überall auf der Welt in irgendwelchen dunklen Seitenstraßen klebt. Vielleicht würde er doch lieber etwas Moderneres schreiben: *Martin Sanders Consulting. Laden Sie Ihren ganzen Dreck bei mir ab.* Ein Hauch von Prätention, dafür ganzheitlich.

Sanders geht um den Schreibtisch herum und schaut aus dem Fenster. Er hat nicht viel übrig für dieses feuchte Wetter. Sein Nasenrücken schmerzt an den alten Bruchstellen. Seit er sich auf einem dunklen Weddinger Hinterhof für ein paar Euro die Stunde plus Spesen die Nase hat brechen lassen, sieht Sanders nicht mehr allzu gut aus. Eher wie ein melancholischer Auftragskiller in einem alten französischen Film, eine Menschenmaschine unter einer Hülle aus Haut. Beruflich ist das von Vorteil. Ein Detektiv sollte unauffällig und kühl wirken, stets Herr der Lage und stets Herr seiner selbst.

Er zieht ein Taschentuch aus der Jacke, wischt den Fensterriegel ab und kippt das Fenster an. Der Lärm auf der Beusselstraße schaltet sich ein wie ein vertrautes Radioprogramm. Es ist Frühling, und das Licht ist zurück in der Stadt. Hellgrün fällt es rechts und links der Straße auf die dürren Straßenbäume, die Spielkasinos, die Gründerzeithäuser mit ihrem abgeschlagenen Fassadenstuck, die Universalshops und Telecafés. Die »Europa«-Pizzeria hat bereits ein paar verwitterte Stühle auf den Bürgersteig gestellt, und schon wird dort gesessen, sich im Schritt gekratzt und palavert.

Die Beusselstraße ist der böse Clown unter Berlins Straßen, sie kichert, während sie dir an die Kehle geht mit ihrem Milieudruck, ihrem Menschengewinsel und ihrem Ozongestank. Sie ist ein Paradies für Perspektivkrüppel wie Sanders, und es gibt jede Menge Kundschaft für ihn. Aber er muss seinen Stundensatz überdenken. Denn der Beusselstraße ist es egal, ob ein Detektiv sein Büro hier oder in El Paso aufmacht. Vielleicht könnte er seine Dienste als Hilfe zum Lebensunterhalt deklarieren. Viele würden ihn als eine Art Grundsicherung ansehen: Hilfe, wenn niemand sonst hilft.

Sanders wischt den Schreibtischstuhl ab und setzt sich. Es ist mehr als fünf Jahre her, dass er hinter einem Schreibtisch mit einem Besucherstuhl davor gesessen hat. Bevor er deshalb sentimental werden kann, klappert die Jalousie erneut. Pawel Krawczyk schiebt seinen massigen Körper und seinen Gorillaschädel herein. In seinen Melonenhänden hält er zwei verbeulte Pappbecher, die aussehen, als wären sie zu heiß gewaschen worden. Eine Aura aus Kaffeegeruch, mit Alkohol abgetönt, umgibt den Vermieter. Er lässt sich auf den Besucherstuhl fallen und stellt die Becher zwischen Sanders und sich auf den Tisch.

»Begrüßungskäffchen.« Krawczyk grinst und lässt dabei eine Menge Goldzähne sehen. Vermutlich hat er das Gold dafür selbst geschürft, irgendwo im Permafrost östlich von Warschau. Krawczyk nimmt einen Schluck Kaffee und nickt zufrieden. »Is nich 77 Sunset Strip, aber schönet Büro, wa? Die Tante, die das Büro vor dir hatte, war Sterbebegleiterin.«

»Hab ich auch schon gemacht.« Sanders riecht am Kaffee.

Krawczyk beugt sich vor. »Bullshit. Ich mein, so Karma-Sterbebegleiterin für Fiffis, Herr Sanders. Wie hat se imma gesagt? Für Kleintiere, mit Heilgesang. Schlimmste Sorte, Mann. Wenn du dit hörst, stirbste freiwillig. Gott sei Dank hat se dann gekündigt und ist mit ihrer Praxis ans Ostkreuz gezogen. Brauchte was Größeres. Lief gut, so karmisches Totsingen von Meerschweinen und Zeugs.«

Sanders nippt an dem Gebräu, das überwiegend aus Wodka und Zuckerwürfeln besteht. »Familienrezept?«

Pawel Krawczyk nickt stolz. »Von Oma. Hab ich der Totsängerin nie angeboten, weißte. Die hat immer so gefaselt von Lichtpräsenz, dann abkassiert und die Viecha in die Mülle im Hof geschmissen. Im Sommer sind die dann nach zwei Tagen als Aasfliegen wiederauferstanden. Da warn die Callgirls vom Callcenter im Hinterhaus sauer, is ja klar.«

»Was ist mit den Büromöbeln?«

»Die gehören jetzt dir, Herr Sanders. Wenn du willst.«

Die angejahrten dunkelbraunen Regale und der klebrige Schreibtisch sehen aus, als wären die zarten Tierseelen, die in diesem Raum ins Licht gegangen sind, in ihrer Patina konserviert. Überhaupt fühlt es sich so an, als wäre in diesem Raum noch eine Präsenz, ein Frettchen vielleicht, das nicht sterben wollte und das Sanders von irgendwoher in den Kaffee gepuschert hat.

Oder vielleicht ist es einfach nur Pawel Krawczyk. Die Flügel seiner Senfgurkennase flattern mit einer gelblich-neugierigen Transparenz. »Ich kenn dich, Mann«, sagt er und kneift die wasserblauen Augen zusammen. »Irgendwo hab ich dein Gesicht schon ma gesehen. Hast ein ehrliches Gesicht. So'n Gesicht vergisst man nicht.«

Sanders hebt seinen leckgeschlagenen Pappbecher hoch und wischt den Kaffeerand auf dem Tisch mit einem Taschentuch weg. »Gutes Zeugs«, lobt er, »Kompliment an Oma.«

»Also, Herr Sanders«, fragt Krawczyk, »was ist das noch mal für ein Büro, dass du da aufmachen willst?«

»Ich bin Privatdetektiv.«

»Detektiv, hm? Gibt's den Beruf überhaupt?«

»Doch. Wir sind die Typen mit den Verbrennungen am Oberschenkel.«

»Wieso 'n das?«

»Ist ein Naturgesetz. Wenn man jemanden im Auto observiert, geht die Verfolgungsjagd immer dann los, wenn man sich gerade einen heißen Kaffee besorgt hat.«

»Witzig. Mag ich. Pass auf, du siehst korrekt aus, mit deinem Anzug und allem. Man sieht heute selten 'n Typ, der seinen Anzug so gut tragen kann wie du. Andere Typen, die sehen im Anzug aus wie die Blues Brothers. Sag ma, warum fällt mir bloß nich ein, woher ich dich kenne?«

Sanders braucht etwas, das ihm als Untersetzer für die Kaffeebecher dient. Jetzt, wo das sein Schreibtisch ist, kann er darauf keine Kaffeeränder mehr dulden. Er zieht eine der Schreibtischschubladen auf, findet eine alte *Berliner Woche*, einen vergessenen Hundekeks und den gelblichen Tischkalender eines längst gelebten Jahres.

»Schmeiß den Scheiß weg«, grunzt Krawczyk und nimmt einen großen Schluck seiner Spezialmischung. »Erzähl doch ma: Wie wird einer wie du Privatdetektiv?«

Es klingt, als sei ihm etwas Schlimmes zugestoßen. Sanders denkt darüber nach. Er blättert durch den Kalender. Tierfotos und Lyrik – ein Frauenkalender. Aber Sanders ist 38, ledig, mehrfach und gründlich gescheitert – er kann zugeben, dass er manchmal das eine oder andere Gedicht liest.

Er reißt zwei Blätter ab. Einen Berggorilla, unter dessen Foto etwas über die »sanften Riesen Ugandas« steht, schiebt er unter Krawczyks Becher. Sanders selbst stellt seinen Kaffee auf das Foto einer blauschwarzen Krähe. Krähen sind respektlos und amüsant. Oft beobachtet er sie abends von seinem Wohnungsfenster aus, wie sie die Mülleimer der Strandbars an der Spree plündern, während der Fluss seine schlammbraune Seele gleichgültig in die Spundwände unterhalb der Ministergärten atmet.

Sanders fühlt sich plötzlich so müde, als hätte er schon Hunderte von Jahren gelebt. Das muss der Wodka sein. Jedenfalls ist er viel zu alt für ein neues Büro. Auf jeden Fall zu alt, um noch weiter nach einem anderen Büro zu suchen, wenn das hier schiefgeht.

»Sanfter Riese? Das ist Poesie, wa?« Pawel Krawczyk zeigt auf den Affen. »Das heißt immer was in Deutschland. So wie bei *Fack ju Göhte – Ich weiß nicht, was soll et bedeuten* und so.«

»Das ist Heine«, sagt Sanders.

Krawczyk lacht. »Was steht bei dir?«

»Da steht«, sagt Sanders, »wie ich Detektiv geworden bin.«

»Lies vor.«

»Vielleicht zu spät, als eine Krähe/unseren Morgen kappt. Ein Schlag./Und ob sie fällt und ob sie weiterfliegt –/Ich frag zu laut, ob du noch Kaffee magst./Dein Blick ist schroff, wie aus dem Tag gebrochen.« Sanders dreht das Kalenderblatt so, dass der plötzlich zum Poeten gewordene Krawczyk es lesen kann.

Dieses Gefühl des Unabwendbaren im Text, das ist ganz Silke – die Silke, die vor fünf Jahren noch seine Frau war. Oder vielleicht war sie das nie. Vielleicht ist sie einfach immer nur mit Sanders' Beamtenjob beim Landeskriminalamt verheiratet gewesen.

»Deine Frau ist abgehauen?«, fragt Krawczyk.

Sanders wirft einen zerkratzten Euro in sein Kopfkino, eine Klappe öffnet sich, und er blickt in den Abgrund.

Krawczyk haut mit der flachen Hand auf den Tisch. »Jetzt weiß ich wieder!«, sagt er, und seine Augen leuchten auf wie ein Bremslicht. »Du bist der Bulle, dem die Lorenzos die Frau aufgeschnitten haben! Und Scheiße, Mann, die war auch noch schwanger, deine Frau!«

Der Puls an Sanders' Daumenwurzel zuckt unter der Haut wie ein Wurm. Sanders beult den Pappbecher ein und wieder aus.

»Klar, Mann, das war doch großes Thema! Dein Bild war in der *Abendschau.* Hast du aufgehört bei den Bullen?« Krawczyks Augen werden ölig.

Sanders hält stand, lehnt sich lässig zurück, aber er weiß, er muss weg hier. Er muss duschen, vielleicht zwei- oder dreimal, dann noch irgendetwas mit mehr Klasse hinterher trinken, um den Wodkageschmack loszuwerden, und schließlich schlafen.

»Was ist mit dem Kind passiert?«, fragt der Gorilla. Das Karmische im Raum scheint auf Krawczyk überzugreifen.

»Kinder«, sagt Sanders, »sind nicht so mein Thema.«

»Haste recht, Herr Sanders.« Krawczyk kippt den Rest von seinem Gesöff runter, beugt sich vor und klopft ihm auf die Schulter. »Männer in deinem Alter sollten eher für die Geburt von Kindern verantwortlich sein und nich dafür, dass se sterben.«

»Weise Worte.«

»Mann, du bist eine Kiezlegende, Herr Sanders. Du warst im Fernsehen. Hätt nich gedacht, dass du in echt so dürr bist. Im Fernsehen hast du ausgesehen, als hättest du einen ganz guten Körper.«

Es ist immer dieselbe Geschichte. Der Verlierer verliert alles, sogar seinen Körper.

»Jeder hier hat davon gehört, wie du den kleinen Lorenzo ausgeknipst hast. Groß, Herr Sanders. Ganz groß! Die Lorenzos ham hier schon jeden gefickt. Mich auch. Rocco Lorenzo, den hat hier keiner gebraucht, weißte.«

»Sei einfach still, Krawczyk.« Sanders' Haut wird feucht und kalt. Er wird doch nicht schon wieder Schüttelfrost kriegen?

»Erzähl mal, wie das war. Wie du ihn kaltgemacht hast.« Krawczyks Augen glitzern wie Diskokugeln. »Wenn du's mir erzählst, kannst du umsonst auf dem Hof parken, Mann. Für immer. Ich schwöre.«

Krawczyk legt zwei Finger seiner rechten Hand auf sein gewaltiges Herz.

Sanders fühlt sich wie ein Kartenverkäufer an einer Kinokasse, dem das Kino abhandengekommen ist. Denn was Krawczyk hören will, ist noch nicht mal eine richtige Geschichte. Eine richtige Geschichte braucht ein Motiv. Diese hier ist einfach nur passiert.

»Willst du nicht lieber schon mal meinen Ausweis für den Mietvertrag kopieren gehen?«, schlägt Sanders vor und reibt sich das Kratzen aus den Augenwinkeln. Aber natürlich kennt er die Antwort.

Krawczyk rührt mit seinem Zeigefinger in der Luft herum, als wollte er ein Schwungrad in Gang bringen. Der Sekundenzeiger seiner nachgemachten Protzrolex zuckt nervös.

»Na schön. Was willst du hören, Krawczyk?«

»Wer schuld war, Mann. Das ist das Wichtigste.«

Der Fall Lorenzo liegt so, dass man sich entscheiden muss, woran man glaubt: an Ethik oder an Strafrecht. Nur ist das Glauben an sich nicht Sanders' Stärke. Glauben hat viel zu viel mit Vertrauen zu tun, und Vertrauen ist eine schlechte Angewohnheit. Also hat er sich etwas zurechtgelegt. Es gibt wahre und wahrscheinliche Geschichten. Diese hier ist wahrscheinlich.

»Ich bin auf Zivilstreife«, sagt er und schnipst den alten Hundekeks über den Tisch, »Rocco Lorenzo ist mit seinem großen Bruder Heiko in einem Sportwagen unterwegs, rot, flach, vier Auspuffrohre. Heiko ist aktenkundig. Wir halten seinen Wagen an.

Der Kollege filzt ihn. Er hat eine 44er Magnum im Hosenbund stecken. Heiko macht ein Riesentheater, leistet Widerstand. Es kommt zum Handgemenge. Und in dem ganzen Chaos greift sich Rocco dann plötzlich in die Jacke. Ich zieh schneller als er. Es ist ein Reflex. Momentversagen.«

»Du hast gedacht, er oder ich, Herr Sanders.« Krawczyk zuckt mit den Schultern.

Sanders erzählt sich die Geschichte immer so, wie sein Ego es gerade noch ertragen kann. Es wäre schön, jetzt eine Packung Lucky Strikes und einen schwachen Moment zu haben. Aber einen schwachen Moment hatte er schon lange nicht mehr. »Ich war ein Bulle«, sagt er. »Und Rocco war erst zwölf.«

»Was hatte er denn für eine Knarre in seiner Jacke?«

»Keine Knarre. Ein Hundebaby.«

Krawczyk bekommt Bambiaugen, sie drohen überzulaufen. »Was für eine Scheiße!«, sagt er mit zerfranster Stimme. »Das ist mal wirklich eine knallharte Geschichte, Mann.«

»Wenn es eine Geschichte wäre, dann würde sie irgendwie Sinn machen, eine Moral haben. Irgendetwas.«

Krawczyk schaut an ihm vorbei, auf das gleichmütige Dahinströmen der Beusselstraße. »Ich erzähl dir das Ende von deiner Story. Ist mir wieder eingefallen. Die Lorenzos haben sich an dir gerächt. Sie nehmen das Blut deiner Frau, aber deine Frau hat's überlebt. Du gibst nich auf, Mann. Frau weg, Kind weg, Job weg, Haus weg. Du ziehst in eine billige

Einraumwohnung im Getto. Du brauchst Geld, also arbeitest du von zu Hause aus als Detektiv. Du hast eigentlich nur einen Auftraggeber. Und der ist jetzt auf Staatskosten eingefahren. Nun brauchste neue Kunden, also brauchste ein Büro. Deshalb stehste vor mir. Richtig?«

»Fast richtig.« Es tut gut, das Lila der Wände anzuschauen. Sanders stellt sich vor, dass man die Blutspritzer darauf kaum sehen würde, falls ihm jetzt das Herz platzt. »Meine Wohnung ist weder billig noch im Getto«, sagt er. »Qualifiziert mich das trotzdem für einen Büromietvertrag?«

»Klar. Ich schreib dir einen. Kannst schon ma Visitenkarten drucken lassen.« Krawczyk steht auf und klopft Sanders auf die Schulter. »Wenn du ma was brauchst, du Held, weißte ja, kommste einfach zu Onkel Pawel. Ich hab hier das Fitnessstudio und einen kleinen Sicherheitsdienst, Türsteher, Objektbewachung, so was. Falls du ma ein Back-up brauchst.« Krawczyk zwinkert Sanders zu.

»Vielleicht kann ich am Tor ein Schild aufhängen.« Sanders steht auch auf. »*Endlich Gewissheit – Ihr freundlicher Privatdetektiv sorgt für Klarheit.*«

»Was immer du willst.« Krawcyzk winkt ihm zu. »Mein Haus ist dein Haus.« Die Tür fällt hinter ihm ins Schloss.

Sanders schmeißt die Pappbecher, die Zeitung und den Kalender in den Papierkorb. Sein Hemd hat er durchgeschwitzt, er muss jetzt dringend heiß duschen, gegen den Schüttelfrost. Die Beusselstraße hat ihn erwischt. Erwartbar. Schließlich saugt der Job des Detektivs Honig aus der allgemeinen Verkommenheit dieser Ecke: ein Gemisch aus Eifersucht, Neugier, Geiz, Geilheit. Niedere Instinkte lassen die Kasse klingeln. Und um zu verschleiern, dass man im Dreck wühlt, nennt sich eine diskrete Detektei heutzutage Consulting.

Sanders schwebt eine Internetseite vor, auf der er »wir« schreibt, wenn er »ich« meint. Selbstverständlich wird er nur auf Empfehlung tätig, hat 95 Prozent Aufklärungsquote, ist durchweg diskret, high profile und schlichtweg exzellent. Und faire Preise. Nichts als die Wahrheit.

Er sieht die schmalen Umrisse seines Körpers in der Glasscheibe zum Warteraum, von der Jalousie in schwarze Streifen geschnitten. Sanders' Zukunft wird darin bestehen, dass ein paar Typen, die noch hilfloser sind als er selbst, ihn nach ihrem geklauten Custombike suchen oder das Smartphone ihrer Freundin orten lassen. Illegal? Keine Zeit für Luxusdiskussionen.

Der Vibrationsalarm seines Smartphones trifft ihn in die Brust wie ein Stromschlag aus einer Elektroimpulswaffe. Die Nerven. Sanders fischt das Telefon aus der Innentasche seiner Jacke. Seine Hände zittern. Er kennt die Nummer nicht.

»Hier auch Sanders«, sagt die glatte, eloquente Stimme eines einflussreichen Dahlemer Rechtsanwalts.

»Vater.« Sanders muss sich kurz am Schreibtisch festhalten. Er hat die Stimme seines alten Herrn eine Weile nicht gehört und hätte es gern dabei belassen. »Was kann ich für dich tun?«

Der Vater gibt ein Geräusch des Bedauerns von

sich, aber vielleicht bildet Martin Sanders sich das auch nur ein. Zu viel Schicksal kann einen Mann romantisch und wehleidig machen.

»Du weißt, dass ich sehr viele Verpflichtungen habe«, beginnt der Vater. »Ich möchte, dass du zu mir in die Kanzlei kommst. Es ist wirklich dringend.«

»Dringend? Um das zu entscheiden, bräuchte ich mehr Informationen.«

Sanders senior lacht. »Ich bin dein Vater, Junge. Kein Klient. Das hier ist eine wirklich delikate Angelegenheit. Nichts, was ich dir am Telefon erklären kann. Du hast deinen letzten Fall doch abgeschlossen?«

Sanders hat seit vier Wochen keinen neuen Fall mehr, weil sein Hauptauftraggeber in der JVA Moabit sitzt. »Es gehört zu den reizenden Seiten meines Berufs, dass kein Fall jemals vollständig abgeschlossen ist«, sagt er trotzdem.

»Verschwenden wir unsere Zeit nicht mit Small Talk. Morgen um neun? Und bitte sei pünktlich, ich habe einen Anschlusstermin im Kanzleramt.«

Ein guter Detektiv darf sich niemals von den Gefühlen seiner Klienten infizieren lassen. Sanders betrachtet das schwarze Handydisplay. Er wischt die eigenen Fingerabdrücke mit einem frischen Taschentuch weg. Eine halbe Stunde hat er das neue Büro, und schon ist der Papierkorb voller Taschentücher. Er denkt an die klassische Büroflasche, von der man so oft hört. Aber Alkohol hilft nicht gegen zu viel Schicksal – im Gegenteil.

Immerhin ist der Villenvorort Berlin-Dahlem, in

dem sein Vater residiert, im Frühling einen Ausflug wert. Reetdachhäuser und blühende Rosenbögen, die die Überwachungskameras verdecken. Außerdem kommt Sanders auf die Art mal wieder an die frische Luft. Und das ist ja, von Berlin-Moabit aus betrachtet, ein Wert an sich.

Die Bombe

Im Dunkeln berührt mich etwas. Es ist glatt und klebrig. Ich lieg im Bett und hab eine Flasche im Arm. Das passiert vielen Frauen, aber bei mir ist es eine Flasche Eierlikör. Was für ein Ausrutscher. Zugegeben, das kann sich nur jemand wie ich leisten, dessen Leben in den letzten Monaten ein einziger Exzess der Nichtigkeit gewesen ist. Zu viel gearbeitet – die Ausrede ist auch nicht neu.

Warum bin ich eigentlich wach? Weil das Handy klingelt. Wo ist es? Keine Ahnung. Ich streck mich, meine Knie tun weh von den High Heels. Ich bin 31, ich bin zu alt für diesen Zirkus. Aber ich trag noch immer das Parfüm, das ich letztes Jahr im Duty Free aufm Flughafen Singapur gekauft habe. Guter Stoff. Er flüstert den ganzen Abend: Baby, ich gehör nur dir! Eine Menge Kerle glauben das. Weil sie es glauben wollen. Und sie zahlen cash. Denn ich bin eine Ex-Stewardess mit Escortjob-Problemen.

Problem Nummer eins: Ich brauch die Kohle. Dringend. Also schweb ich elegant und stilsicher von Termin zu Termin, dabei immer – lyrisch gesprochen – auf der Flucht vor mir selbst. Ich versuch wie verrückt, eine bestimmte Telefonnummer zu vergessen. Da hilft es ungemein, wenn man jeden Abend ausgeht.

Problem Nummer zwei: Escort heißt bei mir Escort – ich bin eine Gesellschaftsdame. Na ja, Dame ist vielleicht zu viel gesagt. Jedenfalls essen gehen, küssen vielleicht, aber dann ist auch fini. Oft genug sind meine Kunden Jedermänner mit Knallchargenpathos, die mich schon während der Vorsuppe nach einem Blowjob fragen und aus denen ich, wenn ich männerfeindlich veranlagt wäre, gern noch bei Tisch sechs Sorten Scheiße herausprügeln würde. Aber für ein paar Hunnis am Abend hat man über die Fürsorgepflicht hinaus auch gewisse Erziehungsaufgaben.

Das Handy klingelt noch immer. Berlin ist unberechenbar – von wegen. Man muss nur das Unmögliche einkalkulieren, dann hat man Berlin ausgecheckt. Und das Unmögliche bin ich. Oder vielmehr, es ist in mir drin. Ich überrasch mich jedenfalls selbst damit, dass ich das Telefon aus dem Chaos auf dem Nachttisch hervorkram und kristallklar sag: »Liberty Vale.«

»Ich rufe dich nicht freiwillig an«, sagt eine Mädchenstimme.

Wanja, meine anadoptierte Schwester. Sie ist vierzehn, meine Mutter hat sie aus einem rumänischen Kinderheim gerettet. Da war sie fünf Jahre alt. Wanja ist unsere Familienprinzessin, und sie ist so angenehm wie eine Stielwarzenvereisung. Also sag ich erst mal nichts. Ich setz mich auf. Mein Gehirn schwankt wie ein Leichtmatrose.

»Willst du uns eigentlich komplett blamieren?«

Ich bin siebzehn Jahre älter als Wanja, aber sie ist immer sehr streng mit mir.

»Denkst du auch mal an uns? Familienehre und so?«

»Das machst du doch schon.« Ich komm langsam in Schwung. »Arbeitsteilung.«

»Arbeit?« Wanja kriegt sich nicht mehr ein. »Seit du letztes Jahr Weihnachten deinen Stewardessjob gekündigt hast, weißt du doch gar nicht mehr, was das ist, du Nacktschnecke!«

Ich drück die Eierlikörflasche noch ein bisschen fester an mich. Escortmodel, da denkt man immer: Wenig Aufwand, viel Geld. Jedenfalls haben sich meiner Mutter und ihrem zweiten Mann, der für eine wertkonservative Partei im Deutschen Bundestag sitzt, vor Peinlichkeit je ein hübsches Gehänge Hämorrhoiden ausgestülpt. Sicher rutschen sie deshalb immer so seltsam auf den Stühlen herum, wenn ich ihnen in die Augen seh.

»Ich hab nicht gekündigt«, klär ich Wanja auf, »sondern kurz vorm Take-off die Notrutsche einer 747 ausgelöst. Mach das erst mal nach, Prinzessin.«

»Du bist einfach komplett durchgeknallt.«

»Das war Notwehr.« Ich weiß gar nicht, warum ich mich verteidige. Wahrscheinlich Restalkohol. »Und ein Akt weiblicher Selbstbestimmung. Dieser Harry Konig ...«

»Immerhin ein Schauspieler, der den Oscar gewonnen hat.«

»Dieser versoffene Drecksack wollte mich begrapschen. Dann hat er mir die ganze Erste Klasse vollgepisst. Mit Absicht.«

Ich hör Wanja mit der Zunge schnalzen, so ein südosteuropäisches Laisser-passer-Geräusch.

»Na gut«, geb ich zu, »vielleicht war ich etwas mit den Nerven runter. Jedenfalls konnte ich nichts mehr von dem einstecken, was der Typ ausgeteilt hat.«

»Wenn dir das wichtiger ist als das Bild, das unsere Familie in der Öffentlichkeit abgibt.«

»Konig wollte mich fertigmachen. Ich musste da raus. Das war ich mir einfach schuldig.« Ich krieg kalte Füße. Im Dunkeln angle ich nach meinen Socken.

»Kapier doch mal, ich hör mir das jeden Tag in der Schule an!«

Die Hormone. Wanja weiß nicht nur alles, sie findet auch alles peinlich. »Chill einfach, Prinzessin.«

»Mama hat sich so vor den Nachbarn geschämt.« Wanjas Stimme bebt auf einmal vor Gefühligkeit. »Und falls du jetzt darauf spekulierst, dass Papa dir die zweihunderttausend Euro Schadenersatz gibt, auf die dich die Airline verklagt hat – wir haben das im Familienrat diskutiert, das kannst du dir abschminken!«

»Bevor ich von Horst Geld annehm, verkauf ich lieber meine Organe.«

Wanja lacht böse. »Warum versuchst du's nicht gleich als Leihmutter? Ist doch wie dein jetziger Job, nur konsequent weitergedacht.«

Sie hat gewonnen. Ich kann das zugeben. »Du wirst mir wirklich immer ähnlicher, Prinzessin. Warum rufst du an?«

»Na ja.« Sie tönt ihre Stimme ab, à la Schauspielschule. »Ich wollte nur Bescheid sagen. Wahrscheinlich wirst du dich bald eh nicht mehr über mich ärgern müssen.«

»Ach herrje!«

»Nächste Woche schreibe ich eine total wichtige Englischklausur«, jammert sie. »Ich brauche eine gute Note, sonst ist meine Versetzung gefährdet.«

»Familienehre, hm?« Ich spiel mit dem rosa Balconette-BH, der auf meinem Nachttisch liegt. »Bist doch sonst nicht so ein Minderleister. Worum geht's denn?«

»*Der Rabe* von Edgar Allen Poe.«

»Oh, und ich dachte, ich soll dem Englischlehrer meinen Körper anbieten.«

»Das könnte ich zur Not selbst.«

»An dir ist doch nichts dran.«

Kleine Pause, großes Geständnis. »Mama und Papa haben sich Prospekte von Internaten schicken lassen«, fistelt Wanja.

Erwachsenwerden kann einem das Herz brechen. Entweder man checkt die Regeln des Zusammenlebens und spielt das Spiel mit oder nicht. Wanja war bisher immer die Elite in Person. Sie hat nix übrig für Problemiker. Nun ist sie plötzlich selbst einer.

»Auweia. Ich spiel die Hauptrolle im Notrutschenskandal, und wenn du jetzt auch noch absteigst«, sag ich, »dann sind nicht nur eins, fix, drei das I-Phone und das Taschengeld weg, sondern dann ist Schluss mit Berlin. Politik kann der Horst ja überall machen. Ihr zieht in die Provinz, wo euch keiner kennt – in Frankfurt/Oder soll es ja ganz viel Leerstand geben.«

Ich hör Wanja Luft holen. Sie hat jetzt mein Zimmer in einer feudalen Altbauwohnung mit hohen Decken, Eichenparkett und Dienstmädchenkammer. Zusammen unter einem Dach gewohnt haben wir nie. Ich hatte mich schon abgeseilt, als sie einzog. Aber wir haben so oft Weihnachten zusammen gefeiert, dass ich die Familienprinzessin auswendig kenn. Ich kann sie aufblasen wie'n Frosch.

»Ach, weißt du was«, zischt sie, »vergiss es!« Und sie legt auf.

Dieses Bittersüße, Unberechenbare steckt halt in jeder Berlinerin. Ich hätt ja zum Beispiel auch nicht gedacht, dass ich mal die Orientierung im Leben verlier. Eigentlich wollte ich Juristin werden. Das Gute an meinem Notrutschenskandal ist, dass ich zu diesem Berufszweig jetzt wieder mehr Kontakt habe: Ich könnt eine ganze Kanzlei beschäftigen. Nur leider nicht bezahlen. So ist Berlin. Es spielt mit deinen Hoffnungen und lässt dich am Ende zerstört zurück.

Ich steh vom Bett auf. Eigentlich will ich mit der Zukunft ja nichts mehr zu tun haben. Besonders kurz nach dem Aufstehen. Aber durch das gekippte Fenster hör ich die Stimme des freien Moabit im Hof krakeelen: »Vallah, Liberty, sie's Bombe. Sie's swietest Fame Bitsch eva. Schwöre!«

Alle Augen auf mich: Ich bin's, Liberty »Libby« Vale. Also known as »die Bombe«. Du wolltest ein kühles Berliner Kindl, und da bin ich. Warum ich so seltsam heiße? Kurzversion: Weil mein richtiger Papa Amerikaner ist, Sherlock. Ansonsten bin ich so amerikanisch wie Sauerkraut. Durch meine kleine Auseinandersetzung mit Oscarpreisträger Harry Konig hab ich es zu einer gewissen lokalen Berühmtheit gebracht.

Draußen Gerangel. Das Geräusch einer Mülltonne, die umfällt.

»Piss dich ma, Nuttensohn! 'sch seh nisch.«

»Sie's ieber krass! Rutsch ma!«

»Was, was, was? S'los?«

»Sch' mach dich Karankenhaus!«

Und ich mach das Fenster zu. Was die Jungs dabei für Sekundenbruchteile durch die Gardine geflasht kriegen, ist hundert Prozent made in Berlin. Aber ich fühl mich schon einen Mikromillimeter besser. Weil ich meine kleine Schwester abgefiedelt hab. Und weil mich ein paar Minderjährige stalken. Ich sprüh wirklich vor Lebensfreude.

Dabei haben diese Kids unten im Hof mehr Ehrgeiz als ich. Verdienen sich in Ümit Ehrlichs Süpermarket im Erdgeschoss mit Regaleinräumen ein paar Öros. Und in den Pausen belauern sie meinen Balkon im ersten Stock. Auch Pubertät. Die wissen wirklich alles.

Der Wecker auf dem Nachttisch blinkt im Halbdunkeln. Ich leg das Handy zurück zwischen die Detektiv-Conan-Mangas, die Retro-Superman-Comics, die Aspirin und die Ohrringe. Das Display leuchtet immer noch wie ein Grablicht. Da ist noch ein letzter Strich für den Handy-Akku, und da ist noch ein letztes Foto im Fotoalbum. Ein Gesicht, so scharfkantig und fragil wie ein Glasmosaik. Martin Sanders. Privatdetektiv. Ein Mädchen kann in einem einzigen Leben sehr viele Fehler machen.

Ich geh ins Bad. Es ist still in der Wohnung. Nur meine Oberschenkel klatschen Beifall. Ich vermiss einfach alles. Meine langen blonden Haare zum Beispiel, die ich mir für den einzigen Job, bei dem ich je mit Sanders zusammengearbeitet hab, abschneiden lassen musste. Die kurzen Strähnen stehen ab wie 'ne Pelzmütze. Kämmen sinnlos. Vor dem Spiegel frag ich mich, ob es etwas nützen würde, wenn ich mir die restlichen Haare einfach ausreißen würde.

Der Herr Vater

Die abziehenden Ostgewitter lassen die Parks der Dahlemer Gründerzeitvillen an diesem Maimorgen so grün und gesättigt zurück wie Hochmoorwiesen. In den Rinnsteinen und Vorgärten glänzen die Pfützen, und noch immer ist der Regen nicht vorbei. Die Stadt ertrinkt, von den Scheibenwischern seines Wagens in zwei Wahrnehmungsbereiche geteilt: unscharf/scharf, scharf/unscharf und so weiter.

Das Auto hat Sanders gestern per Hand waschen lassen. Nur im Winter ist das in Berlin noch sinnloser als im Frühjahr, aber es gehört zu seinen persönlichen Ritualen. Einmal im Monat Haare schneiden und Auto waschen lassen. Das Auto ist oft genug sein Arbeitsplatz. Er konzentriert sich auf seinen nichtssagenden silbernen Mittelklassekombi, legt den Rückwärtsgang ein, lässt die Kupplung kommen – zu steil, um männlich-markant in die Parklücke zu stoßen. Ist es, weil ihm der verrutschte Anschnallgurt die Halsschlagader abdrückt, oder ist es das Hin und Her der Wischerblätter?

Herr Gott noch mal, er ist doch ein exzellenter Autofahrer. Sanders wischt sich die Hände an der Anzughose ab. Er spürt, dass ein bestimmtes Paar Augen in einem bestimmten Büro im Erdgeschoss seine beschämenden Parkversuche durch die Stechpalmenhecke beobachtet. Er fühlt, wie diese Augen überfrieren. Wie mit dem Kopf gezuckt wird. Eine Bewegung, die einem Schneidemesser gleicht.

Sanders schnallt sich ab. Berührt kurz sein Knöchelholster. Die SIG Sauer ist an ihrem Platz. Noch mal den Rückwärtsgang rein. Diesmal gelingt es besser, nicht perfekt, der Abstand zum Rinnstein ist zu groß, aber es muss genügen. Er holt seinen Mantel vom Rücksitz. Der Trenchcoat umarmt ihn wie eine liebende Mutter. Er schlägt den Kragen hoch, überquert den Bürgersteig und drückt die gebürstete Edelstahlklingel. Sie schnarrt genauso banal wie immer. Im Garten flüstert der Regen in den Rhododendren. Sanders betritt die Eingangshalle, ein schmaler dunkler Schatten in den blinden Wandspiegeln. Seine Ledersohlen treffen einem Metronom gleich auf den Marmor.

Die Gründerzeitvilla seines Vaters riecht klar, glatt und alt wie ein polares Eisschild. Eine Tür öffnet sich neben dem Kamin am Ende der Halle. Ruth Könitzer, die Haushälterin, trägt seit Jahrzehnten dasselbe dunkle Kostüm zur strengen Hochsteckfrisur. Ihr Haar glänzt silbern wie das einer Königinmutter. Sanders kennt Fräulein Könitzer schon seit dreißig Jahren. Trotzdem lächelt sie nicht. »Guten Morgen, junger Herr«, sagt sie stattdessen und neigt den Kopf.

»Wie geht es Ihnen, Fräulein Könitzer?« Kalter Regen läuft ihm aus den Haaren über die Stirn.

»Danke. Bitte geben Sie mir Ihren Mantel, bevor Sie noch den Fußboden ruinieren.«

Sanders reicht ihn ihr. Während Fräulein Könitzer seinen Mantel in die Garderobe bringt, richtet er seine Krawatte und schließt das Jackett, als wäre es eine kugelsichere Weste. Sein Blick wandert am vergoldeten Geländer der Freitreppe entlang hinauf in den ersten Stock. Dort schimmern in der Beletage die grünen Samttapeten. Sanders war seit fast zwanzig Jahren nicht mehr im ersten Stock. Er fragt sich kurz, ob es sein altes Zimmer noch gibt. Mit sechzehn ist er ausgezogen, um Polizist zu werden. Mit achtzehn hat er die Pflegschaft für seine Mutter übernommen. Er weiß nicht viel über die letzten Jahre im Leben seines Vaters. Der Mann hat immer noch dieselbe Haushälterin, aber es gibt eine neue Frau und ein neues Kind, einen Dobermann und ein Chalet in der Schweiz.

»Der Herr erwartet Sie in seinem Büro.« Fräulein Könitzer geht vor. In ihrem Windschatten riecht es nach Keller. Die Haushälterin führt ihn vorbei an dem um diese Zeit noch nicht besetzten Empfangstresen der Anwaltskanzlei, an Aktenrücken in Regalwänden, durch Intarsientüren, über Parkettböden. Nur das Blinken eines WLAN-Routers zeigt

Sanders an, dass er nicht durch ein Loch im Raum-Zeit-Kontinuum gefallen ist.

Die Flügeltür zum Büro seines Vaters ist nur angelehnt. Fräulein Könitzer klopft, dann schiebt sie Martin Sanders hinein und löst sich in Luft auf.

Sein Vater sitzt mit dem Rücken zur Tür hinter einem enormen Schreibtisch. Im Hintergrund läuft leise Gitarrenmusik. Johnny Cash, unplugged. Selbst wenn er Musik hört, hat Rainhard Sanders noch die Haltung eines Herrn.

»Vater?«, fragt Martin Sanders dennoch.

Der Schreibtisch von Sanders senior ist leer. Bis auf eine Zeitung mit dem Foto einer umwerfenden Blondine: Liberty Vale. Sie ist nackt, und offensichtlich genießt sie es. So wie auch Sanders die Zusammenarbeit mit ihr genossen hat.

»I never thought I needed help before«, singt Johnny Cash mit brüchiger Stimme. Der Vater rührt sich nicht. Martin Sanders starrt ihm auf den schmalen dunklen Hinterkopf. Wenig graue Haare für sein Alter, denkt er, während Cash sich durch den Song quält. *»Help me.«* Es ist eine seiner letzten Aufnahmen. Martin Sanders spürt die Erschöpfung, die Trauer. So kaputt, der alte Mann, in seiner konzentrierten Todesnähe.

»Unerträglich, nicht wahr?« Rainhard Sanders hebt die Hand mit der Fernbedienung. Johnny Cash schweigt. Der Vater dreht sich um, steht auf. Groß, hager, militärisch. »Guten Morgen, mein Sohn.«

Martin Sanders absolviert den Händedruck knapp, beiläufig.

»Setz dich.«

Er öffnet den Jackenknopf, nimmt auf dem äußersten Rand des Besucherstuhls Platz. Mit einem Mal fühlt er sich nackt, der Stuhl ist aus Eis.

»Müde siehst du aus.« Rainhard Sanders scannt ihn von Kopf bis Fuß. »Und unrasiert. Ist das – wie sagt man? – hip in deinen Kreisen?«

Martin Sanders fährt sich übers Kinn. Der Dreitagebart, den er seit seinem letzten Fall trägt, erspart es ihm, sich länger als unbedingt nötig mit sich selbst zu beschäftigen. »Du wolltest mir etwas Dringendes erzählen«, sagt er.

Der Vater hebt die Brauen. »Ich verabscheue Moden«, sagt er. »Diese Bärte sind Virenfallen. Widerlich. Und das Risiko, einen Ausschlag zu bekommen ...«

»... gehe ich ein«, unterbricht ihn der Sohn. »Ich bin halt eine Spielernatur.«

»Zu meinem Bedauern.« Rainhard Sanders schiebt das Foto von Liberty in seine Richtung. »Ist die Krise jetzt im Detektivgeschäft angekommen? Ich höre, du verkehrst in der Halbwelt?«

»Sagt wer?«

»Mein Kontakt im LKA.«

Sein Vater hat eine umwerfende Art, sich für sein Leben zu interessieren. Martin Sanders' Zeigefinger zieht Libbys Hüften auf dem Foto nach. Er überlegt, ob er dieses Gespräch nicht einfach beenden soll. Sein Kopf schmerzt. Der Regen oder die Ohnmacht. »Diese Frau ist der Wahnsinn. Findest du nicht?«, fragt er und lächelt der Erinnerung an Libbys Stolz, an ihre Wärme hinterher.

Der Zeigefinger des Vaters fällt auf die Zeitung wie ein Scharfrichterbeil. »Eine Spielzeugpuppe«, zischt er. »Pubertär. Wie kannst du nur?«

»Ich hatte sie für einen Fall als Lockvogel engagiert«, sagt Sanders. »Mit sexy Skandalfotos Politiker gefügig machen – ich dachte, das ist der Job. Aber mein Auftraggeber wollte mehr: die Konkurrenz ausschalten und uns den Mord in die Schuhe schieben. Ohne Liberty wäre ich jetzt tot. Trotzdem. Wir sind nur Freunde, weiter nichts.« Er wünscht sie sich hierher. Ein fremdartiger, warmer Gedanke.

»Mach dir nichts vor, Martin. Das sind billige Reize. Ein Mann von Format ist für so etwas nicht empfänglich.«

»Für mich«, erwidert er, »ist sie eine sehr schöne Frau.«

Sein Vater schüttelt den Kopf. »Schönheit vergeht, Sohn.«

»Ich spreche nicht von Äußerlichkeiten, Vater.« Er atmet flach. Keine Bitterkeit. Dieser Mensch hier wird ihn nicht vergiften.

Rainhard Sanders legt die Fingerspitzen aneinander. »Eine Frau, die sich verkauft. Ich frage mich, wieso du ihr vertraust.«

»Ich kann dich wirklich vollkommen beruhigen, Vater.« Martin Sanders lehnt sich zurück. »Diese Frau interessiert sich kein Stück für mich als Mann. Möchtest du ihre Telefonnummer? Wolltest du mich deshalb sprechen?«

Die Nasenflügel seines Vaters weiten sich. Er schiebt den Schreibtischstuhl zurück, steckt die Hände in die Taschen seiner Anzughose und mustert ihn schweigend. Nicht mal einen Kaffee hat er mir angeboten, fällt Martin Sanders auf.

»Martin. Junge. Wir sollten uns wirklich besser kennenlernen.«

»Sentimentalität steht dir nicht, Vater.«

»Ich will ehrlich zu dir sein. Du findest meinen Beruf anrüchig, ich finde deinen – obskur. Vorsichtig ausgedrückt. Das heißt nicht, dass wir unsere jeweiligen Jobs schlechtmachen, nicht wahr?«

Sein Vater hält ihn für dumm. Der Sohn aus gutem Hause, der auf seine exzellenten Aussichten pfeift. Aber Martin Sanders hat einen Instinkt für die Emotionen anderer Leute. Er ist schon so oft in seinem Leben um Hilfe gebeten worden, dass er eine Bitte sogar erkennt, wenn sie so verquast daherkommt wie die seines Vaters. »Was kann ich für dich tun?«, fragt er.

Die Augen seines Vaters verengen sich, als würde er auf ihn anlegen. Kimme und Korn. »Ich hätte es mir nicht träumen lassen, dass ich für deine Profession jemals eines sinnstiftenden Anwendungsfalls gewärtig werden würde«, sinniert er. »Und doch ist es so.«

»Mach dich nicht lächerlich.«

Sein Vater wischt den Hohn weg. Lehnt sich vor. »Ich habe da ein Immobilieninvestment in Reinickendorf. Die Am Rabennest Sanierungsgesellschaft. Läuft etwas unglücklich. In den Zeitungen steht, die geplanten Luxusumbauten treiben 85-jährige Bestandsmieterinnen dazu, am Gashahn zu manipulieren.«

»Skrupel?«

»Sagen wir, es wird mir zu persönlich.« Rainhard Sanders holt einen gepolsterten Umschlag aus dem Schreibtisch. »Das hier nennt man wohl gemeinhin einen Drohbrief.«

Martin Sanders nimmt den Umschlag entgegen. Darin ist ein weißes DIN-A4-Blatt, bedruckt mit dicker schwarzer Computerschrift. *Sanierungsstopp*, steht da. Nur ein einziges Wort. Aber es ist noch etwas anderes in dem Umschlag: eine Kinderbrille. Ein Bügel verbogen, ein Glas fehlt, das andere ist gesprungen. Der Schriftzug auf dem kaputten Bügel lautet: *Star Wars Eyewear.* »Die Brille deines Sohnes«, schlussfolgert Martin Sanders.

Sein Vater nickt. »Ich weiß nicht, wie sie da drangekommen sind. Berend spricht nicht darüber.«

»Kam der Brief mit der Post?«

»Nein, der Umschlag lag einfach im Briefkasten. Und es ist nicht das erste Mal, dass uns so etwas zugestellt wurde. Vor ein paar Wochen kam das hier.«

Er greift unter den Tisch und fördert einen Gummistampfer zutage. Eine von diesen Saugglocken, mit denen Klempner Abflussverstopfungen beseitigen. Martin Sanders weiß nicht genau, wie die Dinger heißen. »Ein Pömpel?«, fragt er.

Rainhard Sanders stellt den Pömpel auf den Schreibtisch. »Lag vor der Haustür. Das ist ein Symbol. Die Rabennest-Bestandsmieter sind allesamt prekäre, randständige Existenzen. Da ist ein Querulant dabei, Jürgen Schrödter, so eine Art Rädelsführer. Ein Rentner, der sich die Zeit damit vertreibt, den Widerstand gegen die Sanierungsgesellschaft zu organisieren. Gewerkschaft, SPD und Linksautonome unterstützen ihn im Bezirk. Im Internet gibt es einen sogenannten Protestblog. Für jeden Tag der Woche melden die eine Demo an, seit dreihundert Tagen. Sitzen im Vorgarten, essen Kuchen und tragen Plakate durch die Siedlung. Der Presse konnte ich entnehmen, dass einer dabei so eine Saugglocke geschwungen hat. Ein Polizist in voller Kampfmontur hat ihn mit erhobenen Händen an die Wand gestellt, gefilzt und ihm das Ding abgenommen. Davon kursiert ein Video im Internet.«

»Lauter Alte, die Krawall machen?« Martin Sanders muss schmunzeln. »Warum setzt du nicht einen deiner angestellten Rechtsanwälte darauf an? Der Brief mit der Brille reicht für eine Strafanzeige.«

»Ich will kein Aufsehen. Mit dem Leitenden Oberstaatsanwalt habe ich schon gesprochen. Ich kenne ihn vom Fortune Club. Aber ohne Strafanzeige sind ihm die Hände gebunden. Und das ganze Spektakel will ich nicht. Ich will Diskretion. Dazu habe ich dich erzogen.«

Richtig. Der Vater hat ihn zum Schweigen erzogen. Dafür schuldet er ihm nichts. »Siebzig Euro die Stunde, netto, plus Spesen«, sagt Martin Sanders, der sonst nie mehr als fünfzig Euro verlangt.

»Respekt, Martin. Du hast Geschäftssinn«, lobt ihn der Mann, der ihn sonst nie gelobt hat.

Martin Sanders zieht ein Diktiergerät aus der Jackentasche, schaltet es ein, legt es über Libbys nackten Körper wie einen schwarzen Balken. »Erzähl mir alles, von Anfang an«, fordert er seinen Vater auf. »Gibt es hier auf dem Grundstück eine Überwachungskamera?«

»Nein, so etwas hatten wir noch nie nötig.«

»Ich rate dir dazu. Woher hast du den Kontakt für das Investment?«

Rainhard Sanders' Augen glitzern wie der Friedrichstadtpalast im Winter. »Du stellst die richtigen Fragen. Vielleicht lernen wir uns ja durch diese Zusammenarbeit auch persönlich wieder mehr schätzen.«

»Nur die Fakten bitte – Vater.«

Vorgeladen

Als ich das nächste Mal wach werd, ist es wieder ein paar Männer und ein paar Tage später, wieder nachmittags. Mein Gesicht fühlt sich an wie 'ne Tüte Marshmallows.

Ich geh ins Bad, und dabei fällt mir ein, ich brauch ein Ziel. Ein anderes Ziel, als Wanja hängenzulassen. Etwas mit mehr Triumphpotenzial. Ich brauch zum Beispiel Haarextentions. Oder das neue Buch von Terézia Mora, *Alle Tage*, das habe ich geliebt. Schon den ersten Satz: *Nennen wir die Zeit jetzt, nennen wir den Ort hier.* Der Gedanke bringt mich in Schwung. Berlin ist ja berühmt für das Hier und Jetzt.

In einem Glückskeks vom Thai-Imbiss hab ich neulich den Spruch *Morgen wird besser als heute* gefunden. Nur leider ist ja immer wieder direkt heute. Es ist schwer, die Tage abzuleben. Die Abende sind unerträglich, aber noch schlimmer ist die dumpfe Zeit ohne Make-up, die Wartezeit, diese Zwischenzeit, in der man auf sich selbst und sein leeres Wohnzimmer und die Wände seiner Wohnung zurückgeworfen ist. Abends, für Geld, bin ich Weltklasse, nachmittags, für mich selbst, Kreisklasse.

Probehalber geh ich ins Wohnzimmer und seh mich um. Hier hat lange schon niemand mehr aufgeräumt. Es hat auch lange niemand den Anrufbeantworter abgehört. Ich stell mir ganz offiziell die Frage: Wollen Sie, Fräulein Liberty Vale, dieses Leben lieben und ehren, bis dass der Tod euch scheidet? Oh, nö, lieber nich, Euer Ehren.

Ich muss daran denken, wie Sanders mich zum Essen ausgeführt hat. Keine sechs Wochen ist das her. Hinterher fuhr er mich nach Hause, ich schaute seinem Auto nach, das sich von mir wegbewegte, über den regennassen Asphalt der Turmstraße. Sanders ist ein Mann in Schwarz-Weiß in einer Stadt aus purem Technicolor. Und was mehr ist, er trägt sein eigenes Schwarz mit sich. Wie jedes echte, tiefe, melancholische Schwarz lässt auch seines die Farben um ihn herum heller und klarer erscheinen. Kein Wunder, dass ich ihn nicht gehen lassen will. Ich hab's trotzdem gemacht. Man kann schließlich nicht den ganzen Tag nur an sich selbst denken.

Stopp. Ich mach es mir vielleicht ein bisschen einfach. Also schön. Auf dem Anrufbeantworter sind ein paar Nachrichten von meiner Mutter. Ob ich Wanja nicht doch bei Englisch helfen könnte?

Auf dem Wohnzimmertisch liegen drei Stapel ungeöffnete Post. Was mach ich bloß mit dem angebrochenen Tag? Ich könnt mir zum Beispiel 'ne Rose in den Hintern schieben und so tun, als wär ich 'ne Blumenvase. Oder ich könnt die Post aufmachen. Wenn ich nicht zu viel mit Wegrennen zu tun hätt.

Mein Magen rumort. Also wank ich zurück ins Bad, halt den Kopf unter den Wasserhahn. Duschen würde mir jetzt zu weit gehen. Das mach ich heute Abend. Außer zum Arbeiten muss ich eigentlich gar nicht auf die Straße, denn Süpermarket-Ümit stellt mir immer seine abgelaufenen Lebensmittel vor die Tür. Nett. Was Ümit nicht liefert, ist Eierlikör – damit hat er's nicht so. Also lauf ich zumindest keine Gefahr, mir mein Selbstmitleid noch mal schönzusaufen.

Zurück im Wohnzimmer, tret ich auf den Saum meiner Schlafanzughose, rutsch aus, die Stapel mit der Post verteilen sich auf dem Teppich. Ein Brief sticht heraus. Amtlicher Recyclingpapierumschlag, freigestempelt: *Berliner Justiz.*

Mein Anrufbeantworter springt schon wieder an. »Deine Schwester fragt, ob du morgen Nachmittag Zeit hast. Sie versteht einfach dieses Gedicht nicht. Das ist doch sicher kein Problem, oder? Kommst du zu uns? Ich habe gebacken! Tschüssi! Küssi!«

Meine Mutter. So knallhart fröhlich wie die Nachtigallen im Hof. Sie will etwas ganz Normales. Ich bin allergisch gegen Normales. Mit Literatur kenn ich mich allerdings aus. *Ah, distinctly I remember it was in the bleak December* ... Aber hey, über kurz oder lang werden wir eh alle tot sein. Auch wenn das jetzt vielleicht doch ein bisschen langfristig gedacht ist.

Also gut. Bin schon brav, Mama. Und ich bin mutig. Ich reiße den Justiz-Umschlag auf. Der Absender ist das Landeskriminalamt, und sie wollen mich zur Vernehmung laden, als Zeugin wegen des Verdachts des gefährlichen Eingriffs in den Luftverkehr. Zeugin? Ich fühle mich aber als Opfer. Basta. Wann soll ich dahin? Morgen, neun Uhr. Ups.

Der nächste Brief, den ich aufmach, ist von meiner Rechtsschutzversicherung. Kernsatz: *Hiermit kündigen wir den zwischen uns geschlossenen Vertrag gemäß Paragraf 23b der Versicherungsbedingungen, da Sie den Versicherungsfall mutwillig herbeigeführt haben.*

Okay, also denken. Aber das hilft plötzlich gar nicht mehr, sondern verstärkt lediglich meinen innigen Wunsch, meine Möbel zusammenzutreten. Ich kenn nur eine einzige Strafverteidigerin: Doktor Selma Ehrlich. Die Tochter von Süpermarket-Ümit. Selma ist so was wie eine Studienfreundin. Wir haben uns immer gut verstanden. Ihre Kanzlei ist an der Straßenecke gegenüber. Selma muss mir helfen.

Ich stell mich vor mein Bücherregal und knall die Stirn ein paarmal dagegen, bis mir ein halber Meter Suhrkamp auf den Kopf fällt. Ich hab eine fabelhafte Glückssträhne. Das Beste wäre wohl, ich würde die Wand hochklettern und mich durch die Zimmerdecke nagen.

Erweiterter Suizid

Sanders bildet sich ein, dass Fräulein Könitzer ihm ein wenig fester den Oberarm drückt, als es das beim In-den-Mantel-Helfen bräuchte. Der Mantel ist klamm.

»Wie alt ist er? Berend?«, fragt er.

»Der neue junge Herr Sanders wird im Herbst zwölf Jahre alt«, antwortet Fräulein Könitzer.

Sanders nickt und verabschiedet sich ohne weitere Sentimentalitäten.

Draußen regnet es noch immer. Er steigt in seinen Wagen. Die Tür schließt sich mit einem satten Geräusch, die Welt bleibt draußen. Er startet den Motor, fährt ein paar Hundert Meter, fährt wieder rechts ran. Kein Kaffee. Positive Väterlichkeit kann Sanders seinem Vater nun wirklich nicht nachsagen. Wenn der Mann eine Weltöffnungsfunktion in seinem Leben gespielt hat, dann beschränkt sie sich auf Sachlichkeit, Maßanzüge und die Abwesenheit von allem anderen.

Sanders hört dem Frühlingsregen auf dem Wagendach zu. Das Wasser läuft in hypnotischen Kaskaden über die Scheiben ab. Sein Kopf wird warm und schwer. Er lässt ihn gegen die Nackenstütze fallen. Er hat die ganze Nacht kein Auge zugemacht, aber er wird einen Teufel tun, tagsüber zu schlafen, auch wenn der Regen ihm noch so ein süßes Schlaflied singt. Denn wenn er während des Tages schläft, träumt er seinen Traum. Sanders hat nicht vor vielen Sachen Angst. Vor seinem Traum schon.

In seinem Traum sitzt er in einem riesigen leeren Kinosaal. Es gibt nur einen einzigen Sessel, und das ist der Sessel, auf dem er sitzt. Der Sessel steht weit vorne, direkt vor der Leinwand. Er möchte aufstehen und wegrennen, aber er kann nicht. Man hat ihn festgeschnallt, den Hals an die Rückenlehne, die Hände an die Armlehnen, die Füße an die Sesselbeine. Sein Kopf ist mit einem Stahlgestell fixiert, wie bei einem Versuchstier.

Sie wohnen damals noch in einem anderen Haus, nur ein paar Straßen von hier. Es ist ein Spätnachmittag im April 1984, früh im Jahr und doch zu spät. Endlich ist er gekommen, der Abend seiner Mutter. Sanders stellt sich das so vor, dass Veronika Sanders keinen Plan hat, es ist nur ein Versuch, ein Selbstversuch. Seine Mutter weiß, wo die Autoschlüssel sind, gefahren ist sie seit ein paar Jahren nicht mehr, sie darf ja, sie kann fahren, sie hätte üben können, aber dann ist er plötzlich da: der Abend des vielzuvielsten Tages.

Veronika Sanders erscheint ihrem Sohn in der dunkelgrauen Schleiflacktäfelung der Bibliothek wie die Weiße Frau. Es riecht nach Pronto und Pelargonien, zu ihren Flamingolippen trägt die Mutter einen beigen Yves-Saint-Laurent-Anzug und goldene Schuhe. Ihre Wimpern flattern wie schwarze Schmetterlinge, ihre vanilleblonden Locken fallen über die Nadelstreifen wie Softeis, so wie es sein soll, eine Mischung aus *Paris Match* und *Die Moderne Hausfrau.* Aber der dunkle Schleiflackspiegel zeigt die wahre Veronika, eine verlorene, schreckliche Königin mit schwarzen Adern unter der Pergamenthaut. Sie hat zu viel gelesen, sie stellt das Buch zurück, es ist das Buch des Vaters: *Obscurum per Obscurius*, ein Zauberbuch, das Veronika unsichtbar macht. Die Mutter wischt mit dem Jackenärmel die Fingerabdrücke vom Regal, zum letzten Mal. Ordnung ist dem Vater wichtig, auch hier in der Bibliothek, einem kalten Nierentischraum, der auf den Garten hinausgeht. Dort blühen rechter Hand die Fliederbüsche des Vaters und linker Hand die Forsythien des Vaters, dahinter färbt das Abendrot den Horizont, der niemandem gehört – niemandem oder allen, auch Martin Sanders' Mutter. Er glaubt, dass sie den Horizont wiederhaben wollte an diesem Tag, sie wird ihn sich nehmen, ihre Haut soll wieder dick sein, sie soll wieder sichtbar werden.

Veronika Sanders hat Martins Zwillingsbruder Philip, seiner Schwester Rebecca und ihm vor dem Abendbrot Tabletten gegeben. Vitamine sollen das gewesen sein. Der neunjährige Junge weiß nicht genau, was Vitamine sind, aber er kann noch immer die Stille fühlen, mit der sein Bruder neben ihm schläft.

Martin selbst ist so übel, dass er sich erbrechen muss. Er holt sich ein Glas Wasser. Die Wasseroberfläche zittert, als er auf der Suche nach seiner Mutter die Flügeltüren der Bibliothek öffnet.

Alles hier gehört dem Vater, der Flieder im Garten, die Vanillelocken der Mutter, sogar ihre Stimme, mit der sie so beruhigend gurrt: »Sei ganz ruhig, Liebling. Es wird alles gut werden. Ich trage dich ins Auto, und dann fahren wir zum Arzt.«

»Ich hab Angst, Mama.« Martins Stimme schwindet, er weiß instinktiv, dass etwas falsch ist. »Ich will nicht zum Arzt, morgen ist ...«

Die Frage, was morgen sein wird, verfliegt, als seine Mutter den Autoschlüssel vom Dielenschrank nimmt. »Alles wird gut.«

Martin wird hochgehoben, seine Mutter stößt die Tür zur Garage mit dem Knie auf, schnallt ihn auf dem Vordersitz des Wagens an. »Du brauchst keine Angst zu haben«, flüstert sie. »Nie wieder.« Martin ist sich sicher, das ist die Wahrheit. Seine Mutter holt Philip und Rebecca, und dann: nie wieder Angst. Philip schläft so tief, dass er auch nicht aufwacht, als die Mutter ihn neben Rebecca auf dem Rücksitz anschnallt.

»Wir fahren zum Arzt«, flüstert Veronika Martin zu. Warum nehmen sie kein Taxi?, wundert sich sein benommenes Selbst. Er ist ein schmales Kind, kaum groß genug für den Anschnallgurt. Seine Mutter setzt sich unbeholfen hinter das Steuer, sie stößt den Schlüssel ins Schloss. Der Wagen springt an. Sie muss vom Schaltknüppel ablesen, wo der Rückwärtsgang ist. Ihre goldenen Pumps verhaken sich in den Pedalen. Der Wagen jault und springt rückwärts. In der Frontscheibe sieht Martin Wunderkerzenfunken, die Helligkeit hüllt den Wagen ein wie das Licht, das Sterbende sehen. Die Garage wird zum Lichttunnel, seine Mutter fährt den Wagen durch eine Waschstraße voller Licht gegen das geschlossene Garagentor. An den Scheiben läuft Feuer ab, der Wagen wird mit Feuer gewaschen, die Flammen brüllen mit Kinderstimmen, wollen Martin mit Raubtierzungen die Kindheit von der Haut lecken.

Er weiß plötzlich, niemand wird ihm helfen außer er sich selbst. Seine Autotür kann er öffnen, die hinteren Türen blockiert ein umgestürztes Regal. Er schreit seine Schwester Rebecca an, sie soll ihm helfen. Aber sie kann kaum die Augen offenhalten, sein Entsetzen ist ihr egal. Philip hängt reglos im Anschnallgurt, Martins Ebenbild, bezaubernd friedvoll in seiner Todgeweihtheit. Martin versteht nur, dass es vorbei ist. Er muss die restliche Kraft in seinem kleinen tauben Körper in die Mutter investieren. Sie schreit, aber sie wehrt sich nur wenig. Er zerrt sie aus dem Wagen, hinter sich her zurück ins Haus.

Diese Müdigkeit. Er schafft es nicht, gleichzeitig die Mutter festzuhalten und die Feuerwehr zu rufen. Die Nachbarn tun das irgendwann, viel zu spät natürlich, die Garage brennt schon lichterloh.

Immer zu spät. Sanders fährt hoch, seine Brust ist schweißnass, seine Hände haben sich um das Lenkrad seines Wagens gekrallt, die Knöchel sind weiß.

Jahrelang war Sanders nichts als ein halber Held. Er hat den falschen Menschen gerettet, die Täterin nämlich, die die Familie des Vaters zerstört hat. Jetzt ist er der letzte Sohn. Der Vater will sich an ihm trösten. Er muss ihm zu Willen sein, soll Rechtsanwalt werden und durch all die geöffneten Türen direkt ins gesellschaftliche Himmelreich marschieren. Aber Sanders hat das Tröstliche in der Selbstverleugnung nie gesehen. Die Schuldfrage hingegen hat ihn nie mehr losgelassen.

Seine fliegenden Hände starten den Wagen. Er macht sich zu viele Gedanken. Um die Vergangenheit. Vor allem aber um eine Zukunft, die er womöglich gar nicht hat.

Doktor Selma

Also rein in die Schuhe, Socken brauch ich nicht. Mantel ist linksrum. Auch egal, ich will ja nicht zur Modenschau. Unterlagen mitnehmen? Nur die Vorladung. Hab eh sonst nichts.

Draußen ist es eigentlich zu kalt für meine Schlafanzughose. Kann sein, kann auch nicht sein, dass mich alle anstarren. Aber ich muss ja nur einmal über die Turmstraße. Der braun-grüne Altneubau an der Ottostraße ist nicht gerade ein Architekturdenkmal. Im Schaufenster der türkischen Fahrschule im Erdgeschoss sehe ich eine verwahrloste Schönheit zum Eingang huschen.

Ich kenn das Haus gut. Sonst fahr ich immer in den dritten Stock. Das ist das Büro von Susis Escortagentur »Die Berlinerin«. Die Jobs, die mir dieses Etablissement vermittelt, haben mich im Leben wirklich weitergebracht. Danke, Susi. Ich frag mich, was du mit all den Provisionen gemacht hast, die ich dir schon erflirtet und erknutscht hab. Wenn du sie nicht für ein Kinderhospiz gestiftet hast, hol ich sie mir irgendwann wieder. Wenn ich nicht mehr ganz so fertig bin.

Das Holz in einer Ecke der Fahrstuhlkabine ist feucht, es stinkt. Oder bin ich das etwa? Ich drück die Zwei: *Doktor Selma Ehrlich, Rechtsanwältin.* Mit dem Finger zieh ich nach, was jemand ins Tableau geritzt hat: *Hurntöschta21.* Luft anhalten, zweiter Stock. Der Gestank steigt nicht mit mir aus.

Ich klingel. Es summt, die Tür springt auf. Dahinter alles schnieke, so weiß-glatter Designlook, softes Licht, Kunst. Ein Typ hinter dem Empfang. Dunkel, Haare lockig, zurückgegelt, weißes Hemd, offener Kragen. »Bitte?«, fragt er.

»Guten Tag, Meista«, sag ich und zieh die Nase hoch. Damit hab ich seine volle Aufmerksamkeit. »Liberty Vale. Sorry, aber ich brauch jetzt mal eure Hilfe.« Der Junge hinterm Tresen ist so ein fragiler Orientbeau, vielleicht Mitte zwanzig, also ein paar Jährchen zu jung für mich. Trotzdem Ehering. Wie der mich anstarrt. Wenn der wüsste, wie flexibel ich bin. An bestimmten Körperstellen. »Bin ich jetzt Anwalts Liebling, Süßer?«, kumpel ich ihn an und knall schlitzohrig meine Versicherungskarte auf den Tresen.

Der Mann kommt hinter dem Empfang hervor. Er riecht besser als der Fahrstuhl. Nimmt die Karte. Schiebt mich zu einer Sitzecke. »Kaffee?«, fragt er.

»Wenn ihr nix anderes habt.«

»Doch, aber das zahlt Ihre Rechtsschutz nicht.«

Wenn der wüsste, was die noch alles nicht zahlt. Aber weiß er ja nicht. Er verschwindet, rumort rum. Ich zähl die Tapetenmuster, die schlingern so möbiusmäßig ineinander, ganz schlecht wird mir davon, dann ist der Hübsche wieder da. Der Kaffee ist klein, riecht aber klasse.

»Kommen Sie«, sagt er. »Seltsamerweise will Doktor Ehrlich Sie gleich sehen.«

Ich zwinker ihm zu und kipp den Kaffee runter.

Selma kommt hinter einem total zugepackten Schreibtisch hervor. Auch auf dem Boden und auf dem Sofa stapeln sich Akten. Sie lacht, als sie meinen Blick sieht. »Das muss so«, sagt sie und umarmt mich ohne Zögern, »sonst denken die Mandanten noch, man hätte weiter nichts zu tun.«

Selma ist klein, hat dunkles Haar, einen Pagenschnitt, Grübchen. Ihr Kostüm ist so seriös, dass es auch allein bei Gericht erscheinen könnte.

»Du hast einen Schlafanzug an«, stellt sie fest.

»Das ist nur ...«, wie sag ich das jetzt?, »... situationsbedingt. Genau. Aber hey, sag mal, der Typ da draußen, sitzt der auf deinem Schoß, wenn du ihm diktierst?«

»Melek? Och, nö. Sie's 'n Transgender. Nicht mein Fall.«

Wir lachen beide. Selma, weil ich reingefallen bin, ich vor allem, weil es mir peinlich ist.

»Ich bin sonst nicht Macho«, entschuldige ich mich. Offenbar bin ich zu verwirrt, um Männlein und Weiblein zu unterscheiden.

»Jetzt hör mal, Libby.« Selma lehnt sich vor. »Ich warte schon ewig darauf, dass du bei mir aufschlägst. Das ganze Viertel spricht darüber. Papa sagt, er hängt dir Essen an die Tür.«

»Ich ... Nett von deinem Papa. Sag ihm das mal.« Ich will plötzlich nur noch, dass es vorbei ist. Alles.

Ich nerve, und ich weiß es selbst. »Pass auf, Selma, ich hatt mal einen Traumjob. Jetzt hab ich Burnout, glaub ich. Manchmal braucht man halt Zeit für sich. Diese Zeit ist jetzt rum.« Ich schiebe ihr die Post rüber.

Sie liest. »Damit kommst du heute? Das ist morgen, Mann, morgen!« Sie schüttelt den Kopf.

»Ich kann da nicht allein hin«, murmel ich und denk: Hilf mir, Selma!

»Ganz ruhig, Libby.« Selma schiebt eine Packung Kleenex über den Tisch. »Wir machen das schon. Ich helfe dir. Niemand muss zu einer polizeilichen Vernehmung erscheinen. Und die können dich auch nicht zwangsweise vorführen lassen. Jetzt putz dir die Nase und erzähl erst mal alles. Von Anfang an.«

Selmas Souveränität versetzt mir einen Stich. Einerseits lieb ich sie dafür. Andererseits könnt ich auf ihrer Seite des Schreibtischs sitzen, wenn ich das Studium nicht geschmissen hätt. »Gib noch 'n Kaffee aus.« Ich schlag die Beine über. »Und übrigens muss ich leider gleich mal mit einem Geständnis anfangen, betreffs meiner Rechtsschutzversicherung.«

Familiengeheimnisse

Der frühe Abend eines sonnenlosen Maitags. In Konrad Trasseurs Kanzlei ist es kaum heller als auf der Straße. Die Wände sind mit afrikanischen Masken gepflastert. Es riecht dumpf nach staubigem Holz, wie im Ethnologischen Museum.

Trasseurs Bürofenster geht direkt auf den Lietzensee. Über dem Wasser hängt der allgegenwärtige träge Frühlingsregen. Trasseurs Assistentin reicht Sanders mit lasziver Gleichgültigkeit ein Glas. Die transparente Seide ihrer Bluse knistert, als sie seinen Arm berührt. Ihre Lippen schimmern mit ihrem Lacklederrock um die Wette.

Trasseur lächelt ihrem Hinterteil hinterher. »Ich habe meinen Asbach Uralt früher gern mit Champagner getrunken.« Sein Gesicht ist feist und braun wie das eines Großwildjägers. Seine Augen sind viel zu klein und viel zu schwarz, um Vertrauen zu erwecken.

Sanders kennt Trasseurs Gesicht bereits aus der *Bunten,* die er im Warteraum durchgeblättert hat. Dort ist Konrad Trasseur mit seiner Frau Waltraud abgebildet – sie tanzen auf dem Investorenball in Saint-Tropez mit dem Geldadel aus aller Welt in den Morgen. Mit ihrer Brathähnchenbräune und ihrer goldenen Robe erinnert ihn Waltraud Trasseur an ein halbgegessenes Ferrero Rocher. Dabei hat sie das Geld, nicht der Notar. Liebe macht dumm, denkt Sanders. Das ist eine universelle Wahrheit, und Trasseur ist nicht der einzige Mann auf der Welt, der sich auf dieser Grundlage ein schönes Leben macht.

»Es ist eine verrückte Zeit, Herr Sanders.« Der Notar nippt mit seinen Teewurstlippen am Glas. »Ich kenne Ihren Vater schon so viele Jahre. Er hat nie erwähnt, dass er einen erwachsenen Sohn hat.«

Sanders riecht am Asbach. Wenn einem so viel Gutes widerfährt ... »Sie haben meinem Vater ein Direktinvestment empfohlen«, sagt er, »Am Rabennest. Klingelt da was?«

»Wenn ich gewusst hätte, dass Rainhard so einen smarten Sohn hat, hätte ich Sie ja schon längst mal zu unseren Incentives für Interessenten eingeladen. Sicher machen Sie auf dem Golfplatz eine hervorragende Figur.«

»Bitte beantworten Sie einfach nur meine Frage.«

Trasseur lacht. »Nehmen Sie's nicht so schwer, Junge. Mit der Familie geht es mir nicht anders als Ihrem Vater. Ich habe Millionen von Euros auf der Bank und halte mehr Immobilienanteile als Donald Trump. Aber ich habe keine Ahnung, was meine Familie so macht.«

»Ich mag es nicht, wenn man mich anlügt.« Sanders legt das Prospekt der Am Rabennest Sanierungsgesellschaft auf den Tisch.

Trasseur steht auf. Mit seinen aufgeschwemmten Hedonistenhänden zündet er sich eine Zigarette an. »Was wissen Sie über meine Familie?«

»Was in der Zeitung steht. Sie haben Ihr Geld früh geheiratet. Eine lächerliche Ehe. Ihre Frau hat sich vor ein paar Jahren in den Serpentinen oberhalb von Monte Carlo fast totgefahren. Sie haben einen Sohn, Oliver, der auch in Immobilien macht. Verlobt ist er mit Saskia Schwarz. Beide blond und beide nichts wert.«

»Ich mag Zyniker«, sagt Trasseur. »Aber Sie haben recht. In der Familie Trasseur kennt niemand den Unterschied zwischen einer Kreditkarte und, sagen wir ...«

»Einer Arschkarte?«

»Die üblichen Laster der oberen Zehntausend, Herr Sanders.«

»Hatten Sie auch einen Toilettenpömpel im Briefkasten, Herr Trasseur?«

Trasseurs Augen werden schmal und hart wie Münzgeldschlitze.

»Sagen Sie Ihrem Vater, er muss sich keine Sorgen machen.«

»Oh, das tut er jetzt bereits nicht mehr. Er vertraut voll und ganz darauf, dass wir beide das Problem für ihn lösen.«

Trasseur inhaliert tief. Rauch steigt ihm aus Mund und Nase, als er sagt: »Finger weg von meinen Geschäften, junger Mann.«

»Vielleicht habe ich mich nicht klar genug ausgedrückt.« Sanders steht auf, nimmt eine besonders scheußliche Maske von der Wand, dreht sie hin und her. »Behandeln Sie die Rabennest-Mieter fair. Dann sehen Sie mich nie wieder. Andernfalls ...« Er hält sich die Maske vors Gesicht.

Trasseurs Wohlstandsgesicht wird blass, der ganze Mann schwillt an. »Sie drohen mir? Das ist schlechter Stil. Und außerdem eine Nummer zu groß für Sie.« Seine Nasenflügel blähen sich wie die Schallblasen eines paarungsbereiten Frosches. »In Ihrem eigenen Interesse, lassen Sie mich das machen. Meine Familie hat Verbindungen. Wir hängen das nicht gern so hoch, aber wir haben Einfluss.«

Sanders legt die Maske neben das Brandweinglas auf den Schreibtisch. »Unter diesen Umständen bin ich überzeugt, dass Sie Richtig von Falsch unterscheiden können, Herr Trasseur.«

Der Notar hat genug Klasse, um die Kurve zu kriegen. »Ein Mann macht oft jede Menge Quatsch für Geld, wissen Sie«, sagt er.

Sanders kennt diesen sentimentalen Tonfall, der meist ein Geständnis einleitet. »Dafür sind wir beide das beste Beispiel«, entgegnet er.

»Männer sind nichts gegen Frauen.« Trasseur grinst wie der Erleuchtete. »Sie machen sich keine Vorstellungen, was meine Frau alles für Geld tun würde, Junge. Sie kennen Waltraud nicht. Gegen Waltraud bin ich sanft wie ein Lamm.«

»Ihre Familiengeheimnisse sind bei mir in den besten Händen.«

Comeback

Es muss ja irgendwann sein. Hartes Licht, keine Wolke am Himmel, es ist ein Sommertag mitten im Frühling. Ich bin wach, ich hab mein Modelkleid reinigen lassen, ich hab mir die Nasenhaare mit dem Milchaufschäumer epiliert.

Ich hab Wanja den *Raben* von Poe erklärt. Hoff ich zumindest. Statt mich zur Belohnung Unter den Linden ins Café Einstein zu setzen, geh ich zur Studienberatung für Rechtswissenschaftler in die

Dahlemer Van't-Hoff-Straße. Das ist eine Villengegend, in der sich in den letzten zehn Jahren bis auf ein paar Neubauten für die Freie Universität nicht viel getan hat. Die Unigebäude haben allerdings nicht mehr den graffitibekritzelten Sponticharme der Jahre nach der Wiedervereinigung. Stattdessen Glas und Beton, und auch in der Studentenschaft ist mehr Zug drin.

Bei der Beratung sitzt mir nicht der vor zehn Jahren noch übliche picklige Asta-Vertreter gegenüber, sondern eine perfekt geschminkte Frau Anfang zwanzig im Kostüm und mit Kopftuch, aber ohne Akzent. »Hast du denn die Zwischenprüfung bestanden?«, fragt die Perfekte sehr freundlich.

»Klar.«

Das Nichtbestehen der vorlesungsbegleitenden Zwischenprüfung führt zur sofortigen Zwangsexmatrikulation, das weiß sogar ein Silver Surfer wie ich. Aber hey, ich hab ja nicht hingeschmissen, weil ich zu blöd war, sondern wegen Horst Lustenberger.

Horst Lustenberger, der zweite Mann meiner Mutter, ist ein verdienstvolles Mitglied des Deutschen Bundestages. Niemand außer mir kann sich daran erinnern, dass er während des Berliner Bankenskandals im Jahr 1999 in die Parteikasse gegriffen hat. Ich hatte damals gerade ein Studentenpraktikum in der Parteizentrale absolviert, weil der Horst ja etwas für mich tun wollte. Schlechtes Timing.

Während des Praktikums teilte mich der Justiziar zur Abteilung Haushalt und Finanzen ein, da herrschte nämlich Personalnot. Also saß ich da,

Wilhelmstraße 60, Zimmer 006, und sortierte Belege. Im Nebenzimmer saß der oberste Buchhalter der Fraktion, der Büroleiter. Das war seit sechzehn Jahren ein gewisser Mister Unauffällig in Person. Morgens sah ich ihn ins Büro huschen und abends wieder raus.

Als es schließlich losging mit dem Skandal, riefen zuerst Parteikollegen an. Dann die Innenrevision. Und zum Schluss nur noch Journalisten. 1,5 Millionen Mark waren auf schwarzen Kohl-Konten aufgetaucht. Irgendwann ging ich nicht mehr ans Telefon. Und am nächsten Morgen hängte sich der unauffällige Herr am Heizungsrohr auf. Seither bin ich durch mit der Politikerbagage im Allgemeinen und dem Horst im Besonderen.

Denn als Horst Lustenberger mit seiner Saftgulasch-Attitüde und seinem klebrigen Geld in mein Leben trat, war es zu spät – ich war schon sechzehn. Meine Mutter und ich zogen zu ihm, Beletage im Altbau am Spreeufer, KPM-Geschirr, handgenähte Bettwäsche, Gardinensteif, Kristalllüster, ständig roch es nach Bratensoße. Plötzlich saß ich jeden Abend um sieben mit dem Horst am Tisch. Meine Mutter und er glutzerten sich über die Kunstblumen hinweg so pubertär an, dass sogar die Rinderbrust auf den Bandnudeln rot wurde. Mit bebenden Nasenflügeln gestand der Horst beim Sonntagsfrühstück, was er sich vom Leben noch wünsche: »Wenn ich dich adoptieren würde, Libby, dann wären wir doch eine richtige Familie.«

Was natürlich ausgeschlossen war. Ich lass mich doch nicht von einem etablierten Presssack adoptieren. Und erst recht nicht, wenn *der* das will. Da merkte ich dann, wie mir plötzlich zwischen weichem Ei und Kuchenbrötchen ein Rückgrat wuchs. »Sorry, Horst«, sagte ich, »nichts gegen dich, aber ich will einfach nicht Liberty Lustenberger heißen. Das bin ich irgendwie nicht.«

Das hat so was Deterministisches, wie Lolo Ferrari. Ich heiß lieber wie mein richtiger Vater, Vale wie in *vale of tears,* Tal der Tränen. Eine Art selbsterfüllende Prophezeiung, denn der Horst nahm die Absage natürlich trotzdem persönlich. Wir stritten nicht direkt, aber er wurde so ruhig wie ein Rumpsteak nach dem Abbraten, und meine Mutter schluchzte ins Zwiebelgehackte. Fünf Jahre später adoptierten die beiden Wanja und versuchten ihr Erziehungsglück bei ihr.

Jedenfalls, als ich den Horst damit konfrontierte, dass er bei den Schwarzkonten seine Finger im Honigtöpfchen hatte, da sagte er: »Na, wenn das so schlimm ist, dann wirst du ja auch keine finanzielle Unterstützung mehr von mir haben wollen.«

Wollte ich nicht. Danke, Horst Lustenberger. Du hast es mir ermöglicht, als Flugbegleiterin die Welt zu sehen. London, Rio, Tokio. Kein schlechtes Leben. Aber es fehlte ein bisschen an Substanz.

Ich bewerb mich für einen Studienplatz im Herbstsemester. Dann geh ich die Brümmerstraße runter zum U-Bahnhof Thielplatz. Studieren war ja schon immer Frustrationstoleranztraining. Aber hey, Schuldrecht zweites Semester: Auch seine Seele kann man nur einmal abtreten. Dann doch lieber gewinnbringend. Liberty Vale. Rechtsanwältin. Fachanwältin für Strafrecht. Ich seh schon den Gesichtsausdruck von Horst vor mir, wenn ich die Visitenkarte vor ihm auf den Tisch knall. Und jetzt brauch ich dringend was zu trinken.

Reinickendorf steht auf

Das ist neu und sensationell: Ein Bürgerantrag hat es bis in die Bezirksverordnetenversammlung von Berlin-Reinickendorf geschafft. Sanders war noch nie auf der Sitzung einer BVV, aber man kann die Tagesordnung im Internet nachlesen: Jürgen Schrödter hat einen Milieuschutzantrag für die Siedlung Am Rabennest gestellt, und der soll öffentlich verhandelt werden.

Der BVV-Saal im Rathaus Reinickendorf ist ein erhabener Ort, er könnte auch das Seitenschiff eines Doms sein. Ein bedeutungsschwerer Kuppelsaal mit blau-goldenem Lilienmuster an einer Decke, von der Messinglüster hängen. Bemalte Bleiglasfenster und eine Art steinerner Thron geben dem Ensemble die Atmosphäre eines mittelalterlichen Saals. Der Bezirksstadtrat für Stadtentwicklung Arthur Drohbeck, ein gedrungener Mittvierziger ohne Hals, mit schwarzer Fönfrisur und hellblauer Seidenkrawatte hat rote Flecke im Gesicht. Er hält sich an seinem Aktenordner fest. Die Knöchel seiner schmalen gelben Hände sind weiß. Neben ihm sitzt der blonde Peer Mann vom Bauausschuss und trommelt mit

Daumen und Zeigefinger seiner rechten Hand den Radetzkymarsch. Die Politiker sind nervös.

Sanders nimmt auf einer Holzbank im Besucherbereich des Saals Platz. Die Sanierungsgesellschaft hat einen Aufstand der Anständigen ausgelöst. Hinter Sanders stehen die Unterstützer der Am-Rabennest-Siedler bis auf den Flur.

Etwa 25 Wutbürger und Wutbürgerinnen sitzen in den Besucherbänken: alle sechzig plus, mit Kittelschürzen, taubenblauen Gabardinehosen und geballten Fäusten. Die Mistforken hat ihnen die Polizei am Eingang abgenommen. Manche tragen schwarze T-Shirts, auf denen vorne *Siedlung Am Rabennest* steht und hinten *Kein Ort für Luxus*, daneben ein gesenkter Daumen.

Sanders fremdelt. Er fühlt sich an das Gemälde *American Gothic* von Grant Wood erinnert. Es ist diese Ernsthaftigkeit in der Übellaune, die die Frage offenlässt, ob es sich bei den Siedlern um komische Figuren oder Heilige handelt. Schon das Wort Wutbürger trägt eine Wahrheit in sich, nämlich die, dass die Ungerechtigkeit zu groß geworden ist. Das ist der Politik so durchgerutscht. Schraube überdreht, und schon handeln konservative, bessergestellte ältere Bürger oft gar nicht mehr bürgerlich. Das Staatstragende in ihnen hat sich in einen anarchischen Protestwillen verwandelt. Die Angst um ihre Welt ist so groß geworden, dass ihnen jegliche altersgemäße Zukunftsvergessenheit abhandengekommen ist. Ihre Verbitterung lässt die Luft im BVV-Saal vibrieren.

Es ist leicht, Jürgen Schrödter unter den Siedlern auszumachen. Er ist ein kantiger, bodenständiger Typ, Schlossermeister, frisch verrentet, breite Schultern, hochgewachsen, das graublonde Haar akkurat zurückgegelt wie Lex Barker, ein Kinn wie ein Amboss, glatt rasiert, die Augen sind hell und hart. Schrödter ist im Rabennest geboren, seine Frau vor zwei Jahren verstorben. Sein Vater, 83, genannt Opa Schrödter, lebt auch noch dort. Aus Sicht der Investoren blockieren diese beiden nichtswürdigen Existenzen gleich zwei Siedlungshäuser an quartierplanungsmäßig wichtiger Stelle, nämlich dort, wo sich die beiden Straßen der Siedlung kreuzen: Ecke Am Rabennest/Auf den Palisaden. Vor dem Haus der Schrödters befindet sich ein kleiner Platz voller Unkraut, auf dem ein Müllhäuschen steht. Die Bestandsmieter um Schrödter haben den Platz »Klassenkampfplatz« getauft. An dem Müllhäuschen hängt ein entsprechendes Pappschild. Glaubt man den geschönten Animationen des Investors, die im Internet zu finden sind, soll dort bald eine geschniegelte Hecke eine Sandsteinputte einfassen. Sanders zweifelt daran, dass es Pläne gibt, das Pappschild durch eine marmorne Gedenktafel für Schrödter zu ersetzen. Obwohl das hübsch wäre.

Schrödter ist der Magnetpol, auf den sich die Aufmerksamkeit der BVV wie eine Stahlnadel ausrichtet. Er trägt einen akzeptablen Anzug, hat eine Mappe mit Unterlagen in der Hand und redet ruhig und fokussiert mit seinen Nachbarn.

Die restlichen Politiker der Fraktionen betreten den Saal, nehmen auf ihren mit rotem Leder bezogenen Stühlen vor dem BVV-Vorsteher Platz. Während der Bürgersprechstunde und der sich anschließenden Fragen der Fraktionen beobachtet Sanders mit investigativem Interesse den Becher mit dünnem Automatenkaffee, den er sich auf dem Flur gezogen hat und auf dessen umbragrauer Oberfläche ein paar schillernde Blasen treiben. Das Ganze könnten gut und gerne auch 220 Milliliter Abwaschwasser sein.

Dann tritt Jürgen Schrödter ans Rednerpult. Er ordnet seine Papiere. Man flüstert sich in den Reihen zu, er sei bei seinem letzten Arbeitgeber, einem Großkonzern, im Betriebsrat gewesen. Jetzt hat er fünf Minuten Redezeit.

»Meine Damen und Herren«, sagt er, »die Sanierungsgesellschaft macht ihrem Namen keine Ehre. Sie lässt das Baudenkmal Am Rabennest seit Jahren verfallen, um damit die Luxusmodernisierungen zu begründen. Der Bezirk muss die Zerstörung der Substanz stoppen, die Baugenehmigungen für die Umbauten widerrufen. Die Bestandsmieter begrüßen den Antrag auf Prüfung eines möglichen Milieuschutzes und einer sozialen Erhaltung nach Paragraf 172 des Baugesetzbuches für die Siedlung. Damit können Sie die baulichen Maßnahmen unter einen Genehmigungsvorbehalt stellen, wenn eine ausreichende Verdrängungsgefahr für die aktuellen Mieter besteht.«

Sanders bewundert Schrödters Eloquenz. Die rechte, konservative Seite der BVV fixiert ihn, als hätte sie ein Mordmotiv. Irgendetwas läuft hier unterschwellig. Begründen kann Sanders seine Vermutung nicht. Noch nicht. Und er glaubt auch nicht, dass sein Vater davon weiß. Aber Geld ist immer ein Motiv.

»Werte BVV«, sagt Schrödter und beugt sich vor, »die Bestandsmieter haben ihr Leben lang hart gearbeitet, die Siedlung selbstständig instand gehalten und ihr ihren Charme gegeben. Sie haben es verdient, hier in Ruhe zu leben. Jetzt liegt es in Ihrer Verantwortung, dieses Grundrecht auf Würde mit allen Mitteln zu schützen. Lassen Sie nicht zu, dass Reinickendorf ausverkauft wird!«

Klopfapplaus von links, aus den Reihen von Bündnis 90/Die Grünen und der SPD-Fraktion. Einige Zuschauer pfeifen und johlen. Nach kurzer, heftiger Diskussion wird der Milieuschutzantrag an den Bauausschuss verwiesen. Sanders hat keine Ahnung, was das bedeutet. Die Siedler sehen zufrieden aus. Aber schließlich ist auch das eine Plattitüde erster Güte: Die Hoffnung stirbt zuletzt.

Die granatrote Dame

Als ich von der Studienberatung zur U-Bahn zurücktrotte, überleg ich, ob ich mir meinen bisherigen Escortjob noch ein halbes Jahr lang geben soll. Oder ob ich vielleicht jetzt schon mein angespartes Geld in einen Repetitor investiere, der den Stoff des Grundstudiums mit mir noch mal durchgeht.

Da steh ich plötzlich vor dem »Seelenklempner« am Dahlemer Thielplatz – ein hübsches Backsteingebäude, ehemals ein Pumpwerk der Wasserbetriebe, einstöckig, mit hohen Spitzbogenfenstern. Erinnert mich sofort an eine Kirche voller Bücher, ist aber eine Fachbuchhandlung für Psychologie mit einem angegliederten Café. Man kann alle Bücher aus dem Buchladen mit ins Café nehmen und in Ruhe anlesen.

Mir wird ganz sentimental zumute. Was hab ich da abgehangen! Bei dem herrlichen Wetter ist an den Tischen im Garten des »Seelenklempners« kein einziger Platz frei. Die Vögel zwitschern, die Gläser klirren, es wird geplaudert und gelacht. Eine richtige Studentenfalle ist das. Heiß ist mir plötzlich. Jetzt ein Bier, kristallklar, aus einem beschlagenen Glas, an dem eiskalte Wassertropfen runterlaufen.

Ich betret den Laden. Die Bücher stehen in hohen dunklen Holzregalen vor den Backsteinwänden, dicke Wälzer mit Goldprägungen neben Taschenbüchern. Es riecht nach Papier und Magie.

Von der Decke hängt ein großes Plakat mit einem Stallworthy-Zitat: *My poems all/Are woven out of love's loose ends.*

Also gut. Irgendwie treibt mich eine im Vorbewussten bohrende offene Frage direkt zu dem Buchregal mit der Überschrift *Lebenshilfe*. Mir ist klar, dass der Kauf von Werken wie *Mit hundert Tricks zum Lebensglück* am ehesten Lebenshilfe für den jeweiligen Autor ist. Aber hey, ich geb dem Ganzen eine Chance und zieh doch das eine oder andere Werk aus dem Regal. Will mich ins Café setzen und den Schund gemütlich durchblättern.

Doch das Café ist auch hier drinnen knallvoll. Schließlich entdeck ich in einer Nische hinter einem dicken alten Wasserrohr einen Zweiertisch, an dem nur eine Frau vor einem Bücherstapel sitzt: eine etwa siebzigjährige Dame mit granatrotem Haar und Lesebrille. Sie raucht, mit Zigarettenspitze. Schaut in die Runde wie Queen Mum. Ich kenn diesen Blick: Rechtspsychologie, drittes Semester. Nur der Name fällt mir nicht ein.

»Darf ich mich zu Ihnen setzen?«, frag ich.

Die Dozentin fixiert mich glasklar und vieräugig halb über, halb durch die Brillengläser. »Sicher, junge Frau!« Sie nickt. Ihre Stimme klingt wie Cognac. »Setzen Sie sich her zu mir! Natürlich. Unbedingt. Ich bestehe darauf!«

Fehlt bloß noch, dass sie durch die Zähne pfeift. Aber ich gehorch, setz mich und bestell mir ein Jever. Schlag das oberste Buch von meinem Stapel auf, Titel: *Das Harry-und-Sally-Dilemma.* Nichts Neues auf den ersten zehn Seiten. Die Dame mit dem Flammenhaar mustert mich eindringlich, während ich feststell, dass Harry es schon vor 25 Jahren wusste: *Männer und Frauen können keine Freunde sein, der Sex kommt ihnen immer dazwischen.*

Ich ignorier den investigativen Blick meiner Tischnachbarin und nehm das nächste Buch zur Hand: *Freundschaft ohne Sex.* Frustrierende Keuschheitsprosa. Ein anderer Stil, dieselbe Meinung: *Feierabendbier mit Tussi.* Oder etwas orientalisch-lockerer: *Tausendmal berührt.* O weh, da kommt mir mein Bier gerade recht.

Ich schieb die Bücher beiseite und trink das halbe Glas auf ex. Nur geht das dumme Problem davon nicht weg. Dumm, dumm, dumm, summt es in meiner Hypophyse. Ich werd es wohl selbst lösen müssen. Beziehungsweise, da gibt's nichts zu lösen. Nur auszuhalten.

»Wie ist er denn, Kindchen?«, fragt plötzlich die Cognac-Stimme. Die Professorin mit dem Flammenhaar greift über den Tisch, legt mir ihre Hand auf den Unterarm. Es ist eine braungebrannte Hexenhand mit rotlackierten Fingernägeln, über und über bedeckt von Goldringen und Altersflecken. Sieht cool aus, à la Seeräuber-Jenny.

Ich zieh den Arm nicht weg. Dafür die Augenbrauen hoch. »Er?«, frag ich, um Zeit zu gewinnen.

Die Dame nickt in Richtung der Lebenshilfe-Bücher. »Er«, sagt sie und nimmt einen Schluck vom Weißwein. »Och, Kindchen, jetzt denken Sie bestimmt, die Frau ist ein Unikum.« Madame Flammenhaar lacht wie ein Dudelsack beim Einspielen.

»Volltreffer«, erwider ich und zieh den Arm nun doch weg. »Ein übergriffiges Unikum, genauer gesagt. Außerdem kenn ich Sie. Ich hab mal eine Vorlesung in Rechtspsychologie bei Ihnen gehört.«

Sie fixiert mich durch den Rauch ihrer Mentholzigarette wie eine Priesterin ein Menschenopfer. »Nehmen Sie es nicht persönlich. Ich kann nicht anders.«

»Sie sprechen wildfremde Menschen an und stellen ihnen intime Fragen?«

Die Frau lächelt und drapiert einen feuerroten Satinschal um ihre Sonnenstudioschultern. Sie trägt ein stylisches ärmelloses Etuikleid. Auf dem rechten Oberarm prangt ein Tattoo. Ein rauchender Colt, darunter der Schriftzug *Revolver Club.* Sie zieht an ihrer Zigarettenspitze. Es riecht nach Shalimar und Tabak.

»Seit vierzig Jahren mach ich kaum was anderes, Kindchen.« Sie schiebt eine knallrote Visitenkarte über den Tisch. *Doktor Helen Sturm, Psychotherapeutin, Rosenthaler Platz* steht da. Na klar. Doktor Sturm. Ulkigerweise fühlt sich unsere Begegnung jetzt gerade genau richtig an.

»Und?«, frag ich. »Schon mal jemanden von der Freundschaft geheilt?«

»Die Freundschaft«, sagt sie und zwinkert mir zu, »ist immer die kleine Schwester der Liebe.«

Ich nehm einen Schluck Bier. Der Splitter in meinem Herzen bewegt sich beim Schlucken.

»Och, Kindchen, nun gucken Sie doch nicht so! Kopf hoch! Eine tolle Frau wie Sie! Kommen Sie, ich gebe Ihnen einen aus. Was Richtiges. Cognac mit Eis. Wir Seelenklempner trinken immer Cognac.«

»Wir Jurastudentinnen trinken alles, was wir nicht bezahlen müssen.«

Helen Sturm lacht. Sie ist auch eine tolle Frau, für ihr Alter. Wenn meine Uschis mit siebzig noch so stehen, stell ich einen Misstrauensantrag gegen das Newton'sche Gravitationsgesetz. Die Drinks kommen, wir prosten uns zu.

»Liberty Vale«, sag ich. »Libby.«

Frau Doktor mit dem Flammenhaar nippt am Cognac. »Helen. Wissen Sie, Kindchen, ich bin zu neugierig, um in Rente zu gehen. Immer bin ich neugierig. Wie zum Beispiel jetzt auf Sie. Was ist das für ein Mann, der eine Wahnsinnsfrau wie Sie dazu bringt, Bücher über platonische Freundschaft zu lesen?«

Ich muss schmunzeln. Über mich selbst. Es ist

warm. Der Alkohol wirkt. Und wenn ich ehrlich bin, ich möchte wirklich darüber reden. »Er ist immer da, wenn ich ihn brauch, wissen Sie«, sag ich.

»Och, Kindchen, Details! Nun machen Sie sich doch mal locker!« Helen verdreht die Augen. »Ich will ihn dir doch nicht wegnehmen. Nur mal drüber reden.« Sie seufzt. »Ach, junge Männer, es gibt nichts Rührenderes – finden Sie nicht auch?«

Ich wehr mich noch ein bisschen. »Er ist nicht mehr zwanzig. Ich auch nicht. Der Hormonrausch ist vorbei.«

»Wie heißt er denn?« Doktor Helen spitzt den dunkelrot geschminkten Mund.

Ich atme tief durch. »Sanders«, sag ich. »Ich glaub, er hat vergessen, dass er einen Vornamen hat.«

»Sehr geheimnisvoll, was?« Fast scheint es, als stellte sie unter ihrem Flammenhaar die Ohren auf.

Ich fasse zusammen: »Er ist still, sanft, aber absolut konsequent.« Ich lass den bernsteinfarbenen Cognac im Glas kreisen. »Er ist Privatdetektiv.«

»Romantisch«, seufzt Doktor Helen genüsslich. »Klingt nicht sehr verheiratet.«

»Traumatisiert«, sag ich, halb gegen meinen Willen, »oder wie das im Fachjargon heißt.«

Helen nickt. »Mein liebes Fräulein Libby ...«, sie beugt sich vor, »... wenn Sie mal ganz allgemein darüber nachdenken: Was interessiert Sie an einem Mann?«

»Die netten Körperteile, die Frauen nicht haben.« Ich muss an diese Körperteile denken. Mir wird in etwa so, als wäre mir eine Schale zartschmelzende

Crème brûlée über den Bauch in die Hose gerutscht, die nun dort flambiert würde.

Doktor Helen schaut mir direkt in mein vor Aufregung bebendes limbisches System. »Falsche Antwort. Was eine Frau eigentlich braucht, ist jemand mit einer faszinierenden Persönlichkeit. Weißt du was?« Helen Sturm tippt mit dem Finger auf die lackrote Visitenkarte auf dem Tisch. »Komm doch morgen mal in meiner Sprechstunde vorbei.«

Wildes Herz

Hannes Neuhaus ist so etwas wie ein Freund. Als Sanders an der Selbstbedienungstheke des »La Moncanza« nach Espresso, Pinot Grigio und Pizza ansteht, muss er sich das eingestehen. Denn nur für einen Freund betritt er dieses Etablissement mit seinen klebrigen Aromen auf der türkischen Seite der Turmstraße.

Der Gastraum sieht aus wie das Refektorium eines italienischen Provinzklosters. Das Ambiente ist so echt wie ein Glasauge. Aus unerfindlichen Gründen ist das »La Moncanza« schon seit Jahrzehnten die Lieblingspizzeria von Neuhaus. Der Leiter des LKA 6 sitzt auf seinem Stammplatz in der Ecke, dreht wie selbstverständlich den Pfefferstreuer auf und zu.

Bis vor ein paar Jahren war Neuhaus Sanders' Chef bei den Personenschützern. Und jetzt ist Neuhaus der neue Mann von Sanders' Exfrau Silke. Sanders kann das sportlich sehen. Meistens. Zum Beispiel, wenn er Informationen braucht. Dann kann er sogar Pizza vom Blech mit Champignons, Peperoni und Käse für 1,20 Euro pro Stück bestellen. Ob er sie auch isst, wird sich zeigen.

Wein und Kaffee werden schwungvoll über den fleckigen Tresen geschoben. Während Sanders die Getränke zu Neuhaus trägt, sieht er sein eigenes Gesicht in den mit Muscheln eingefassten Wandspiegeln leuchten wie Schnee in einer hellen Novembernacht. Der rosige Neuhaus hingegen scheint aus einer Meditation über den Oreganogeruch aus der Küche zu erwachen. Er quittiert die Ankunft der Getränke mit einem seligen Grunzen.

Seit Neuhaus mit Silke verheiratet ist, ist er nicht mehr so hager wie früher. Es scheint ein bisschen so, als sei der Leiter des LKA 6 von einer leuchtenden Aura umgeben, wie eine Marienerscheinung. Denn gegen jede Wahrscheinlichkeit ist Silke wieder schwanger.

Die Pizzaquadrate, die der Wirt vor Sanders auf den Tresen klatscht, ziehen billige Käsefäden. Sanders braucht eine ganze Handvoll Servietten, um die durchgesuppten Pappdeckel bis zum Tisch zu balancieren. Er setzt sich Neuhaus gegenüber und riecht am Espresso. Nichts, woran man sich auf dem Totenbett erinnert.

»Hör mal, Sanders ...« Neuhaus faltet ansatzlos ein Stück Pizza mit den Fingern. »Was auch immer du von mir willst, vergiss es! Ich brauch meinen Job. Gerade jetzt.«

Sanders mustert die Wasserflecke auf dem zerkratzten Aluminiumbesteck. »Konrad Trasseur«, sagt er. »Schon mal gehört?«

Neuhaus' fettglänzende Lippen verziehen sich zu einem Lächeln. Entspannt schüttelt er den Kopf.

»Ein Notar mit Kanzlei in Westend. Mein Vater glaubt, Trasseur hat ihm ein faules Investment aufgeschwatzt.« Es fällt Sanders schwer, sich auf Ermitteln und Essen gleichzeitig zu konzentrieren. Eine Pizza ist chaotisch, unordentlich. Ermitteln bedeutet, Ordnung in die Dinge zu bringen. »Ich wüsste gern, ob ihr was über Trasseur habt.«

»Betrug? Nicht mein Ressort. LKA 2. Gothaer Straße.« Neuhaus genießt es, am Drücker zu sein.

»Ich frage nicht für mich«, erinnert ihn Sanders, vielleicht mit einem Hauch Schärfe zu viel.

»Hey, jetzt stress mal nicht rum!« Neuhaus zeigt mit einem Pizzastück auf Sanders' Brust. »Überhaupt, du siehst schlecht aus, Sanders. Ausgebrannt. Du arbeitest zu viel.«

Sanders geht darüber hinweg. Er weiß, im Grunde ist Neuhaus ein anständiger Kerl mit einem ungeheuer schlechten Gewissen. »Und wenn du schon dabei bist, kannst du auch den Sohn abfragen. Oliver Trasseur. Ebenfalls im Immobiliengeschäft.«

»Du musst auch mal an was Schönes denken, nicht immer nur an das Leben der anderen, Junge. Geh doch mal wieder weg. Silke sagt, ihr seid früher ganz gern ins Kino gegangen?«

Sanders hört nur halb zu. Auf keinen Fall kann er diese Pizza einfach so essen. Seine Regel lautet: Man schaut auf der Speisekarte nach, in welcher

Reihenfolge die Zutaten aufgeführt sind. Blechpizza mit Champignons, Peperoni und Käse bedeutet: Zuerst isst man die braunen Champignons, dann die grünen Peperoni, dann den gelben Käse und erst ganz zum Schluss den Boden mit der roten Tomatensoße.

»Hast du noch Kontakt zu dieser Verrückten?«, fragt Neuhaus.

»Liberty? Wenig.«

Sanders' Gabel sucht und findet die Champignons.

»Schade.« Neuhaus legt die Stirn in Falten, knabbert an einer Peperoni. »Wahnsinnsfrau! Da würde sich jeder die Finger nach lecken, Alter.«

»Ich will nicht unhöflich sein, Hannes.« Sanders lässt den Wein im Glas rotieren. »Aber mir wär's lieber, wenn du nicht an jeder Frau lecken wollen würdest, die mir gefällt. Wird langsam zur Gewohnheit.«

Neuhaus boxt ihm mit der olivenölverschmierten Hand gegen die Schulter. »Sie gefällt dir, was?«

Sanders sortiert die Peperoni. »Sie hat ein wildes Herz.«

Neuhaus' klebrige Finger fühlen sich warm an auf Sanders' Handrücken. »Bisschen frischer Wind tut dir gut. Glaub mir.«

Sanders hebt den gelben Käse von der Tomatensoße, faltet ihn mit der Gabel beiseite. Der Teig weiß wie Schnee, die Tomatensoße rot wie Blut. *Sie nehmen das Blut deiner Frau*, wie Pawel Krawczyk es ausgedrückt hat. Das darf nie mehr passieren. Er kann niemanden mehr lieben und verlieren, in diesem Leben nicht mehr, erst recht keine schöne Frau.

Außerdem kann sich Sanders nicht so einfach in die Hände von jemand anderem begeben. Wieso sollte sich ein Mann einem anderen Menschen ausliefern? Trotzdem muss er lächeln, wenn er an Libby denkt.

»Junge«, kommentiert Hannes, »du bist so verklemmt, du wirst ja schon rot, wenn du 'n Ausziehtisch siehst.«

Sanders legt das zerkratzte Alubesteck beiseite und steht auf. »Wenn du mir helfen willst, Hannes, besorg mir die Informationen.« Er gönnt jedem Glücklichen sein Glück. Selbst Neuhaus. Aber es gibt Grenzen. Sanders wirft seine Serviette auf den Tisch und seinen Trenchcoat über den Arm. »Meine Empfehlung an die Frau Gemahlin.«

Ortstermin

Es ist stickig im Wagen. Zum ersten Mal in diesem Frühjahr trägt Oliver Trasseur den hellblauen Anzug aus Schurwolle-Mix mit Seide. Er passt gut zu seinen blonden Locken. Oliver ordnet seine Papiere in der Präsentationsmappe. Er setzt die Aviator-Sonnenbrille in Goldoptik mit der dezenten Logo-Applikation auf. Saskia hat sie ihm zu Weihnachten geschenkt. Die Brille bedeutet ihm viel. Im Immobilienvertrieb halten einen die Leute für so gut, wie man aussieht. Und Oliver sieht sehr gut aus.

Er verlässt seinen Wagen, wischt sich den Straßenstaub von den Budapestern. Hinter den Sprossenfenstern der Reihenhäuser bewegen sich die Gardinen. Der Lynchmob. Ja, der Adler ist gelandet. Oliver drückt die Brust raus. Er kann nichts dafür, dass er bereits mit dreißig geschafft hat, was diese sozialschmarotzenden Möchtegernprotestler niemals erreichen werden. Er kann auch nichts dafür, dass die Politik in Deutschland am Volk vorbeiregiert und Leistungsträgern wie ihm damit in die Karten spielt. Olivers schlechtes Gewissen hält sich in engen Grenzen.

Ein weißer Porsche Cayenne mit Münchner Kennzeichen kommt auf ihn zu. Er passt kaum durch die enge, löchrige Straße. Die schwere Parfümwolke bricht über Oliver zusammen, als er der Dame im Etuikleid aus dem Wagen hilft. Eine Unternehmerin. Oliver zündet sein Charmefeuerwerk. Als Vertriebsprofi macht er keine Bemerkungen über Religion oder Politik. Stattdessen: Küss die Hand – Haben Sie es gleich gefunden? – Genau das richtige Wetter für einen Außentermin et cetera.

Die Münchnerin starrt vielleicht eine Sekunde zu lang auf Olivers Visitenkarte. Er weiß, auf dem Foto sieht er geradezu lächerlich gut aus.

»Denkmalgeschützte Kleinhaussiedlungen haben wir nur sehr selten im Portfolio«, schwärmt Oliver und zeigt der Kundin einen Grundriss. »Noch dazu ein so idyllisches Ensemble im Grünen. Von der englischen Gartenstadtarchitektur inspiriert.

Trotzdem auf einzigartige Weise mit der Berliner Stadtkultur verwoben.«

»Um Gottswuin, is des graislig!« Resolut zieht die Dame eine Leica aus der Prada-Tasche.

»Der Vorbesitzer war eine städtische Wohnungsbaugesellschaft, die haben wenig gemacht«, räumt Oliver ein. »Aber den Investitionsstau holen wir im Nu auf. Interessieren Sie sich für ein Reihen- oder ein Mehrfamilienhaus?«

»Mei, i hob a Erbschaft gmacht, do kann koaner mithoitn. I muas Steiern sporn. Zeign's ma hold des Deierste. Bei uns dahoam san da Immobiln z'deir. Deiriger ois wia z'London.«

Oliver öffnet die Tür zu einem der Mehrfamilienhäuser. Vier Wohnungen auf zwei Stockwerken. Ein enges, dunkles Treppenhaus, es riecht nach alten Menschen. »Die Siedlung ist ein architektonisches Meisterwerk«, erklärt er der Investorin. »Bei den größeren Häusern legen wir alle Wohnungen zusammen. Dann haben Sie dreihundert Quadratmeter Wohnfläche. Fast wie ein Loft, aber mit Gartenanteil.«

Die Kundin ist noch nicht überzeugt. Sie ist eine handfeste Frau, trotz ihres Geldes. Das sei ja alles noch bewohnt. Und wie es stinke, pfui Teifel! Ob denn die Substanz nicht marode sei? Die Keller feucht? Oliver verneint. Die Münchnerin fragt ihn aus: Ölheizung, Gasanschluss oder Fernwärme?

Dann will sie die Dachbalken sehen, um den Sanierungsbedarf abschätzen zu können. Oliver klappt ohne Rücksicht auf seinen Anzug die Ausziehtreppe zum Dachboden herunter. Die Dame stöckelt vor ihm hinauf. Sie ist ihm vier Stufen voraus. Er bemüht sich erfolglos, ihr nicht unter den Rock zu starren. Das Spitzenmuster eines knappen Slips blitzt absichtslos zwischen solariumbraunen, frischgewachsten Beinen hervor.

Die Münchnerin erreicht den Dachboden und richtet sich auf. Oliver hört sie nach Luft schnappen. »Des glab i jetza net«, haucht sie.

Oliver bricht der Schweiß aus. »Das ist kein Schimmel an den Balken«, setzt er zur Verteidigung an und schiebt sich durch die Bodenluke. »Im Krieg haben sie hier die Dachbalken gekalkt, daher das Weiße.« Er klopft seinen Anzug ab. Dann sieht er es. Der Film seines Lebens stoppt und fängt an den Rändern an zu brennen.

Am Firstbalken pendelt ein Körper. Ein Hanfseil knarrt. Ein Mann, vollständig bekleidet, der Hals langgezogen, der Kopf absurd zur Seite geklappt, die Arme baumeln haltlos. Der Hausmeister, Michael Waschke. Seine Augen sind geschlossen, aber der Mund steht ihm offen, die Zunge quillt blau und geschwollen hervor wie bei einer rituellen Südseemaske.

Mit zwei Schritten ist Oliver bei ihm. Hebt ihn an, aber Micha ist kalt, steif, schwer wie ein Sack Kleingeld. Er kann ihn nicht wieder loslassen, entdeckt aber etwas abseits einen Schemel. »Schnell, schieben Sie mir den Hocker rüber!«, schreit er die Bayerin an.

Die steht stocksteif da, mustert ihn lidlos von oben bis unten. Ihr Mund bewegt sich fischstumm auf und zu. Ihr Kopf wackelt. Schockstarre. Staub tanzt golden im Frühlingslicht, das durch ein Dachfenster fällt. Michas toter Körper gleitet Oliver langsam aus den Armen. Er fasst nach. Das Hemd rutscht aus Michas Hose. Die Haut ist kalt wie Stein, der Schritt pitschnass. Es stinkt nach Scheiße. Oliver will alles loslassen und rennen. Aber so ein schlechter Mensch ist er nun auch wieder nicht. »Rufen Sie die Polizei!«, herrscht er die Frau an.

»Na!« Die Unternehmerin taumelt rückwärts. »Damit will i nix zum tuan ham!« Sie wirbelt herum, halb springt, halb fällt sie über die Bodentreppe und poltert nach unten.

Oliver kann Micha nicht mehr halten. Die Kleidung ist zu rutschig. Schließlich kommt der Moment, in dem Oliver Michas Gewicht wieder seinem einzelnen fragilen Halswirbel überlassen muss. Er tut es so behutsam wie möglich. Das satte Schmatzen, mit dem sich die Wirbelsäule aushängt, haut ihm die Knie weg. Das waren die Siedler. Klar.

»Warum habt ihr das gemacht, ihr Schweine?«, hört Oliver sich schreien. Michas Frau Britta, seine Jungs – alles kaputt. Und er, Oliver, er hat ihn überfordert, seinen alten Schulfreund, seinen einzigen Freund vielleicht, ihn in diese Schlangengrube geworfen. Olivers hellblauer Anzug ist plötzlich ganz feucht. Da ist plötzlich so eine Schuld. Er kann das jetzt nicht zu Ende denken, aber es schmerzt. Wie ein Messer im Rücken, an das man nicht herankommt.

Oliver realisiert: Er kniet in einer Pfütze aus

kaltem Urin. Er springt auf, nestelt sein Telefon aus der Anzugtasche. Während er auf die Straße rennt, ruft er die Polizei. Die Münchnerin will in Panik abhauen. Er stoppt ihren Wagen, wirft sich auf die Motorhaube. Sie hupt. Es ist ihm egal.

Dreißig Minuten später wimmelt die Siedlung von Polizisten. Oliver weiß nicht mehr genau, wie oft er schon zu Protokoll gegeben hat, dass Micha Waschke ein alter Schulkamerad von ihm ist. Er sieht Michas Frau Britta aus dem Haus kommen. Sie schreit, sie will ihren Mann sehen. Ein Notarzt gibt ihr und der Münchner Investorin Beruhigungsspritzen.

»Ein am Holz Aufghängta ist verflucht bei Gott«, rezitiert die Münchnerin und bekreuzigt sich.

Brittas Spritze wirkt nicht. Als sie Oliver sieht, stürzt sie aus dem Rettungswagen und ohrfeigt ihn, weint, schreit: »So weit habt ihr's getrieben mit eurer Geldgier!«

Ein vertrauter Gedanke. Oliver wehrt sich nicht. Er versteht überhaupt nicht, was hier passiert. Es geht ihm doch nur ums Geschäft, und Geschäft tut normalerweise nicht weh. Das ist doch nichts Persönliches. Leben und Tod werden da doch gar nicht verhandelt. Zwei Beamte befreien ihn von der Furie Britta. Im Mund hat er Eisengeschmack und im Herzen das Gefühl, die Schläge verdient zu haben. Warum, kann er nicht sagen. Er kann überhaupt nichts sagen. Nur auf den Zinksarg kann er starren und sich wundern, was mit seinem perfekten Leben geschehen ist.

Der Rädelsführer

Sprühregen glitzert im Flutlicht über dem Fußballplatz, davor und dahinter Nachtschwärze. Der Rasen an der Emmentaler Straße liegt in einer zweifelhaften Gegend nahe der Einflugschneise des Flughafens Tegel. Kein sozialer Brennpunkt, aber die Lunte glimmt, und der Wedding ist in Rufweite.

Sanders drückt sich bei den Umkleidekabinen herum. Sein ganzer Körper ist regennass und klamm. Er ist Jürgen Schrödter von der Siedlung bis hierher gefolgt. Einfach war das nicht, denn Jürgen Schrödter fährt U-Bahn, und es ist fast unmöglich, jemandem außerhalb der Stoßzeiten in der U-Bahn zu folgen, ohne bemerkt zu werden. Ein Job für zwei oder drei Detektive, mindestens.

Schrödter lehnt mit den Unterarmen auf einem Zaun, der den Platz umgibt. Er trägt Jeans und eine gelbe Polyesterregenjacke. Vor ihm auf dem Platz trainieren ein paar junge Männer. Schrödter sieht unzufrieden aus, vielleicht, weil er unter Mordverdacht steht.

Die Jungs auf dem Platz wissen davon natürlich noch nichts.

»Nächste Woche bist du fällig, Paul!«, albert der linke Außenverteidiger herum und schüttelt seine Haare wie ein nasser Collie. Der Spott spritzt dem anderen ins Gesicht.

»Ich reiß dir die Eier ab, Schwuchtel!«, lacht der, der Paul heißt. Dann geben sie sich High Five. Ihre Hühnerbrüste prallen in Zeitlupe aneinander.

Das Fußballtraining ist zu Ende. Die Jungs sammeln die Bälle ein und verabschieden sich. Jürgen Schrödter begrüßt den, den sie Paul nennen, mit einer Umarmung. Zusammen laufen sie los und debattieren im Gehen. Leider kann Sanders nichts verstehen. Der Regen flüstert zu laut. Er schlägt den Mantelkragen hoch, seine Ohren schmerzen vor Kälte. Die beiden Silhouetten zuckeln vor ihm durch den Regen wie in dem Film *Gaslicht*. An der Art, wie Schrödter dem Jungen den Arm um die Schulter legt, liest Sanders ab, dass er ihm von Waschkes Tod erzählt. Die beiden bleiben stehen und schluchzen sich an. Wäre er ein Detektiv aus dem Privatfernsehen, hätte Sanders jetzt ein Richtmikrofon. So wartet er in einem Hauseingang, und als sie sich wieder beruhigt haben, folgt er Schrödters gelber Jacke und Pauls praller Sporttasche weiter in gebührendem Abstand durch die Thurgauer in die Deutsche Straße, eine Sackgasse. Der Fußweg dahinter verliert sich, spärlich beleuchtet, zwischen Büschen und soliden dreistöckigen Nachkriegsbauten. Die Schritte der beiden Männer knirschen im Kies. Sanders selbst hält sich neben dem Weg, im vom Regen satten Gras. Hier und da dringt Musik oder Lachen durch die freundlich erleuchteten Fenster. Ansonsten hört er nur das Prasseln der Regentropfen auf den Blättern der Büsche. Der Abend riecht frisch. Hinter den Häusern ahnt Sanders den schwarzen Spiegel des Schäfersees.

Keine drei Minuten hat er gebraucht, um das Video zu finden, von dem sein Vater gesprochen hat. Der junge Mann mit dem Toilettenpömpel, den die Polizei in dem Filmchen an einer Hauswand filzt, ist ein unauffälliger Blonder mit Pickeln, vielleicht siebzehn oder achtzehn Jahre alt. 123 Kommentare wurden zu dem Video gepostet, von zynisch bis euphorisch ist alles dabei. Nachdem Sanders die Hälfte gelesen hat, kennt er den Vornamen des Jungen: Paul. Paul geht noch zur Schule, Friedrich-Engels-Gymnasium. Auf der Internetseite der Schule hat Sanders das Bild einer Fußballmannschaft gefunden. Paul ist der Zweite von links, sein Nachname ist Rausch, und er spielt auf der Sechs. Stolz verkündet die Schule den Trainingstermin der Fußball-AG: heute Abend.

Vor ihm biegen Jürgen Schrödter und Paul Rausch ab und verschwinden in einem Eckhaus. Sanders wartet, bis die Schatten der beiden hinter den Treppenhausfenstern im zweiten Stock eine Wohnung betreten. Er checkt den Hauseingang. Eine Briefkastenanlage, bei der die Schlitze gleich unter den Klingelschildern sind. *Rausch*, dritter Stock. Darüber klebt ein zweites, provisorisch wirkendes Schild: *Doktor Hasso von Rudloff*. Der Name klingt nicht nach einem Mann, der zur Untermiete wohnt. Sanders macht ein Foto mit seinem Smartphone und sichert es in seiner Cloud.

Dann wartet er in der Dunkelheit der Sträucher. Sanders wartet eigentlich gerne, das hat etwas Meditatives. Aber der Regen ist so kalt wie Kantinenkaffee. Er geht auf und ab, sein Rücken schmerzt. Er denkt an seinen Vater, der jetzt sicherlich mit einem Glas zwanzig Jahre altem Bowmore in einem Sessel vor einem prasselnden Kaminfeuer sitzt und einer Katze die Schnurrhaare ausreißt.

Sanders klebt seine Hose an den Beinen. Er hofft, dass die Schuhe noch zu retten sein werden. Handgenähte Schuhe. Zitronen sollen ja gegen Wasserränder auf Leder helfen. Und zufällig hat er Zitronen besorgt, eigentlich für den erstklassigen japanischen Gin aus dem Weinladen am Hansaplatz.

Zwei Stunden vergehen, bis Schrödter wieder auftaucht. Sanders streicht sich die nassen Haare zurück und tritt dann vor ihm aus dem Gesträuch wie einer von Robin Hoods fröhlichen Mannen. »Herr Jürgen Schrödter?«

Der Mann bleibt stehen. Es ist kurz vor Mitternacht in einer schlechtbeleuchteten Seitenstraße. Schrödters Augen sind schnell. Sie scannen die Straße hinter Sanders mit einem Blick, der die Agonie des Wartens aus dessen Körper löscht.

»Ja?«, fragt Schrödter. Er hat seine Stimme aufgemuskelt, als würde ihm gleich die Brieftasche abgeknöpft, aber auf seinem Gesicht dämmert die Überzeugung, es mit Sanders aufnehmen zu können. Fast jeder glaubt das, bis es so weit ist. Menschen neigen dazu, sich ihre wahre Bedrohungslage schönzureden. »Der Sohn des feinen Rechtsanwalts! Sind wir jetzt schon so weit, ja?«

»Wie weit?«

Schrödters Schultern werden breiter. Er kommt auf Sanders zu, bis sie nur noch ein halber Meter Landregen trennt. »Es gibt zwei Möglichkeiten«, sagt er. »Erstens, Ihr Vater hat Sie geschickt, um mir eine Abreibung zu verpassen, damit die Siedlung den Schwanz einzieht.«

»Und zweitens?«

»Sie wollen mir nur was sagen. Nämlich, dass wir alle enden werden wie Waschke, wenn wir nicht sofort unsere Siebensachen packen und ins Märkische umziehen.«

»Dann ist ja alles klar, was?«

»Sie überschätzen sich, Schnüffler.«

Schrödters Faust trifft Sanders' Schulter aus dem Nichts, unentschlossen, amateurhaft, aber es reicht, um Sanders aus dem Gleichgewicht zu bringen. Der stolpert in einen Fahrradständer. Es scheppert, er hört Jürgen Schrödter brüllen: »Verpissen Sie sich, Mann!« Noch ein Tritt, knallhart gegen das Knie. »Lassen Sie meine Familie in Ruhe!«

Sanders findet sein Gleichgewicht wieder. »Darum wollte ich Sie auch bitten«, sagt er und ordnet seinen Mantel.

Schrödter nimmt Haltung an wie beim Vollkontakt-Karate. »Guter Spruch«, geifert er. »Ihr Vater und seine Immobiliengesellschaft machen uns seit zwei Jahren das Leben zur Hölle, und jetzt kommen Sie hier an und erzählen mir, wir sollen Ihre Familie in Ruhe lassen!« Er lacht böse.

Sanders wischt sich mit dem Handrücken den Regen aus den Augen. »Sie sehen aus wie ein vernünftiger Mann«, sagt er. »Sie sind Pauls ...«

»... Patenonkel. Und ich *bin* ein vernünftiger Mann, Herr Sanders«, keucht Schrödter. »Ein vorsichtiger Mann. Über dreihundert Tage Protest, und nicht einen einzigen Rechtsverstoß konnten sie uns nachweisen.«

»Und dann hat jemand die Nerven verloren.«

»Nein.«

»Doch. Waschke ist tot. Mein Vater wird bedroht.«

»Damit haben wir nichts zu tun. Wir wollen nur unsere Ruhe.«

»Sagen Sie Paul, ich werde beweisen, dass er den Drohbrief an meinen Vater geschrieben hat.«

»Finger weg von Paul. Reicht es Ihnen nicht, seine Oma obdachlos zu machen? Müssen Sie dem Jungen nun auch noch das Leben versauen?«

»Ich tue, was getan werden muss. Und da Sie und Ihre Siedler ja neuerdings die Leute aufhängen, die Ihnen nicht passen, macht sich mein Vater natürlich Sorgen. Sein zweiter Sohn ist noch klein. Er möchte nicht, dass der ohne Vater aufwächst.«

Vielleicht ist es die Dunkelheit, vielleicht die Müdigkeit, vielleicht die Allgegenwärtigkeit von Gewalt. Jedenfalls verliert Schrödter die Kontrolle, setzt zu einem Schwinger an. Sanders taucht unter Schrödters Arm durch, der eigene Schwung reißt den Mann an ihm vorbei in die Fahrräder. Es knackt, als Schrödter mit dem Kiefer auf einen Gepäckständer knallt. Taumelnd kommt er wieder hoch, spuckt aus. Zahnmaterial klackert im Rinnstein.

»Dieser Waschke«, japst Schrödter, »das war ein netter Kerl. Der hatte Anstand. Aber der hatte auch Familie. So wie der unter Druck gesetzt wurde – das musste ja eine Katastrophe geben.«

»Glauben Sie, er hat sich selbst ...«

»Wenn Sie's nicht waren.«

»Warum sollte er so etwas tun?«

»Ich bin nicht dafür zuständig, Sie aufzuklären, Mann. Fragen Sie doch mal Ihren Vater oder diese

Verwalterin, diese Frau Schwarz.« Schrödter hält noch immer die Fäuste vor der Brust, unbeholfen wie Nikolai Walujew in Runde zehn.

»Wenn Sie so ein Verein von Unschuldslämmern sind, dann wird es Ihnen ja nicht schwerfallen, Paul zurückzupfeifen.«

»Ich sag Ihnen was.« Schrödter tritt so dicht an Sanders heran, dass der seinen Bieratem riechen kann. »Sie glauben gar nicht, wie gut es sich anfühlt, moralisch auf der richtigen Seite zu stehen.«

»Schalten Sie Ihren Heiligenschein aus, Schrödter, bevor hier noch einer die Feuerwehr ruft.«

Schrödter denkt drüber nach. Sanders meint von seinem Gesicht ablesen zu können, wie er sich daran erinnert, dass er vor dem Bier und vor dem Mord ein ruhiger, besonnener Typ war. Die Fäuste verschwinden. »Glauben Sie ja nicht, dass Sie mich provozieren können«, sagt Schrödter.

Sanders nickt. »Glauben liegt mir nicht. Aber manchmal, in ganz seltenen Fällen, hoffe ich.«

»Jeder muss sich an irgendetwas festhalten, nicht wahr?«

»Immerhin ist es bei mir kein Bierglas.«

Für eine Zehntelsekunde scheint es so, als wolle Schrödter wieder auf ihn losgehen. Dann winkt er ab und lässt Sanders stehen. Sanders sieht Schrödters breitem Rücken nach, als der sich Richtung U-Bahn trollt. Schrödter wird zurückkehren in seine Siedlung, als Held. Sanders wird zurückkehren in seine Stille.

Er ruft sich ein Taxi. Falls es etwas gibt, das heute Nacht noch stärker ist als der Regen, dann ist es

Sanders' Gefühl, dass die Siedler mit Waschkes Tod nicht das Geringste zu tun haben.

Im Taxi ist es warm, Zigarettenqualm hängt in den Kleidern des Fahrers. Der durchgesessene Beifahrersitz riecht nach schmutzigem Kleingeld. Sanders wohnt kurz hinter dem Kanzleramt, und der Taxifahrer redet gerade wenig genug.

Unter der Dusche kämpft Sanders dagegen an, im Stehen einzuschlafen. Außer einem Stück Zitronenschale hat er heute noch nichts gegessen. Aber auch Gin Tonic ist eine Hauptmahlzeit, wenn man sich's lange genug einredet.

Die Sehnsucht der starken Frau

Doktor Helen Sturms Praxis liegt am Rosenthaler Platz. In der U-Bahn treff ich wieder diesen Verrückten, der denkt, er arbeite für die BVG. Seine Masche ist es, Passanten nach ihrem eigenen Sternzeichen zu fragen und es sie auf einem Liniennetzplan unterschreiben zu lassen. Er sagt, er brauche das für seine Unterlagen. Eine Gruppe Jungs aus dem Rheinischen, die noch von gestern übrig sind, nehmen ihn bierernst und drehen einen Handyfilm.

Ich verlass den Bahnhof Rosenthaler Platz durch den nördlichen Ausgang, der in einem Wohnhaus liegt. Das Haus ist dunkelgrau, bis zur Reichhöhe plakatiert und voller Graffiti. Und am Giebel steht in tanzenden Riesenlettern: *Dieses Haus stand frü-*

her in einem anderen Land. Unten hat jemand *Chanel* drangesprüht, dabei riecht die ganze Kreuzung nach einer Mischung aus Frittenfett und Bremsstaub. Ja, diese positivistische Sehnsucht nach Überhöhung! Auch beim täglichen Parcours zwischen Baustelleneinrichtung, Straßenbahnschienen und Hundehaufen vergisst der Mensch nicht, was er eigentlich will. Nämlich immer das, was er gerade nicht hat. Und meistens ist das Reichtum und Ruhm. Oder Chanel. Ich weiß auch nicht, warum das bei mir zwar im Prinzip genauso, aber inhaltlich eben doch ganz anders läuft. Ich werde Helen fragen.

Unter Lebensgefahr überquer ich die Brunnenstraße. Es muss geregnet haben, denn der Asphalt dampft in der Vormittagssonne, als sei die Hölle dicht unter der Oberfläche. Das »Cosmic Kasper«, ein Club an der Ecke Torstraße, wirbt für Zwei-Euro-Bier und Porno-Karaoke im Underground-Keller.

Ich drück die Klingel an der hübschen Jugendstiltür von Doktor Helens Praxis. Es summt, ich steh im Flur und eigentlich auch schon mitten in der Garderobe. An den Wänden hängen schreiend bunte Drucke: flamencotanzende Skelett-Karikaturen, die für einen Umzug am *Día de los Muertos*, dem mexikanischen Tag der Toten, werben. Am Ende des Flurs steht ein Altar, auf dem vor einer Buddhastatue ein Bündel Räucherstäbchen vor sich hin schwelt. Es riecht, als hätte jemand seine Achselhaare angezündet. Dem Buddha scheint's zu gefallen.

Ich zieh meine Strickjacke aus. Eine Zimmertür öffnet sich. Aus dem Augenwinkel seh ich eine ältere Frau in einem hellgrünen Kostüm auf mich zu wirbeln. Sie trägt eine schwarze Sonnenbrille, ihre Haare sind blond und auftoupiert wie bei einem Stummfilmstar, ihren Sauerkirschmund kneift sie hart zusammen, ohne Rücksicht auf das Make-up. Ihr massives Parfüm drückt mich beiseite wie eine Bugwelle. Sie greift über mich hinweg an die Garderobe, ihre Tasche knallt mir an den Kopf, sie reißt einen Mantel vom Haken, und schon fällt die Tür hinter ihr zu. Etwas Gelbes flattert zu Boden. Vielleicht will die Frau ihren Bus nicht verpassen oder so. Ich fang den gelben Zettel reflexartig auf, als ich auch schon Doktor Helens Stimme hinter mir hör. »Puh, Liberty Vale, ein Glück, dass du gekommen bist! Husch, husch, rein mit dir!«

»Was war das denn?«, frag ich und zeig auf die Tür.

»Ja, die ...« Doktor Helen seufzt. »Hat sie dich umgerannt? Wahnsinnig aggressive, antisoziale, selektive Realitätswahrnehmung. Wirklich unheimlich, die Frau ist eine wahre Zeitbombe. Das ist leider nichts Besonderes in meinem Beruf.«

»Hast du gerade über eine Patientin gelästert, Doktor Helen? Das ist aber nicht die feine englische Art!«

Helen schaut ins Nichts. »Stimmt. Sorry. Die haut mich immer wieder um. Ich glaube, die ist wirklich gefährlich. Aber was soll ich machen?«

»Die Tür von innen abschließen?«

»Gute Idee! Und jetzt Themenwechsel! Sprechen

wir über junge Männer.« Doktor Helen packt meinen Oberarm mit ihren schmalen, harten Händen und schiebt mich in ihren Behandlungsraum. Sie stöckelt vor mir her, und was sie anhat, ist vielleicht Vivienne Westwood, vielleicht ein Faschingskostüm. Jedenfalls trägt sie ein enges Kleid aus königsblauer Seide, eine kunterbunte Federstola, auf die Papageno neidisch gewesen wäre, ein rotes Haarband und einen klappernden Stapel goldener Armreifen. Ihre Fingernägel sind fünf Zentimeter lang.

Von all den Eindrücken erschöpft, sink ich auf das rote Lackledersofa.

»Wie geht es dir heute?«, schmettert Doktor Sturm. »Einen Cognac! Die Sorte für meine guten Freundinnen!«

Es ist kurz nach elf, und ich hab ein volles Glas in der Hand. Im Liegen trinkt es sich schlecht, also setz ich mich auf. Der Cognac schmeckt butterweich. Auf dem Schreibtisch von Frau Doktor thront ein blumenbekränzter Totenschädel aus Zucker, auf dessen Stirn *Cono* steht.

»Hat mir ein mexikanischer Freund am *Día de los Muertos* geschenkt«, sagt Helen und zeigt auf die morbide Süßigkeit. »Man schreibt den eigenen Namen darauf. Damit will man sagen, dass der Tod der Liebe nichts anhaben kann.«

»Klar. Wir waren halt alle mal jung. Cono, hm?«, frag ich und kipp den Cognac runter. »Was ist denn aus deinem mexikanischen Freund geworden?«

Doktor Helen seufzt und steckt eine Kippe in ihre Zigarettenspitze. »Die Sehnsucht der starken Frau nach dem starken Mann ist ein Dilemma. Starke

Frauen fürchten sich davor, dass eine Partnerschaft entweder im Machtkampf oder in der Selbstaufgabe endet. Das ist typisch, Fräulein Libby. Schau dich selbst an. Noch einen Cognac?«

Ich schüttel den Kopf. »Aber ich will gar keinen starken Mann. Ehrlich gesagt, ich will nur einen, der da ist. Einen, der mich sein lässt.«

»Aber das ist Stärke, den anderen sein lassen. Das ist selbstbewusst. Schau mal an dir runter.« Doktor Helen kichert in ihren Cognac. »Gibt Männer, die würden dich wegsperren wollen.«

»Na ja, das ginge klar übers Platonische hinaus.« Ich leck den Rand vom leeren Glas ab. Es ist so eine Art Abschiedskuss.

»Also, Fräulein Vale, du musst dich schon entscheiden: platonische Freundschaft oder Attacke!«

»Und wenn ich«, nuschel ich, »mit zu viel Attacke alles kaputtmache?«

»Pass auf, eine Überlegung zur Motivation! Bei platonischen Freundschaften zwischen Männern und Frauen geht eines natürlich gar nicht: Sex! Einmal vom platonischen Sperma weggeschwemmt, kriegst du die Büchse der Pandora nicht mehr zu. Wenn du verstehst.«

Ich seh eine Horde Spermien vor mir, die in der Luft schwanzwackelnd ein großes Paragrafenzeichen formen und sarkastisch mit den Augen rollen. »Für mich stellt sich gar nicht die Frage«, schmoll ich, »ob Männer und Frauen einfach nur Freunde sein können, sondern warum denn Männer und Frauen einfach nur Freunde sein sollten. Die Evolution hat das überhaupt nicht vorgesehen.«

»Das geht schon, Kindchen.« Helen betrachtet ihre goldberingten Finger. »Wenn einer von beiden zum Beispiel stinkt oder grottenhässlich ist. Hast du ein Foto von Sanders?«

Ich drück auf meinem Handy rum, bis ich das Foto finde. Da liegt so eine zerbrechliche Härte in seinem Blick. Ich geb Helen das Telefon.

»Ach«, seufzt sie und vergrößert das Bild mit einem routinierten Griff, so als würde sie – Alter hin und her – oft Dinge mit einem routinierten Griff vergrößern. »Also wirklich, Fräulein Libby, Chapeau! Exquisiter Geschmack.«

Mein Schöner. Sie mustert ihn fachmännisch. Es fühlt sich an wie ein Besuch beim Pferdehändler. Nervös fummel ich an meinen Haaren herum.

»Sexy, das offene Hemd«, sagt Doktor Helen und gibt mir das Handy zurück. »Samtige Haut! Man ahnt schon, wie gut sich seine Brust anfühlt.«

Das trifft es. Ich will dieses Hemd aufreißen, ich will mich an diesem Mann vergehen. Ich bin ein Triebtäter. »Du solltest sein Lächeln sehen«, schieb ich heiser nach. »Als würde er in seinem Gesicht das Licht anmachen.«

»Hast du ihm die Nase gebrochen?«, fragt Helen.

Ich kicher. »Sanders ist gar kein harter Kerl, sondern Realist. Und was du auf dem Foto nicht sehen kannst, ist sein Hintern, der ist wirklich ...« Wirklich Weltklasse, ein richtiger Schenkelöffner.

»Och, Kindchen, ich sehe ihn genau vor mir, ob du's glaubst oder nicht.« Helen lacht ihr dunkles Lachen. »Ich muss dir dringend helfen. Ich sage dir, wie ich das sehe. Ich arbeite mit psychologischen

Archetypen. Männer, die keinen Vornamen haben, stehen im Typus der introvertierten Intuition. Da habe ich noch eine Überraschung für dich: Diese Typen sind oft nur äußerlich Realisten. Innerlich sind sie Träumer, Fantasten.«

Sanders hat mir mal in einer langen Nacht in einem kalten Auto erzählt, dass er einen Traum hat, der immer wiederkommt. Er träumt, dass seine Familie verbrennt. Ich bin mir plötzlich sicher, dass das der Schlüssel ist. »Wow, danke! Ist ja wirklich wie Hellsehen.«

»Und was dich angeht, Fräulein, du bist Typ extrovertierte Intuition! Das heißt, du reibst dich auf für Dinge, die dir unglaublich wichtig erscheinen. Bei Schwierigkeiten schmeißt du aber schnell hin. Ihr seid sehr verschieden. Du musst ihn dazu bringen, dir zu vertrauen, Fräulein. Mit Geduld. Dranbleiben! Der hat Tiefe, dein junger Mann.«

»Geduld? Meine schwache Seite.« Ich schäm mich ein bisschen.

Helen lächelt genüsslich und sieht mir dabei zu, wie ich auf meiner Unterlippe herumbeiß. »Geduld ist eine Frage der Grundhaltung«, sagt sie. »Und wenn ich's mir genau überlege, passt Geduld überhaupt nicht zu dir. Man muss ja nicht jeden dauerverlangsamen.«

Ich räusper mich und zuppel mein Haar zurecht. »Soll heißen? Bin ich unrettbar verloren, oder was?«

»Weißt du ...«, Doktor Helen beugt sich vor, »... jeder anderen würde ich bei chronischer Ungeduld so was wie Yoga empfehlen – ausatmen, einatmen –, aber dir würde ich vom Atmen in der Öffentlichkeit aus anatomischen Gründen gänzlich abraten, Schätzchen. Um dir den Skandal zu ersparen.«

»Bedeutet ärztliche Schweigepflicht nicht auch, dass man die Pflicht hat, ab und an einfach mal die Klappe zu halten?«

»Jetzt messen wir deinen Blutdruck«, befiehlt Doktor Helen.

Ich streck mich. Es ist gemütlich auf der Couch. »Ich bin doch eher für Attacke, Frau Doktor Sturm«, sag ich, während sie mir die Blutdruckmanschette anlegt. »Auch wenn ich mir sicher bin, dass es schiefgeht. Sanders ruft mich nicht an, schon seit Wochen. Wahrscheinlich hat er längst eine andere.«

»Wahrnehmungspsychologisch gesehen ist das nur ein Konstrukt, das du dir selbst ausmalst«, sagt sie und zwinkert mir zu. »Du musst einen Realitätscheck machen.«

»Heißt?«

»Du muss ihn fragen, was er von dir hält, Fräulein.«

Meine Ohren werden knallrot.

Schmiergeld

Oliver Trasseur kann sich nicht konzentrieren, kann nicht im Büro sitzen. Er fühlt sich merkwürdig belauert von dem toten Freund, von der Polizei, aber auch von Saskia, seiner energischen Verlobten und Geschäftspartnerin. Er gibt vor, Außentermine zu haben, geht im Regen spazieren, schaut auf den Lietzensee und die psychedelischen Muster, die der Regen auf das trübe Wasser malt.

Früher hat er an seinem Smartphone gehangen wie an einem Sauerstoffgerät, jetzt ist es unwichtig, dass es vibriert. Es ist viel schöner, auf den Regen im Park, auf das Grün zu schauen als auf einen Bildschirm. Auf Bildschirmen sieht man selten etwas Gutes. Oliver spürt eine ungeheure Müdigkeit. Mit einem letzten Rest Disziplin bringt er sich schließlich dazu, die Nachricht aufzurufen.

Eine E-Mail mit einem ihm unbekannten anonymen Trash-Mail-Absender. Spam, denkt er, und sein Finger schwebt bereits über dem kleinen Papierkorbsymbol. Da sieht er den Anhang: *Rabennest.pdf.* Er öffnet die Datei. Es ist ein Foto. Ein roter Leitz-Ordner liegt auf einem ebenholzfarbenen Schreibtisch, dem Schreibtisch seines Vaters. Der Ordner ist aufgeschlagen, das oberste Blatt ist eine Rechnung. Oliver zoomt auf das Datum: Zwei Jahre alt.

Die BWG, Berliner Wohnungsbaugesellschaft AG, berechnet der Am Rabennest Sanierungsgesellschaft fünfhunderttausend Euro für *Beratungsleistungen.* Unter der Summe klebt auf der Rechnung ein gelber Notizzettel mit einer handschriftlichen Notiz: *Schmiergeld,* dreimal unterstrichen. Es ist die Handschrift seines Vaters.

Witwenschütteln

Michael Waschkes Tod geht ihn nichts an. Eigentlich. Sanders wirft die Zeitung auf den Schreibtisch, der in einer Ecke seines Einzimmerapartments steht. Die dunkelgraue Tapete gibt dem Raum etwas Beständiges. In die Ecke gegenüber dem Schreibtisch hat er sein Bett gestellt. Den Platz am Fenster nimmt der Schrankkoffer ein. Der Koffer steht offen wie ein aufgeschlagenes Buch. Sanders' Kleidung wartet darin so akkurat gefaltet wie die Ware in der Auslage eines teuren Herrenausstatters. Er kauft seine Sachen in einem kleinen Geschäft an der oberen Turmstraße, das weder »for Men« noch »Mode« in seinem Namen trägt. Der ältere Herr, der ihn dort mit Bedacht und einem Maßband um den Hemdkragen bedient, hat ihn noch nie mit Glencheck oder Beigenuancen belästigt. Er weiß, was er an Sanders hat, denn der kauft gerne alle Teile dreimal: Einen Satz hat er an, einen Satz im Schrank und einen in der Reinigung.

Neben dem Schrankkoffer am Fenster lauert das antike Karussellpferdchen. Es wirkt so dekorativ und harmlos, aber es steht für eine offene Wunde.

Sanders setzt sich an seinen Schreibtisch und schließt die SIG in einer Schublade ein. Der Schreibtisch ist staubfrei und leer. Er fährt sein Notebook hoch und legt einen Ordner an. Klickt sich durch ein paar Internetseiten. Zum Beispiel Baudenkmalinvest.de: *Kleinhaussiedlung Am Rabennest, Berlin. Luxuriöses Kleinod. Topausstattung. Sehr gute*

Infrastruktur. Bestlage: Nord-Berlin, Reinickendorf, 800 Meter zur Shoppingmeile Tegel-Center, 15 Minuten zum Flughafen, 20 Minuten zum Kudamm.

Die Computeranimationen – Hinweis unten am Bildrand: *unverbindliche Außenvisualisierung* – zeigen eine idyllische, dörfliche Straße mit blühenden Bäumen und akkurat geschnittenen Hecken. Rote Dächer, hellgelbe Fassaden, azurblaue Fensterläden, blutrote Kletterrosen. So stellt sich Sanders ein englisches Dorf vor. Er schaut sich Bilder von Kaminzimmern und offenen Küchen an. Warme Landhausdielen. Das Karussellpferdchen würde sich in einem Wintergarten wohlfühlen.

Wenn er ehrlich ist, glaubt Sanders, den Auftrag des Vaters bereits erfüllt zu haben. Er hat Schrödter offenbart, dass er weiß, dass sein Patenkind Paul hinter den Drohbriefen steckt. Schrödter ist nicht dumm, er wird Paul zurückpfeifen.

Aber mittlerweile ist das Ganze ein Mordfall. Sanders entscheidet sich, den Auftrag großzügig auszulegen. Schließlich ist er hier der Detektiv, er sagt, wann er genug weiß für einen Abschlussbericht, wann es hell genug ist im Dunkeln. Vielleicht ist es auch einfach wieder seine alte Besessenheit mit der Schuldfrage. Jedenfalls muss er die Witwe des Hausmeisters anrufen. Bei den Journalisten nennt man das Witwenschütteln. Man hört den Polizeifunk ab, steht dann vor der Tür und fordert die Fotos aus dem Familienalbum ein. Für die Identifizierung, sagt man dann. Oder: Die Öffentlichkeit hat ein Recht auf Information. Nur dass der Nachrichtenwert des Fotos eines Toten gleich null ist. Das wissen Journalisten, aber sie verdienen Geld damit, den selbstverursachten Voyeurismus reziprok wieder wegzubefriedigen. Als Sanders noch bei der Polizei war, konnte er sich zumindest einreden, dass es der Wahrheitsfindung dient, Hinterbliebenen Fragen zu stellen. Jetzt ist es nur noch emotionale Vorteilsnahme. Sanders hört das Klingelzeichen am anderen Ende der Leitung und möchte auswandern.

Zu spät. Es klickt, eine Frauenstimme. »Ja?«

»Frau Britta Waschke?« Sanders verleiht seiner Stimme behutsame Tiefe. Er kann die Frau atmen hören.

»Sind Sie von der Zeitung? Wenn Sie von der Zeitung sind, lege ich sofort auf.«

»Frau Waschke, bitte. Ich bin von keiner Zeitung. Mein Name ist Martin Sanders. Ich rufe Sie im Auftrag meines Vaters an. Mein Vater ... er ist ...«

»Ich weiß, ich weiß. Sanders. Hören Sie bloß auf!« Britta Waschke klingt eher resigniert als empört. »Rainhard Sanders. Der Rechtsanwalt. Ihr Vater ist auch einer von denen.«

»Ja.«

Sie seufzt. »Und jetzt den Sohn anrufen lassen, oder was? Ich will keine Beileidssprüche, hören Sie?«

»Es tut uns sehr leid, was mit Ihrem Mann geschehen ist.« Sanders hasst sich für das klebrige Mitgefühl, das er in seine Stimme zwingt.

Die Quittung kommt sofort. »Wissen Sie was, Herr Sanders? Es ist mir total egal, was von Ihnen oder von der Sanierungsgesellschaft kommt. Lassen Sie mich in Ruhe, ja?«

»Frau Waschke, bitte! Mein Vater weiß, dass das Geschäftsgebaren der Gesellschaft nicht immer korrekt war. Er will das ändern.«

»Zu spät, Herr Sanders. Micha wird davon auch nicht wieder lebendig. Blutsauger wie Ihr Vater, die kommen hierher, aus Zehlendorf oder Frankfurt oder Hongkong oder weiß der Teufel woher, und die machen einfach alles kaputt. Das Rabennest ist die Heimat von Menschen, Herrgott noch mal, kein Spekulationsobjekt! Das geht doch so nicht. Sie sollten sich schämen!« Sie weint, er kann das hören. »Und wissen Sie was? Mein Mann war einfach mit den Nerven am Ende«, schluchzt sie. »Er konnte das nicht mehr, diesen ganzen Scheiß hier. Wie er die Mieter schikanieren musste, das hat ihn fertiggemacht. Micha war nie depressiv. Aber das hier, dieser ständige Hass, das war zu viel für ihn.«

Schmerz, Leere, Trauer – Sanders ist sofort auf vertrautem Terrain. »Ich will Ihnen helfen, Frau Waschke«, sagt er und schafft es, authentisch zu klingen. »Ich arbeite als privater Ermittler. Mein Vater hat mir erzählt, was die Sanierungsgesellschaft Ihnen angetan hat. Ich muss Sie sehen. Es ist dringend. Wir brauchen Beweise, nur dann können wir Ihren Mann rehabilitieren.« Sanders stellt den Vater als einen viel zu guten Menschen dar. Dabei ist klar, der Vater will nur sein neues Kind schützen. Sein kostbares neues Leben.

Britta Waschke weint immer noch, und Sanders hört ihr beim Weinen zu. Das ist viel zu intim. Er starrt auf den Bildschirm seines Laptops. Als die Tastatur feucht wird, klappt er das Gerät zu. Er wischt sich die Nase mit dem Handrücken ab. Nein, denkt er, bestimmt habe ich den Auftrag meines Vaters falsch verstanden. Bestimmt will der Vater auch wissen, ob die Sanierungsgesellschaft mit seinem Geld Leute terrorisiert und ob es sich um ein ethisch einwandfreies Direktinvestment handelt.

»Was wissen Sie denn schon?«, hört er Frau Waschke sagen. »Was soll ich den Kindern sagen, hm? Was?«

Kinder – ach Gott! Sanders weiß, er muss das jetzt aushalten. Muss dafür büßen, dass sein Vater Geld in etwas Böses gesteckt hat. Absichtlich oder nicht.

»Micha kommt nie wieder, verstehen Sie das? Nie wieder!«

Die Ohnmacht kriecht ihm langsam die Kehle hoch. Soll er sagen: Ich weiß, wie das ist? »Es tut mir sehr leid«, hört er sich sinnentleert krächzen. »Aber wenn Sie mir helfen, können wir vielleicht verhindern, dass noch mehr Menschen zu Schaden kommen. Ich muss wissen, was genau passiert ist.«

Britta Waschke lacht bitter. Im Hintergrund schreit ein Kind.

Sanders sagt den Zauberspruch: »Wenn Sie mir helfen, finden wir sicherlich etwas, das Sie Ihren Kindern erzählen können.« Er hört, wie sie die Luft anhält. Wer ist er überhaupt, sich das herauszunehmen? Und warum redet er einen solch manipulativen Blödsinn? Sein Gesicht fühlt sich heiß an. Er ist viel zu weit gegangen. »Entschuldigung«, flüstert er. »Ich ... Es tut mir leid. Ich habe Sie belogen. Ich kann Ihnen nicht helfen. Ich kann Ihnen nur Kraft wünschen.«

Gerade will er auflegen, da wird am anderen Ende der Leitung eine Nase geputzt. »Ach, was soll's!«, seufzt Britta Waschke. »Ihr Vater hat sich ja nie um das Tagesgeschäft gekümmert. Das muss ich fairerweise sagen.«

»Vergessen Sie es. Ich habe keine Ahnung, ob der Tod Ihres Mannes irgendjemandem angelastet werden kann. Ich kann Ihnen da keine Vergeltung in Aussicht stellen. Das war unredlich.«

»Wissen Sie, Sie klingen wie ein ehrlicher Mensch. Und es gibt tatsächlich eine Menge, das ich Ihnen erzählen könnte. Vielleicht hilft es ja schon, über meinen Mann zu reden. Sagen wir, morgen Nachmittag?«

Sanders stimmt zu. Er ekelt sich vor dem falschen Lächeln, das er sich in die Stimme getreten hat wie ein altes Kaugummi. Er muss es sich aus der Kehle brühen. In der Küche drückt er die Taste seines Kaffeeautomaten. Der Monsooned Malabar faucht würzig in die Tasse. Dieser Kaffee ist ein Grand Cru, der drei Monate lang in gutbelüfteten Lagerhäusern an der indischen Malabarküste den tropischen Monsunwinden ausgesetzt war. Sanders stellt sich vor, wie sich die Palmen im Wind biegen, und genießt die samtige Bitterkeit. Er fragt sich, wie hoch wohl die letale Dosis Koffein für einen erwachsenen Mann wäre. Sein Smartphone weiß es: 120 Tassen Kaffee – und aus. Durchaus machbar.

Er surft noch ein bisschen in Sachen Kleinhaussiedlung Am Rabennest. Findet den Blog der Siedlungsgemeinschaft, auf dem die Mieter zum Widerstandsgrillen, zu Demos und Unterschriftensammlungen gegen die Modernisierung aufrufen. Auch Medienberichte von Privatsendern und Öffentlich-Rechtlichen sowie von der Lokalpresse liest er sich durch. Tenor: *Immobilienhai fordert nach Modernisierung bis zu 500 Prozent Mieterhöhung, Vertreibung aus dem Paradies.* Aber auch: *Hausmeister auf Dachboden tot aufgefunden.*

Jeden Monat kämpft Sanders darum, die Miete für seine kleine Wohnung zusammenzubekommen. Er überweist sie manchmal erst deutlich nach dem Dritten eines Monats, und immer hat er dabei das Gefühl, noch einmal davongekommen zu sein.

Er schließt den Browser auf dem Smartphone und geht duschen, gegen die innere Unruhe. Aber das heiße Wasser hat heute mal wieder nicht die erhoffte Wirkung.

Abteilung Attacke

Ich komm von Doktor Helen und ihrem Cognac und bin noch voll auf Attacke gebürstet. Meine Wohnung starrt vor Schmutz, überall getragene Klamotten und Müll. So wird das nie was. Ich reiß die Fenster zum Hof auf, werf eine Man-at-Work-CD in den Player und dreh ordentlich auf. Ich sammel den Müll ein, wische, sauge, stell die heruntergefallenen Bücher wieder ins Regal im Wohnzimmer. Dann raff ich all die bauchfreien Glitzertops und Hüftjeans für die Waschmaschine zusammen. Das müssen ja wohl meine Sachen sein, aber plötzlich kommt mir das alles so skurril und unentspannt vor, als würd ich damit den falschen Akzent setzen – Bauchnabel statt Bauchgefühl. Das muss aufhören. Ich sortier das provokanteste Zeugs aus für »Hilfe mit Herz«. Beim Rest kontrollier ich die Taschen, bevor ich es in die Maschine stopf. Die Strickjacke, die ich heute früh anhatte, müffelt nach Doktor Helens Räucherstäbchen. In der Jackentasche find ich einen gelben Notizzettel. Er bleibt an meinem rechten Zeigefinger kleben, als ich ihn herausnehmen will. Darauf steht *Schmiergeld*, dreimal unterstrichen. Dreimal unterstrichen heißt, es ist wichtig.

Man at Work singen lauthals: *»It's a mistake, it's a mistake, it's a mistake, it's a mistake!«*

Ich leg den Zettel auf den Wohnzimmertisch, schmeiß die Strickjacke in die Maschine und beschließ, erst mal in meinem Leben aufzuräumen – Regel Nummer eins: Keinen Cognac am Vormittag – und später über den Notizzettel nachzudenken.

Mitternachtsnotar

Der Himmel liegt dicht und matt über dem Dienstgebäude des LKA 6 am Platz der Luftbrücke wie ein Deckel aus Porzellan. Der Altbau des LKA diesseits des Tempelhofer Damms ist Teil der Flughafenanlage. Nationalsozialistische Architektur, gebaut, um zu beeindrucken. Sanders kann sich gut an schwarz-rot-goldene Feierstunden in der Ehrenhalle des Polizeipräsidenten erinnern. Besondere Verdienste in der Verbrechensbekämpfung, Lebensrettung et cetera. Sanders gönnt jedem diese Ehre, dem sie gebührt. Er selbst lässt sich lieber unterschätzen.

Hannes Neuhaus' Büro ist modern und schlicht. Der Aktenwagen neben dem Schreibtisch quillt über. Der Besucherstuhl ist durchgesessen, der Kaffee lau. Alles in allem erstaunlich unprätentiös für den Chef von über siebenhundert Einsatzkräften, darunter neunundsechzig Frauen und drei Hunden. Spezialeinsatzkommando, Mobiles Einsatzkommando, Personenschützer und verdeckte Ermittlungen. Früher war auch Sanders für die Sicherheit gefährdeter Personen zuständig. Hannes Neuhaus' Aufgabe hingegen war es schon immer zu führen. Irgendjemand muss den Job ja machen.

»Gestern hat sich das Baby zum ersten Mal bewegt.« Neuhaus kommt hinter seinem Flachbildschirm hervor und prostet Sanders mit einem Kaffee zu. »Ein Wahnsinn, Wunder der Schöpfung! Wenn man das einmal erlebt hat, will man es immer wieder, oder?«

Sanders glaubt nicht, dass Neuhaus das mit Absicht macht. Der Mann wird lediglich mitgerissen vom Überschwang seiner Gefühle und vom vermeintlichen Glück, mal fünf Minuten privat reden zu können, denkt er. »Was hast du über die Trasseurs?«, fragt er ihn dann.

»Konrad Trasseur ist das, was wir einen Mitternachtsnotar nennen. Das sind sehr vertriebsorientierte Notare, denen der Immobilienboom der letzten Jahre zu Kopf gestiegen ist. Erhöhungen der Gebührenordnungen haben den Herrschaften schon einen satten Schluck mehr aus der Pulle genehmigt. Stell dir vor, du kaufst ein Haus für 200 000 Euro. Ich hab nachgeschaut, die Kosten für Beurkundung, Vollzug und Betreuung betragen 1305 Euro. Soll noch eine alte Grundschuld abgelöst werden, sind wir bei 3135 Euro. Nur dafür, dass der Mann einen Vertrag vorliest, ein paar Überweisungen macht und ein paar Briefe schreibt.«

»Gutes Geschäftsmodell.«

»Für Trasseur nicht gut genug. Er ist noch auf einen anderen Dreh gekommen. Er ist Amtsträger, aber auch flexibel. Er hat einen hübschen Sohn. Das ist gut für den Vertrieb. Sie gehen zusammen los, quasi ein Familienunternehmen, die personifizierte Seriosität. Oliver Trasseur präsentiert überteuerte Schrottimmobilien sehr geschickt. Der Kunde ist so beeindruckt, dass der alte Trasseur den Kauf sofort beurkunden kann. Ohne die im Beurkundungsgesetz vorgeschriebene Überlegungsfrist von zwei Wochen, ohne Preisvergleich, oft auch ohne Besichtigung.«

»Dann werden die beiden ja schon ein paar Jahre Knast auf dem Buckel haben.«

Neuhaus schüttelt den Kopf. »So was ist verdammt schwer zu beweisen. Die Verträge schließen die vierzehntägige Frist aus. Ist der Käufer ein Privat- oder ein Geschäftsmann? Was ist hier betrügerische Absicht, was nur guter Vertrieb? Kann der Käufer das überschauen? Die Steuerermäßigungen hat der Investor ja auf jeden Fall. Nur die Mieteinnahmen treffen natürlich nicht ein wie prognostiziert. Dem Notar muss man außerdem zugutehalten, dass er *nur* die Notargebühren kassiert. Die Ermittlungen gegen Konrad Trasseur laufen noch.«

»Und Oliver Trasseur?«

»BtM-Besitz. Koks. Für den Eigengebrauch – angeblich. Und alles nur Jugendsünden. Vor ein paar Jahren eine Anzeige wegen Körperverletzung. Im Gegenzug eine Anzeige wegen Vortäuschung einer Straftat.«

»Körperverletzung? Wer hat ihn angezeigt?«

»Ein Toter. Michael Waschke. Aber beide Anzeigen wurden schon vor Jahren zurückgezogen.«

»Interessant.« Zum ersten Mal erkennt Sanders ein Muster. Da fällt ihm noch was ein. »Ihr müsstet etwas über einen Paul Rausch haben. Wohnhaft in der Deutschen Straße.«

Neuhaus tippt den Namen ein. »Ja. Personalien festgestellt, erkennungsdienstlich behandelt und entwaffnet.« Er grinst. »Trug aber nur einen Pömpel bei sich. Hier, das wird dich interessieren: Paul Rausch ist der Neffe von Magda Rausch, Meldeadresse Am Rabennest 15. Und er gibt an, der Oma sei rechtswidrig gekündigt worden.«

Sanders steht auf. »Wer von der Mordkommission hat den Fall Waschke?«

»Sie sind sich noch nicht sicher, ob es einen Fall gibt. Aber der Vampir will eine Obduktion.«

»Kaplan?« Sanders sieht den Kriminalhauptkommissar mit der Gesichtsfarbe und der Körperspannung eines benutzten Küchenhandtuchs genau vor sich. »Ausgerechnet!«

Rechts- und ordnungswidrig

Als Sanders noch im Streifendienst war, galt der Großmarkt an der Beusselstraße mit seinem sonntäglichen Automarkt als einer der gefährlichsten Orte in Berlin. Verstöße gegen das Ausländergesetz, Verkehrsdelikte, Urkundenfälschung, Nötigung, Beleidigung, Körperverletzung und Kfz-Delikte waren dort die Regel. Jetzt gibt es auf der gesamten Beusselstraße nur noch ehrbare Geschäftsleute wie Pawel Krawczyk.

Sanders parkt mit einem Gefühl von ungebührlichem Luxus auf seinem Parkplatz im Hof von Krawczyks Haus. Es ist ein kantiger zweistöckiger Altbau, rechts von der Toreinfahrt der Getränkeabholmarkt Bierquelle, links der »Mulikulti-Treff«, eine durchgehend geöffnete Kneipe. Im ersten und zweiten Stock, jeweils in den zur Straße hin gelegenen Räumen, befindet sich Krawczyks Fitnessstudio BodyBude.

Sanders trägt seine Putzutensilien und seine Bürotechnik im Waschkorb in das lila Büro im ersten Stock. Auf dem Treppenabsatz liegt ein Taubenskelett neben einem Haufen Rollsplitt und grünlichem Fliegenchitin. Aus der BodyBude erklingt rhythmisches Stöhnen und die *Rocky*-Hymne *Eye of the Tiger*. »Die Pumper sind King, okay?«, hat Krawczyk Sanders erklärt. »Die bringen mir hier Bakschisch – vastehste? –, dass ich mir Rosinenbrötchen kaufen kann. Die ham Vorfahrt, alles klar?«

Beim Putzen ist Sanders ein Freund von harter

Chemie. Mit Einmalhandschuhen und Grundreiniger hat er das Büro innerhalb einer Stunde von der Klebrigkeit befreit und Sterbehilfe für die letzten Wollmäuse geleistet. Dann steckt er ein paar Kabel um, schließt Drucker, Telefon und Anrufbeantworter an, nimmt das WLAN in Betrieb, und mit einem Mal ist der Laptop online.

Es fühlt sich an, als käme die Welt zu ihm ins Büro. Sanders lehnt sich in seinem Bürostuhl zurück und betrachtet die Sterne an der Zimmerdecke. Jetzt wird es hier wieder um menschliche Schicksale gehen, wenn auch nicht karmisch, sondern rein faktisch.

Um das WLAN auszuprobieren, schaut Sanders auf den Protestblog der Rabennest-Siedler. Jürgen Schrödter hat ein Schreiben des Bezirksamtes Reinickendorf veröffentlicht, das die Mieter dazu auffordert, gegenüber einer unabhängigen Mieterberatung ihre Einkommensverhältnisse offenzulegen. Dies sei nötig, damit für den Milieuschutz ein Sozialplan erstellt werden könne. *Eine Falle, um den Milieuschutz für einzelne Mieter auszuhebeln*, kommentiert Schrödter. Laut Schreiben sei das Aufstellen von Plakaten in der Siedlung *rechts- und ordnungswidrig*. Gemeint sind vermutlich die Bettlaken an den Sonnenschirmständern. *Investoren + Bezirksstadtrat Drohbeck = Mörderbande*, heißt es da seit der Sache mit dem Hausmeister. Das Bezirksamt fordert die Mieter auf, die Banner innerhalb von vier Tagen zu entfernen, sonst würde man sie selbst abhängen. Die Frist ist provokant kurz. Wieso legt sich das Bezirksamt so für einen privaten Investor ins Zeug? Voller Vorfreude auf Opa Schrödters kampfbereite 150 Kilo in Latzhose und Protestshirt notiert sich Sanders den Termin.

Dann ruft er beim Finanzamt für Fahndung und Strafsachen an. Es ist immer gut, dort nachzufragen, wenn schon Verfahren gegen jemanden anhängig sind oder waren, wie im Fall der Herrschaften Trasseur. Sanders kennt dort jemanden, der hat ihm noch immer den richtigen Weg weisen können, und in ausgewählten Fällen hat sich Sanders revanchiert. Die Möglichkeiten der Finanzfahnder sind ungeahnt zahlreich und machtvoll. Selbst Al Capone ist ja letztendlich nur über die Taschenrechner vom Amt gestolpert.

Nur geträumt

Schon seit ein paar Tagen ist es nachts mild, tagsüber geradezu sommerlich. Sanders bereitet sich auf eine lange Observation vor. Das Büro der Am Rabennest Sanierungsgesellschaft hat dieselbe Adresse wie die Trasseur Immobilienverwaltungs GmbH: am Lietzensee, schräg gegenüber der Kanzlei von Trasseur senior. Die Immobilienfirma sitzt in einem Ladengeschäft im Erdgeschoss.

Sanders parkt dreißig Meter entfernt. Sein Mittelklassekombi fällt nirgendwo sonderlich auf. Durch das Teleobjektiv der Canon hat er eine hervorragende Sicht auf die großen Bürofenster, kann Oliver Trasseur quasi beim Arbeiten zuschauen. Es ist noch eine zweite Person im Büro, Trasseurs Freundin und Geschäftspartnerin Saskia Schwarz.

Was die beiden da machen, sieht nach normalem Büroalltag aus. Papiere werden hin- und hergereicht, kurze Sätze und Blicke getauscht. Etwas distanziert wirkt das. Aber wenn Sanders nicht wüsste, dass die beiden verlobt sind, würde er auch kein ungutes Gefühl haben. Falls Trasseur unter Druck steht, wird er einen Fehler machen. Das kann schnell gehen oder lange dauern. Sanders ist das gleich, er wird auf den Fehler warten. Und sollte gar nichts passieren, kann er Oliver Trasseur immer noch provozieren. Nach seinem Telefonat mit dem Finanzamt wird ihm das leichtfallen.

Ohne viel Hoffnung auf Erfolg fährt Sanders sein Tablet hoch und lässt sich anzeigen, was es so an WLANs in der Umgebung gibt. Privatpersonen nennen in einem Anflug von pathologischer Originalität ihr Heimnetzwerk gerne »Geheimnetz« oder »Zuhause«. Das führt immerhin zu einer gewissen Auswahl. Saskia Schwarz und Oliver Trasseur machen es Sanders leicht: Ihr Netzwerk heißt ImmoLAN.

Wer schon sein Netz wie ein Werbeschild beschriftet, der nutzt auch nicht mehr als eine WPA2-Verschlüsselung. Erfolg fühlt sich eben zu gut an, man denkt, man hätte alles im Griff oder es interessiere sich eh keiner für den Mist, den man heimlich baut. Aber heimlich ist relativ. Ein ebenso nettes wie illegales Programm auf Sanders' Tablet schaltet seine Netzwerkkarte in den Monitormodus und fischt ein paar Datenpakete aus dem Äther. Sanders täuscht eine Anmeldung am Access Point vor und schickt ein paar gefälschte Daten in Trasseurs Netz.

Ein zweites Programm schneidet die Antworten mit, sammelt einen Haufen Hexadezimalzahlen. Der Hex-Editor übersetzt das Material in das Kennwort. Alles in allem ein Stunt, der keine Viertelstunde dauert. Sanders lädt mit gebührender Herablassung sämtliche Verzeichnisse der Sanierungsgesellschaft herunter.

Das Einfliegen der Datenpakete hat etwas Beruhigendes. Sanders liebt die Monotonie, und er liebt auch das Observieren. Schon beim LKA hat er mit dem Personenschutz nie gehadert. Was andere zu Tode langweilt, ist für Sanders kein Problem. Er schläft nie ein, denn er hat einen Trick, der auf der Polizeischule nicht gelehrt wird: Sanders träumt. Rein äußerlich übernimmt eine Art Autopilot. Ihm entgeht keine Bewegung im Immobilienbüro. Aber in Gedanken nutzt er das schöne Frühlingswetter für ein Männergespräch mit seinem Bruder Philip. Sanders träumt, dass sie gemeinsam auf ein Bier in den »Schleusenkrug« im Tiergarten gehen. Sein Bruder ist zu Besuch aus Berkeley gekommen. Da sie eineiige Zwillinge sind, sind sie kaum zu unterscheiden, aber Philip trägt im Gegensatz zu ihm einen dichten Vollbart.

Martin Sanders ist froh, dass er Philip hat. Auch wenn der seit dreißig Jahren tot ist. Aber wenn er von Philip träumt, ist jemand da, der ihn versteht.

Es geht nur um den Moment. Martin Sanders weiß, hätte er Philip nicht, würde er an seiner Melancholie ersticken. Was auch kein großer Verlust für die Menschheit wäre.

Spannungsrisse

Oliver Trasseur entsorgt gerade den Pizzakarton, als ihn sein sechzigjähriger Vater anruft.

»Schon wieder Salami?« Konrad Trasseur lacht. »Pass auf dich auf, Oli. Ich hab ja den Körper eines Vierzigjährigen.«

»Wo?«, fragt Oliver. »Im Kofferraum?«

Konrad Trasseur kichert und verkündet, er gehe jetzt ins Fitnessstudio, ob Oli nicht mitkommen wolle.

Oliver wimmelt ihn ab. Nach dem Gespräch wartet er noch eine Viertelstunde, dann steht er auf und erzählt Saskia, er müsse zu einem Termin. Sie schaut irritiert, sagt aber nichts. Oliver schaltet sein Mobiltelefon auf stumm und geht hinüber ins Notariat seines Vaters.

Dort weicht er einer lebensgroßen afrikanischen Kuhantilopenskulptur aus und nickt der Empfangsdame zu. »Ich habe mein Handy hier irgendwo vergessen«, lügt er und verschwindet in Konrad Trasseurs Büro. Zwischen Büffelmasken aus Burkina Faso und ebenholzfarbenen Massai-Kriegern mit Speer sucht Oliver nach dem roten Leitz-Ordner von dem Foto. Aber vergeblich, alle Ordner sind grau.

Auch im Tresor ist nichts. Der Alte wird den Ordner vermutlich mit nach Hause genommen haben.

Oliver geht die paar Straßenecken von der Kanzlei seines Vaters bis zum Altberliner Mietshaus zu Fuß. Seine Eltern wohnen im Penthouse, Fahrstuhl und Dachterrasse inklusive. Oliver weiß, seine Mutter hat einen Termin in einem Day Spa. Es bleibt ihm genug Zeit, das Homeoffice unter die Lupe zu nehmen.

Er ist einer von zwei Geschäftsführern der Am Rabennest Sanierungsgesellschaft. Wie zum Teufel kann es sein, dass er diese verdammte Rechnung noch nie gesehen hat? Und was hat sein Vater damit zu tun? Olivers erster Impuls war es, Saskia zu fragen. Sie ist die zweite, die kaufmännische Geschäftsführerin. Aber wenn Sassi ihm das nicht erzählt hat, wird sie ihre Gründe dafür haben.

Olivers perfektes Leben hat Spannungsrisse bekommen. Sein Vater ist nicht der kluge Mann, für den er ihn bisher gehalten hat, sondern ein Idiot, der kritische Rechnungen für die Steuerfahndung beschriftet. Offiziell hat Trasseur senior mit dem Rabennest nichts zu tun. Aber Saskia und er haben seine Kontakte genutzt, um Investoren zu ködern. Und natürlich beurkundet Konrad Trasseur als Notar alle Verkäufe. Wenn es Verkäufe gibt.

Und Saskia? Er hat dieser Frau bedingungslos vertraut. Natürlich hat es ihnen bei dem Rabennest-Deal nicht geschadet, dass sie während des Studiums beim Bezirksamt und bei der Wohnungsbaugesellschaft gearbeitet hatte. Sie kennt alle Abläufe und maßgeblichen Ansprechpartner. Aber wieso berechnet eine städtische Wohnungsbaugesellschaft dem Käufer eines ihrer Objekte Beratungsgebühren?

Oliver muss sich dem stellen: Es gibt eine Welt jenseits seiner Wahrnehmungsschwelle. Und Saskia hält ihn wohl für ihre persönliche Anschubfinanzierung. Für einen auf Hochglanz polierten Nichtsmerker.

Oliver wäre unendlich gern ein Nichtsmerker geblieben, hätte gern noch zehn, fünfzehn Jahre gearbeitet, dann ein Haus auf Sylt gekauft und vielleicht doch noch ein Kind bekommen. Wer auch immer ihm diese Fotodatei geschickt hat, gönnt ihm seine Ruhe nicht. Er soll sich einmischen.

Draußen dämmert der Frühlingsabend bereits, als Oliver seinen Schlüssel in die Wohnungstür seiner Eltern steckt.

Böses Geld

Sanders holt sich im Bootshaus gegenüber der Wohnung der Trasseurs einen Kaffee. Er setzt sich auf die Terrasse am Lietzensee und genießt die Abendsonne. In dem Moment klingelt sein Handy. Es ist der Bekannte vom Finanzamt, der hat in den Akten noch etwas gefunden. »Ich schick dir ein Dokument aufs Handy«, sagt er.

Sanders knautscht seinen leeren Pappbecher mit einer Hand zusammen. Nicht, dass er an so einem friedlichen Tag Lust auf eine Konfrontation hätte.

Aber nach dem langen Sitzen im Auto kann etwas Bewegung nicht schaden. Wie jeder Mensch hat auch Sanders seine Stärken. Reden gehört nicht dazu. Er versucht sich vorzustellen, ein lederhäutiger Lokaljournalist von der Wadenbeißer-Fraktion zu sein. Mann, was für ein Spaß! Nur hätte sich Sanders noch gern vorher geduscht.

Das Entree zum Mietshaus der Familie Trasseur besticht durch Marmor, Spiegel und Deckengemälde mit tanzenden Nymphen. Sanders ruft den messingverzierten Fahrstuhl ins Parterre. Das Scherengitter schließt sich hinter ihm. Gemächlich ruckelt der Aufzug hoch, Richtung Penthouse. Sanders steigt aus und drückt sich in eine Nische neben dem Fahrstuhlschacht.

Die Wohnungstür der Trasseurs öffnet sich. Oliver Trasseur erscheint. Er hat einen roten Leitz-Ordner unter dem Arm, beschriftet mit *Rabennest*. Er will Sanders mit einem »Entschuldigung« umkurven, aber der tritt aus seiner Nische hervor und verstellt ihm den Weg. Er hält ihm einen selbstgemachten hellblauen Presseausweis hin. »Schmidt. Ich bin Journalist und hätte ein paar Fragen an Sie.«

Der junge Trasseur schaut nur eine Zehntelsekunde erschrocken. Dann hat er sich wieder im Griff. »Machen Sie einen Termin mit meinem Büro.«

»Das dauert mir zu lange. Redaktionsschluss. Verstehen Sie sicher.«

»Was wollen Sie?«

»Müssen wir das im Treppenhaus besprechen?«

Oliver Trasseur lacht nur böse. »Sie betreten die Wohnung meiner Eltern nur über meine Leiche.«

»Berlin, 18. Februar 1943«, sagt Sanders.

»Ach, nicht doch!« Trasseur winkt ab, tippt sich an die Stirn. »Kommen Sie, das ist doch lächerlich! Alle vier Wochen steht einer von euch Idioten damit vor der Tür und kommt sich investigativ vor.«

Sanders spricht ungerührt weiter. »Die 6. Armee geht vor Stalingrad unter, die Lage an der Ostfront ist heikel, Deutschland will nicht mehr, die Leute haben genug vom Krieg. Aber Reichspropagandaminister Goebbels hat noch ein Ass im Ärmel: Mit einer Großkundgebung im Sportpalast will er die Kriegsmüden auf seinen totalen Krieg einschwören. Der Reichsrundfunk strahlt das Geplärre live aus. ›Hier spricht der Großdeutsche Rundfunk‹, so fängt die Sendung an. Und diese Worte spricht ein gewisser Richard Pfeiffer, ein linientreuer Rundfunksprecher. Er beschreibt das tobende Publikum, die Hakenkreuzfahnen, die Plakate mit der Aufschrift *Totaler Krieg – kürzester Krieg*. Sie kennen das, Trasseur. Dieses Pathos. Abartig!«

»Sonst noch was?«, keift Trasseur und zückt sein Handy »Ich rufe jetzt die Polizei.«

Sanders greift nach seinem Arm, entwindet ihm das Mobiltelefon. »Richard Pfeiffer, der Rundfunksprecher, der die An- und Abmoderation der Sportpalastrede übernommen hatte, war der Vater des Vaters Ihrer Mutter. Ihr Urgroßvater.«

»Das ist nichts Unrechtes!«, zischt Trasseur.

»Geschmacksache.« Sanders zuckt mit den Schultern. »Ich will auch gar nicht über Recht oder Unrecht philosophieren, sondern über Urheberrecht. Bei jeder Wiedergabe dieser Rede werden Tantiemen fällig. Ihre Mutter hat die Rechte geerbt. Und die Geldquelle sprudelt noch bis Ende des Jahres.«

Trasseur tut gelangweilt. »Wenn Sie das sagen.«

»Bringt richtig Geld. Bisher war das nur ein dreckiges kleines Familiengeheimnis.« Sanders zeigt Oliver Trasseur die Tantiemenabrechnung, die ihm sein Bekannter eben auf sein Handy geschickt hat.

»Wo haben Sie das her?«, faucht Trasseur.

Sanders hebt eine Braue. »Doch lieber reingehen?«

Mit Mordlust in den Augen schließt Trasseur die Wohnungstür auf. Schiebt den vermeintlichen Journalisten durch den Flur in ein Büro. Legt den roten Leitz-Ordner auf den Tisch.

Sanders mag das exklusive Ambiente: kalte, klare Linien, glatte Oberflächen, weiter Blick. »Unsere Leser interessiert natürlich vor allem, ob Sie es für moralisch vertretbar halten, dieses böse Geld zu nehmen, um damit wieder Böses zu tun.«

Trasseur reagiert ein bisschen zu cholerisch für ein Unschuldslamm. »Meine Familie«, zischt er und packt Sanders, der vor dem Schreibtisch steht, am Kragen, »unterstützt mit diesem Geld einen anthroposophischen Kindergarten.« Trasseurs Hand zerquetscht Sander' Kehlkopf, sein Gewicht drückt ihn gegen den Tisch.

In seinem Rücken spürt Sanders den roten Ordner. »Ihre Frau Mutter«, keucht er, »unterstützt mit dem Geld ihren Chirurgen, ihren Friseur, ihren Juwelier. Und natürlich Sie, ihren Kronsohn, der bemüht ist, die halbe Stadt aufzukaufen. Was haben Sie vor? Wollen Sie Germania wiederaufbauen oder was?«

»Halb Ostpreußen hat der Familie meiner Mutter

gehört!«, brüllt Trasseur zurück und schüttelt ihn. »Wenn die Bundesrepublik schon nicht die Rechtsnachfolge des Deutschen Reiches antritt, so hat sie doch immerhin eine moralische Verantwortung, Sie Arschloch!«

Über Trasseurs Schulter hinweg sieht Sanders Prozessakten im Regal: Trasseur versus Freistaat Bayern, *Spiegel*, Südwestfunk, *Stern*, die Bundesrepublik Deutschland. Offenbar hat Trasseur senior als Einmann-Inkasso-Armee die Tantiemenpflicht durchgesetzt, das Geld heim ins Reich geholt. Bei jeder Dokumentation, jeder öffentlichen Aufführung der Sportpalastrede klingelt die Familienkasse. Und dann ist da noch dieser rote Ordner hinter Sanders ...

»Das Rabennest«, röchelt Sanders. »Meine Leser interessiert, warum sich das ganze Bezirksamt Reinickendorf, dieser Baustadtrat Drohbeck und vor allem Herr Mann vom Bauausschuss so für Sie ins Zeug legen.« Er stößt Trasseur von sich, der taumelt rückwärts, Sanders hakt seinen Fuß hinter dessen Standbein und zieht. Der orientalische Läufer in der Büromitte rutscht unter Trasseurs Füßen weg. Während Oliver Trasseur slapstickartig zu Boden knallt, greift Sanders hinter seinen Rücken und in den roten Leitz-Ordner.

Trasseur kämpft sich auf die Knie, sehr sportlich ist er nicht. Das gibt Sanders Gelegenheit, auf gut Glück das oberste Blatt aus dem Ordner zu zupfen und in seine Hosentasche zu stopfen. »Das macht der doch nicht nur aus alter Verbundenheit«, beschallt er Trasseur weiter, »weil Ihr Opa dem Führer mal die Hand geschüttelt hat. Haben Sie Mann und Drohbeck geschmiert?«

Trasseur springt auf. »Wenn Sie die Chance hätten, es im Leben zu etwas zu bringen, würden Sie sie auch nutzen!«, faucht er und zeigt auf die Tür. »Und merken Sie sich eins: Was auch immer Sie sich zusammenfantasieren – mein Vater überzieht Sie mit Gegendarstellungen und einstweiligen Verfügungen, dass Ihnen Hören und Sehen vergehen!«

Sanders macht einen sarkastischen Kratzfuß. »Keine Angst, Leute wie ich haben ja hierzulande selten die Chance, es zu etwas zu bringen. In allen Ärschen stecken schon Herrenmenschen wie Sie und Ihr Papa. Hoffentlich schlafen Sie gut damit, Trasseur.«

Applaus, Vorhang, Abgang.

Im Fahrstuhl überkommt Sanders beinahe so etwas wie Hochstimmung. Er zieht das Papier aus der Tasche und sieht es sich an. Es ist eine Rechnung der BWG, der Berliner Wohnungsbaugesellschaft AG, über eine Beratungsgebühr von fünfhunderttausend Euro.

Einschreiben Rückschein

Sanders tritt mit seinem Kaffee ans Fenster und schaut hinunter auf das Xenonlicht der Joachim-Karnatz-Allee.

Die abendliche Straße ist menschenleer, nur eine Frau steht im Schatten der S-Bahn-Bögen. Sie hat die Kapuze ihrer Jacke tief ins Gesicht gezogen. Vielleicht eine von den Obdachlosen, die in den Betonnischen gegenüber dem Kanzleramt übernachten. Dann schlurft sie los, Richtung Paulstraße. Die Frau erinnert ihn an jemanden. Aber weil das unmöglich ist, wendet sich Sanders vom Fenster ab, setzt sich an den Schreibtisch, nimmt die Post, sortiert die Werbung aus.

Ein Brief bleibt übrig, er hat ihn auf dem Nachhauseweg aus der Postfiliale abgeholt. Einschreiben mit Rückschein von einem Ludwig Nolthe-Pau, Rechtsanwalt und Notar.

Als Sanders das Schreiben auffaltet, schreit ihn die Betreffzeile an: *In der Erbsache Klaus Kuhlbanz.* Sanders sackt das Blut aus dem Kopf. Onkel Klaus. Der Bruder seiner Mutter. Fast dreißig Jahre hat er nichts von ihm gehört. Klaus hat das nicht ertragen, damals. Die Blicke, die Fragen der Nachbarn, der Kollegen. Die Zeitungsberichte. Soweit Sanders weiß, ist Klaus nach Neuseeland ausgewandert und Schafzüchter geworden. Gemeldet hat er sich nie wieder.

Sanders' Blick wandert hinüber zum Bücherstapel neben seinem Bett. Er ist kein Leser. Auch das hält ihm sein Vater vor, der Herr der Bibliothek. Trotzdem liest Sanders: Lyrik. Haikus. Auch Ted Hughes. Dessen Band mit *Collected Poems* ist acht Zentimeter dick, 1331 Seiten. Sanders hat dreißig Jahre bis zur Seite 645 gebraucht: *Frühling zögert,* heißt es da. *Kann nicht sagen, was sie fühlt. Sie ist taub und fahl.*

Onkel Klaus hat ihm das Buch zu seinem achten Geburtstag geschenkt. Im Wesentlichen wegen der Angler-Lyrik. Denn an den Wochenenden hat der Onkel ihn zum Angeln mit an die Havel genommen. Nur ihn. Philip und Rebecca hat Stillsitzen nie interessiert.

Am Wasser in der Sonne haben Sanders und Onkel Klaus jedoch nur so getan, als würden sie angeln. Tatsächlich hat der Onkel ihm vorgelesen. Sanders hat die Segelboote gezählt und geschwiegen. Vielleicht hätte diese Art Meditation seine Geschwister mehr interessiert, wenn sie gewusst hätten, wie kurz ihre Leben sein würden. Wahrscheinlich aber nicht.

Mir liegt eine letztwillige Verfügung des Verstorbenen vor, teilt Notar Nolthe-Pau Martin Sanders mit. *Ich lade Sie zur Eröffnung.*

Ein Termin in drei Wochen. Sanders schaut auf den Kalender. Jetzt doch einen Scotch? Gott, wie gern würde er nun mit jemandem reden! Er stellt sich vor, er riefe bei Liberty an. Erzählt ihr, dass Onkel Klaus damals kein Auto gehabt hat. Dass er weit weg gewohnt hat, im Norden, in Heiligensee, am anderen Ende der Stadt. Dass der Vater einen Wagen mit Fahrer schicken wollte. Es dann aber doch erlaubt hat, dass der Sohn allein zum Onkel fuhr, mit den Öffentlichen, zum ersten Mal. Oder es einfach vergessen hat.

Es war ein Freitagmittag, als der kleine Martin Sanders in Tegel von der U-Bahn in den Bus umstieg. Der 13er, ein Dorfbus, in dem immer dieselben Leute saßen, mit Gesichtern wie Faltenbälgen: Kopftuchfrauen, die ihm Bonbons zusteckten, Herren mit

Stock und Schiebermütze, die mit Männerstolz im Blick grüßten. Sanders erzählt Libby, wie der Onkel eine Krähe aufgenommen und gesund gepflegt hat.

Angler sind schon okay, sagt Libby. *Angler können warten. Das sind Künstler, die machen das, um überwiegend zu scheitern. Das passt zu dir, Sanders.* Sie lacht. *Aber die Fleischmaden kommen mir trotzdem nicht ins Biofresh-Fach.*

Sanders macht sich noch einen Kaffee. Er hofft, der Onkel hat sein Leben geliebt. Verstanden hat er nie, warum Klaus nach der Sache mit seiner Mutter keinen Kontakt mehr wollte. Dass der Onkel weggehen musste, kann er akzeptieren. Aber mal eine Weihnachtskarte, mal ein »Es geht mir gut, wie geht es dir?«. Vielleicht hatte der Onkel in seinem Paradies am anderen Ende der Welt eine Familie mit zehn Kindern. Wahrscheinlich sogar. Wahrscheinlich hat er Sanders mit der Zeit vergessen. Sanders weiß, es ist leicht, ihn zu vergessen.

Californication

Sanders schläft schlecht. Er träumt, seine Hände wären verdorrt und hätten die Form von Gottesanbeterinnen angenommen. Mit jagendem Herzen schreckt er hoch, aber seine Hände sind nur eingeschlafen. Um den Schreck zu überwinden und das Blut wieder besser zirkulieren zu lassen, steht er auf und läuft ein paar Runden durch den Tiergarten.

Nach einer ausführlichen Dusche kleidet er seinen schmalen, harten Körper in einen seiner hellgrauen Maßanzüge. Ihm fällt ein, dass er frühstücken müsste, aber er denkt nie daran, etwas auf Vorrat einzukaufen.

Er ist der Erste in dem Flachbau an der Beusselstraße, das Hoftor ist noch geschlossen. Weder die Callcentergirls noch die Pumper sind so früh dran. Das Gefühl, ins Büro zu gehen, hat so etwas Normales, dass er fast glaubt, sein Leben sei normal. Während Sanders parkt, überlegt er, ob er mit dem Rhythmus eines normalen Lebens, sagen wir, dem Leben eines Buchhalters, zufrieden wäre. Sein Vater hat immer gewollt, dass er studiert. Natürlich hätte er studieren können, er war ein guter Schüler, womöglich wäre er der brillante Anwalt geworden, den der Vater in ihm sah. Und Sanders hätte es geliebt, auf Distanz zum Leben zu bleiben. Sich nicht gemeinzumachen. Das wäre einfach gewesen – nur dass Sanders ein gewisses Misstrauen gegen einfache Dinge hegt. Was ihm leichtfällt, erscheint ihm wertlos. Mit Menschen zu arbeiten, auf Streife zu gehen, jeden Tag Konfrontationen zu erleben, immer seine eigene Norm zu sein, die Richtschnur zu sein, immer das Dilemma der Schuldfrage aufzulösen, manchmal im Minutentakt die Eindeutigkeit der Welt wiederherzustellen, das Richtige zu tun, statt einfach nur irgendetwas zu tun, das hatte etwas in ihm ausgelöst, ein Gefühl zwischen Selbstekel und Stolz, zwischen Angst und Euphorie. Er hat dieses Gefühl ertragen, solange er konnte.

Sanders hängt seine Jacke über den Schreibtischstuhl. Er muss sich eine zweite Kaffeemaschine für das Büro kaufen. Der Laptop fährt hoch. Über einen Internetserver ruft er bei der Berliner Wohnungsbaugesellschaft AG an, der größten städtischen Wohnungsbaugesellschaft in Berlin. Er stellt sich als Mitarbeiter von Wilcox&Wölki vor, internationale Luxusimmobilien mit Sitz in Los Angeles. Das Internet sorgt dafür, dass eine Vorwahl aus den Staaten angezeigt wird. Er sei der Leiter des Human Asset Management, sagt er und verlangt die Personalabteilung.

Die reizende Dame, die sich meldet, flirtet Sanders zunächst nach allen Regeln der Kunst an. So ganz von Personaler zu Personaler. Ob sie ihm denn nicht einen Gefallen tun könne? Er sitze hier am Wilshire Boulevard zwar ganz entspannt unter Palmen am Pool, habe aber von so weit weg leider nicht die Möglichkeit, eine Bewerbung richtig zu evaluieren.

Eine Saskia Schwarz habe sich bei Wilcox& Wölki beworben. Sehr jung, trotzdem bereits sehr erfahren. Hübsch auch. Sie gebe an, früher bei der BWG gearbeitet zu haben. Davor beim Bezirksamt Reinickendorf. Das käme ihm unwahrscheinlich vor. Denn wer gibt schon einen Beamtenjob auf? Ob die reizende Kollegin nicht mal nachschauen könnte, ob diese Angaben stimmen?

Die reizende Kollegin hat den Flug nach Kalifornien vor Verzückung schon so gut wie gebucht. Sie schaut natürlich nach, schließlich muss man sich gegenseitig helfen. Und wirklich, das sei alles in der Akte von Frau Schwarz. Sie könne das bestätigen.

Sehr tüchtige Frau, habe gleich zu Beginn bei der BWG den komplizierten Erwerb einer denkmalgeschützten Immobilie vom Bezirksamt abgewickelt.

»Am Rabennest?«, fragt Sanders. Das habe sie als Referenz angegeben. Die reizende Kollegin bejaht. Sie könne die Einstellung von Frau Schwarz nur wärmstens empfehlen.

»Na, dann mache ich das schnell noch», sagt Sanders. »Und wir zwei treffen uns nachher auf einen Drink im Beverly Wilshire.«

Sie lachen beide.

Liebe geht durch den Magen

Sanders hat seinen Wagen ein paar Querstraßen von der Kreuzung Am Rabennest/Auf den Palisaden entfernt geparkt und macht sich zu Fuß auf den Weg dorthin. Seine Kamera hält er wie eine Waffe vor seiner Brust, wie Journalisten das eben tun. Tatsächlich haben die Siedler die Plakatierung nicht entfernt, und tatsächlich taucht Peer Mann, der Vorsitzende des bezirklichen Bauausschusses, höchstpersönlich auf. Er schiebt seinen prallen Anzugkörper und sein Quarkgesicht den schmalen Bürgersteig der Siedlung entlang, Richtung des kleinen Platzes mit dem Müllhaus, zwei Sheriffs vom Ordnungsamt im Schlepptau. Am Müllhaus hängt ein Plakat, dessen Aufschrift einem Plädoyer vor dem UN-Gerichtshof für Menschenrechte gleicht: *Wir sollen weg. Wir brauchen Mieterschutz. Sofort!*

Dahinter stehen sie, formiert zu ihrem täglichen Demonstrationszug: deutsche Rentner und Hausfrauen, eine Handvoll Lokaljournalisten. Sanders stellt sich so professionell unauffällig dazu, dass er sich beinahe selbst übersehen hätte.

Jürgen Schrödter wartet in grüner Latzhose und Karohemd neben seinem Vater, der auf seinem Rollator thront. Er trägt das schwarze Siedlungsshirt. Zwei weitere bärtige Alte mit Krückstock halten ein Schild hoch: *Entmietung im Namen des Volkes!* Magda Rausch hat ihren Pömpel dabei, Opa Schrödter einen Regenschirm mit gelben Smileys.

Sanders macht Bilder. Er genießt das Fotografieren. Der dokumentarische Blick macht es ihm leichter, sein Mitleid mit einem Schuss Sarkasmus zu einer hübsch lauwarmen romantischen Sozial-Grusel-Sauce abzubinden und auf halbgare Distanz zu bringen. Denn diese alten Weiber mit ihren Kaltblutkörpern, den haarigen Warzen, eisgrauen Dauerwellen und Bratwurstbeinen, dazu die schwerknochigen alten Männer mit den fleischigen Nasen und den Haarbüscheln in den Ohren – diese Geschöpfe bilden zusammen eine Naturgewalt, die jeden halbwegs jungen Mann mit einem Knacks in der Seele anrühren muss. Nicht nur, wenn man auf Zille sein Milieu, sondern einfach, wenn man auf Zusammenhalt und Menschenwärme steht.

Sanders redet sich ein, dass er einfach gerne fotografiert. Vor allem genießt er diese wuchtige Aura grotesker Allentschlossenheit, die von den Alten ausgeht. Dieser Bezirkspolitiker Peer Mann tut ihm jetzt schon leid.

Seit dreihundert Tagen blickt die Reinickendorfer Bezirksregierung in das böse Gesicht der versammelten Gammelfleisch-Kommune. Man kennt sich. Jedenfalls begrüßen sich Peer Mann und Jürgen Schrödter mit eisiger Höflichkeit.

Mann knöpft seine Anzugjacke zu. Für einen Politiker ist er noch recht jung, keine vierzig, also in Sanders' Alter. Vielleicht ist er das, was man als hoffnungsvollen Nachwuchspolitiker bezeichnet. »Meine Damen und Herren«, sagt Mann, »die Mitarbeiter des Ordnungsamtes werden nun Ihre Plakatierung entfernen.«

Warum tut der Mensch sich das an?, fragt sich Sanders. Ist er dämlich, volksnah, oder hat er einfach wirklich nichts Wichtigeres zu tun, als hier eine Aktion des Ordnungsamtes zu leiten? Vielleicht hat Sanders' Besuch bei Trasseur die Amigos aufgescheucht. Vielleicht machen sie einen zweiten Fehler. Den ersten haben sie schon gemacht: Sie haben Jürgen Schrödter unterschätzt.

»Daraus wird leider nichts.« Schrödter hebt die Hand, grüßt jemanden im Rücken von Peer Mann. Der wirbelt herum. Eine Gruppe von sechs Polizisten in Uniform kommt die Straße herunter. Der Einsatzgruppenleiter nickt den Siedlern freundlich zu. Nach dreihundert Demonstrationstagen und so mancher Wurst vom Solidaritätsgrill ist man fast per Du.

Schrödter zeigt dem Einsatzgruppenleiter seine Genehmigung für die Demonstration und die Plakate von der Versammlungsbehörde. Politiker Mann will das nicht hinnehmen. Aber Schrödter hat seine Demo alle drei Monate ordnungsgemäß neu angemeldet: sieben Tage die Woche, von zehn bis neunzehn Uhr, sechs Teilnehmer.

Das wird peinlich, denkt Sanders. Schrödter hält Mann den Brief des Bezirksamtes hin, aber Mann plustert sich auf. »Sie sollten dem Investor dankbar sein, dass er Ihnen die Siedlung so schön macht!«

»Mit Ihrer Hilfe!«, faucht Schrödter zurück.

»Entweder Sie zahlen, was diese Leute an Miete verlangen, oder wir erklären Sie zum Stadtentwicklungshemmnis, und ich setze hier eigenhändig die Berliner Linie um! Räumungsbefehl, und innerhalb von 24 Stunden sitzen Sie mit Ihren Klamotten im Steinbergpark auf einer Bank!« Mann stützt die Hände in die Hüften. »Wie lange wollen Sie diesen Häuserkampf für Arme noch machen?«

Opa Schrödter, Magda Rausch und die anderen Alten nehmen Aufstellung hinter dem Rollator, wie ein griechischer Tragödienchor in einem Woody-Allen-Film. Sie heben den Zeigefinger und skandieren Richtung Peer Mann: »Arschloch, Arschloch!«

Sanders fotografiert. Gott sei Dank hatte er nie eine Heimat. Er braucht auch keine, er kann überall leben, solange die Wände nur dunkelgrau genug sind. Er schwankt zwischen einer Reminiszenz an *Asterix* und heftigem Fremdschämen.

Der Politiker hat genug. »Ihr werdet euch noch wünschen, dass ihr ins Altenheim dürft!«, schreit er, hochrot im Gesicht. Dann bricht er die Aktion ab, gefolgt von den beiden hilflosen Personen vom Ordnungsamt.

Die Kollegen von der Tagespresse tuscheln. Ja, das wird Folgen haben, und zwar eine halbe Seite im Lokalen vom Allerfeinsten.

Der ganze Siedlermob spendet Manns Abgang höhnischen Applaus. Opa Schrödter zeigt mit dem Smiley-Schirm auf seinen Sohn. »Schmeiß den Grill an, Jürgen!«

Die Polizisten bleiben noch einen Moment. Magda Rausch hat Apfelkuchen gebacken.

»Morgen«, verkündet Jürgen Schrödter, »treffen sich alle in Magdas Garten, um aufzuräumen.« Schrödter hat auf Facebook eine Veranstaltungsseite zu der Aktion erstellt. Auch ein paar Leute von der Opposition, vom Mauerpark und aus Neukölln würden kommen. Richtig multikulti werde das.

Sanders gesellt sich zu ein paar Journalisten. »Was hat Schrödter gemeint, als er zu Mann gesagt hat: ›Mit Ihrer Hilfe‹?«, fragt er in die Runde.

»Mann ist auch Bauunternehmer«, sagt ein Reporter. »Der hat hier alle Aufträge abgegriffen.«

Opa Schrödter klopft ihm auf die Schulter und zeigt auf Magda Rauschs selbstgemachten ostpreußischen Apfelkuchen. »Sie müssen unbedingt Magdas Kuchen probieren, mein Junge.« Er lächelt. »Die jungen Kerle langen heutzutage nicht mehr so zu wie wir früher. Sie sind ja schon ganz durchsichtig!«

Sanders versinkt in Schrödters väterlichem Blick und verliert seine Berufsobjektivität.

Magda Rausch reicht Sanders ein Stück Kuchen. Es sieht anarchisch unperfekt aus und duftet nach

Hefe, tiefer Apfelsüße und Liebe. Als Servierwagen dient ihr der Rollator. »Wo soll ich denn hin?«, fragt sie und runzelt die Stirn. »Zum Sterben in die Gropiusstadt? Da bin ich doch gar kein Mensch mehr!«

Plötzlich steht Jürgen Schrödter neben ihm. »Verschwinden Sie!« Er hat genug Takt, es ihm ins Ohr zu zischen. »Sie schleichen sich hier bei uns nicht ein! Und richten Sie Ihrem Vater aus: Heimat ist keine Ware!«

Manchmal ist Heimat auch nicht mehr als zwei hellblaue Augen und ein Herzschlag. Sanders stellt den Kuchen ab, bedankt sich bei Magda und geht.

Mal ist das Leben leicht, und mal ist es schwer.

Millionendorf

Auf der Dachterrasse am Lietzensee blühen schon die Magnolien. Der Frühlingswind spielt so zärtlich mit Saskias leichtem Kleid, dass Oliver Trasseur Schwierigkeiten hat, die rechte Schärfe für ein Krisengespräch zu bewahren. Soll er seinen Vater auf die Schmiergeldrechnung ansprechen? Verdammt unangenehm ist ihm auch der gestrige Vorfall mit diesem Journalisten Schmidt, den er lieber noch für sich behält. Er überlegt, ob er nicht einfach drei Wochen Hawaii buchen soll, bis Gras über die Sache gewachsen ist. Gleichzeitig sagt ihm sein Bauchgefühl, dass drei Wochen nicht reichen werden.

»Für die Übergangszeit habe ich das technische

Facility Management an die HausMann GmbH vergeben«, sagt Saskia. »Natürlich nur, bis wir einen Ersatz für Micha Waschke gefunden haben. Seine Frau habe ich angeschrieben und ihr mitgeteilt, dass sie die Dienstwohnung bis zum Monatsende zu räumen hat.«

Oliver liebt Saskias zupackende Art. Gleichzeitig weiß er, wie hart die Kündigung Britta und die Kinder treffen wird. Leider. Sozialromantik können sie sich hier nicht leisten. Er schiebt seine Sonnenbrille hoch. »Dieser Jürgen Schrödter denkt, er hat ein Grundrecht auf eine Quadratmetermiete von 2,50 Euro. Aber energetische Sanierung, das ist hier das Zauberwort. Wir stellen ihm noch in dieser Woche die Modernisierungsankündigung zu. 520 Prozent Mieterhöhung. Der wird schäumen.«

Sein Vater klopft ihm auf die Schulter. »Das Rabennest ist einmalig. Ein Dorf mitten in der Hauptstadt. Wie nennt man so was? Ein Millionendorf?« Er lacht scheppernd. »Millionen Euros für uns!«

»Aber trotzdem kann ich nichts verkaufen, wenn die ganze Straße mit Hassparolen plakatiert ist. Da hilft das schönste Home Staging nicht.«

»Vor allem, wenn Leichen vom Dachbalken hängen«, bemerkt Saskia spitz.

»Deinen Sarkasmus kannst du dir sparen«, schießt Oliver zurück. »Das war ein Schock, und mir geht es wirklich nicht gut.«

Sie drückt seinen Arm. »Natürlich. Entschuldige, Liebling.«

»Was ist mit dem internationalen Markt?« Konrad Trasseur putzt sich die Nase mit einem Stofftaschentuch. »Wir brauchen Investoren, die kaufen, ohne vorher zu besichtigen. Aus Moskau oder London.«

»Das dauert«, sagt Oliver.

»Waltraud«, brüllt sein Vater in Richtung der offenen Terrassentür, »bring uns doch mal ein kaltes Bier!«

Saskia schiebt ein Papier über den Tisch. »Russen sind mir zu heiß. Ich habe eine bessere Idee. Ein neues Vertriebskonzept. Schaut euch das mal an.«

Oliver wirft ihr ein Küsschen zu und nimmt das Konzept. Natürlich, die Überfliegerin Saskia kann alles, jetzt weiß sie neuerdings auch besser als er, wie der Vertrieb funktioniert.

Seine Mutter Waltraud erscheint in der Terrassentür: Sanduhrfigur, schwarze Satinpantoletten mit Marabufedern, Seidenbademantel, eisblonde Föhnfrisur. Sie sieht ein bisschen verärgert aus, vielleicht, weil ihr Mann das Geschäftliche von ihr fernhält. Sie knallt das Bier vor ihm auf den Tisch und trippelt wieder zurück. Wahrscheinlich liebe ich Saskia so, weil sie überhaupt nicht ist wie meine Mutter, denkt Oliver. Aber im Moment fühlt er die Liebe nicht. Was ist nur los mit ihm?

»Wir laden eine ganze Gruppe von Kaufinteressenten zu einem Sektempfang in das Musterhaus«, erklärt Saskia. »Wir stellen ihnen unser Konzept vor – Rendite, Altersvorsorge, Steuersparmodell. Natürlich mit Spitzensteuersatz gerechnet. Anschließend bieten wir ihnen einen entspannten Abend mit Drei-Gänge-Menü und Livemusik am Pool. Und wenn sie dann alle angefixt und per Du sind und ihre Augen leuchten, steht unser Notar als besonderer Service für Kurzentschlossene mit einem Kaufvertrag zur Beurkundung bereit. Vertragslesung, Unterschrift – verkauft. Ganz ohne Cool-off-Phase.«

»Raffiniert!« Oliver sieht den Killerinstinkt in den Augen seines Vaters und wünscht, er könnte sich ebenso begeistern. »Und der Vertrag ist selbstverständlich ohne Paragraf 17/2?«

»Genau.« Saskia zwinkert Oliver zu. »Also, ich würde ja ganz lapidar formulieren: Auf die Einhaltung der vierzehntägigen Wartefrist gemäß Paragraf 17 Absatz 2a Seite 2 Nummer 2 des Beurkundungsgesetzes wird verzichtet.«

Sein Vater nickt. »Weiß nach drei Drinks sowieso keiner mehr, was das heißt.«

»Großartig!« Saskia greift über den Tisch und drückt den Unterarm seines Vaters. Oliver fühlt sich ausgeschlossen. Er will nicht der nette Junge sein, sondern knallhart. Aber er hat plötzlich keinen Schimmer mehr, wie das geht. Wofür haben wir fünfhunderttausend Euro bezahlt?, will er schreien. Vertraut ihr mir denn nicht? Aber nein, Oliver wird das strategisch angehen. Von der Psychiaterin seiner Mutter weiß er, das nennt man einen Gratifikationsaufschub: abwarten und erst zuschlagen, wenn es sich lohnt. »Wen willst du zu deinem Stehempfang denn alles einladen?«, fragt er.

Natürlich hat die perfekte Saskia auch eine Namensliste dabei. »Die üblichen Geldleute. Aber auch die Vorsitzenden der BVV-Fraktionen. Alle Stadträte, auch den Trottel Drohbeck. Den kompletten Bauausschuss. Den Haushaltsausschuss. Vor allem Peer Mann, der ist in beiden Ausschüssen.«

»Mann? Ist das nicht der Chef von HausMann?«

»Ja, aber er sitzt auch seit Jahren in der BVV Reinickendorf. Im Herbst will er Bürgermeister werden. Jung, dynamisch, Spitzenkandidat der Konservativen. Wir sollten den Bauausschuss komplett auf unserer Seite haben, wenn es um das Abschmettern des Milieuschutzantrags geht. Der Haushaltsausschuss ist sowieso wichtig. Peer Mann ist unglaublich gut vernetzt.«

»Ich dachte, den hätten wir schon längst in der Tasche?« Konrad Trasseur tippt auf seinem Smartphone herum. »Okay, Sassi, wir machen das kurzfristig. Oliver, telefonierst du die Liste durch?«

»Klar«, sagt Oliver, dem überhaupt nicht nach Telefonieren ist. »Je spontaner und exklusiver wir das halten, desto weniger können die Siedler sich vorbereiten und rumstressen.«

Olivers Vater prostet Saskia zu. »Trinken wir auf deine wunderbare zukünftige Frau, Oli!«

Hilflos

Im blühenden Rotdorn hängt ein Bettlaken: *Wer Mieter quält, wird abgewählt!* Das Lichtgrün in den Vorgärten riecht nach Ozon und Aufbruch.

Sanders klingelt bei *Waschke*. Das Azurblau der Haustür ist verblichen, auf Augenhöhe hat die Tür ein zerbrochenes Fensterchen mit einer Häkelgardine.

Die Gardine bewegt sich, Schließgeräusche. Britta Waschke ist eine sportliche Frau. Jeans, Strickjacke, verheultes Gesicht hinter runder Brille. »Kommen Sie rein«, sagt sie. »Die Kinder sind bei meiner Mutter.«

Der Flur ist eng und dunkel. Direkt gegenüber dem Eingang führt eine steile Treppe in den ersten Stock. Frau Waschke muss auf die erste Stufe dieser Treppe treten, damit sie die Tür ganz öffnen kann.

Sie führt ihn durch eine dunkelbraune fensterlose Küche in ein Achtzigerjahre-Wohnzimmer. Rustikales Ledersofa, Textiltapete, an den Wänden Zille-Drucke, müde feiste Frauen, deren Schürzen direkt unter ihren haltlos baumelnden Brüsten beginnen. Dreckige Kinder. Männer mit Stiernacken, Schiebermütze und selbstzufriedenem Zigarettenstummel. Einer schaut immer ins Nichts auf diesen Bildern. Britta Waschke ist Mitte dreißig, aber das Haus macht sie älter.

»Das Haus ist Michas Dienstwohnung«, entschuldigt sie sich. »Sie haben es uns möbliert überlassen. Wir durften nichts verändern. Möchten Sie einen Tee?«

Die Luft in dem winzigen Haus ist feucht und kühl. Sanders ist froh, dass er einen Trenchcoat trägt. Er nimmt an dem Eichenholztisch Platz. Der kupferrote Earl Grey duftet nach Zitrusfrüchten und Bergamotte. Sanders wünscht sich Milch und Zucker, sagt aber nichts. Auf einer Anrichte stehen Fotos. Vater, Mutter, zwei blonde Jungs, der eine dicklich, der andere schmal. Michael Waschke hat ein kantiges, ehrliches Gesicht.

Britta Waschke setzt sich und schlägt die Beine über, reibt sich die Oberarme. Ihre Fußspitze wippt nervös. »Sie sehen gar nicht aus wie der Sohn eines Immobilienhais«, sagt sie und putzt sich die Nase.

»Die einen sagen so, die anderen so.« Wenn die Frau so traurig lächelt, ist sie hübsch.

Wortlos schiebt Britta Waschke ein Schreiben über den Tisch. Sanders nimmt es. Der Absender ist die Am Rabennest Sanierungsgesellschaft c/o Trasseur Immobilienverwaltungs GmbH. Der Brief beginnt mit formelhaften Beileidswünschen. Dann heißt es: *Bei dem von Ihnen bewohnten Haus Am Rabennest 14 handelt es sich um eine funktionsgebundene Werkswohnung. Gemäß dem mit Ihrem Mann geschlossenen Arbeitsvertrag kündigen wir den Wohnmietvertrag mit der vertraglichen Frist von einem Monat zum 30. Mai. – Suchen Sie eine neue Bleibe in Berlin? Unser exklusiver Immobilienvertrieb ist Ihnen gerne behilflich.*

Britta Waschke beißt sich auf die Unterlippe. »Was mache ich denn jetzt?«, flüstert sie. »Wo soll ich denn hin mit den Kindern? Erst nehmen sie mir meinen Mann weg, dann das Zuhause. Wie kann diese Frau mir so einen Brief schreiben?« Sie zerrt ein zerfleddertes Papiertaschentuch aus der Jeans.

Wie ist man ein Mann in einem solchen Augenblick? Sanders nimmt die Frau in den Arm. Ihre Schultern zucken. Saskia Schwarz, denkt er, dafür zahlst du.

Als Britta Waschke sich gefasst hat, fragt Sanders: »Wieso glauben Sie, dass Ihnen die Sanierungsgesellschaft Ihren Mann weggenommen hat?«

»Wieso helfen Sie Ihrem Vater?«, entgegnet Frau Waschke.

Instinkt? Siebzig Euro die Stunde? »Man hat ihn bedroht. Er soll die Luxusmodernisierung der Siedlung stoppen.«

Britta Waschke schüttelt den Kopf. »Da merkt er mal, wie sich das anfühlt. Diese Hilflosigkeit.«

»Wann haben Sie Ihren Mann zuletzt gesehen?«

»Vor einer Woche, an einem ganz normalen Morgen. Ich habe die Kinder für den Kindergarten fertig gemacht, Micha hat die Stullen geschmiert. Als ich aus dem Haus wollte, kam ein Anruf für ihn. Wir haben uns zum Abschied geküsst, das war's. Nachmittags rief dann die Polizei auf der Arbeit an.«

»Wo arbeiten Sie?«

»Friedenshof Tegel. Das Altenheim gleich hinterm S-Bahnhof. Ich bin Altenpflegerin.«

»Wer hat Ihren Mann morgens angerufen?«

»Weiß nicht. Aber was komisch ist: Ich finde Michas Schlüsselbund nicht. Er hatte es eigentlich immer bei sich.«

»War Ihr Mann depressiv?«

Ihre Augen irrlichtern über sein Gesicht. »Sie fragen wie ein Polizist.«

»Weil ich mal einer war. Also?«

»Nein. Ich weiß nicht. Ich hatte so ein Bauchgefühl, dass etwas nicht stimmt. Der Kommissar, der hier war, sagte mir auch, die Sache käme ihm seltsam vor. Er will eine Obduktion.«

»War Ihr Mann irgendwie anders in letzter Zeit?«

»Nein. Und er hat so viele Freunde. Spielt Handball bei den Füchsen. Alte Herren. Die Kinder sind sein Ein und Alles. Im Sommer wollen wir an die Ostsee, das ist schon gebucht. Wollten wir – ach Gott!«

»Hat er seine Arbeit gerne gemacht?«

Sie zögert. »Wissen Sie, mit dem Haus hier so mitten drin – da ist es schwer, Distanz zu wahren. Micha hatte Ahnung vom Bau und konnte gut mit Leuten. Als gelernter Elektriker war er lange auf Montage, da macht einem niemand mehr was vor. Die Situation hier, wie diese Verwaltung mit den Mietern umspringt – wir kennen die ja alle persönlich –, das hat ihn schon sehr mitgenommen. Aber bringt man sich deswegen um? Kündigen vielleicht und woanders noch mal von vorne anfangen. In Süddeutschland, davon hat er vor ein paar Wochen gesprochen. Da wird besser bezahlt. Mir war das nicht so recht. Die Kinder sollen in der Nähe der Großeltern aufwachsen. Das habe ich ihm gesagt. Er hat das dann nicht mehr erwähnt. Meinen Sie, ich hätte ihm diese Perspektive lassen sollen?« Ihre Stimme zittert, ihr Blick bohrt sich direkt in sein Herz.

»Erzählen Sie mir, was Ihren Mann belastet hat.«

Michael Waschke arbeitete seit fünf Jahren für die Sanierungsgesellschaft, erzählt seine Frau. Er habe den Job bekommen, weil er den Oliver privat kannte. Sie seien zusammen zur Schule gegangen.

»Ich dachte, das ist eine Lebensstellung, verstehen Sie? Micha war auch erst total glücklich. Das ist doch so eine Idylle hier. Aber jetzt? Und wenn jemand auszieht, lassen sie die Häuser leer stehen.

Alles verrottet, die Gärten verwildern. Micha musste ständig den Kammerjäger holen. Die Dächer sind undicht, die Keller feucht, die Fassaden bröckeln, die Fensterläden fallen ab. Jetzt könnte man ja denken, der Oliver lässt diese Häuser renovieren. Aber nein. Die Sanierungsgesellschaft habe einfach kein Geld, heißt es. Angeblich, weil die Bestandsmieter zu wenig Miete zahlen. Die haben die Mietverträge halt teilweise schon seit dem Krieg. Die Gesellschaft hat es in den letzten fünf Jahren gerade mal geschafft, ein Musterhaus umzubauen. Und trotzdem standen schon oft verzweifelte Handwerker vor unserer Tür, die gesagt haben, wir sollten jetzt zahlen, sonst gäbe es eins auf die Schnauze. Für Zahlungen ist Frau Schwarz verantwortlich, an die hat Micha dann verwiesen.«

»Wissen Sie noch, wie die Handwerker hießen, die nicht bezahlt wurden?«

Britta Waschke lacht. »Davon waren fast alle betroffen. Aber besonders oft war Herr Mann da, von HausMann. Der war so nervös, ich glaube, dem stand das Wasser bis zum Hals.«

»Kann ich die Unterlagen Ihres Mannes sehen?«, bittet Sanders.

Sie führt ihn in ein winziges Büro unterm Dach. Die Wände sind so schräg, dass er kaum stehen kann. Der Schreibtisch sieht unaufgeräumt aus.

»War die Polizei noch gar nicht hier?«

»Die haben bloß den Computer mitgenommen.«

Der Multifunktionsdrucker steht noch da. Sanders kopiert Mieterlisten, Gesellschafterunterlagen, die letzten Betriebskostenabrechnungen, ohne wirklich zu wissen, warum. Michael Waschkes Tischkalender liegt noch auf dem Schreibtisch. Für den kommenden Freitag findet Sanders einen Eintrag: *Sektempfang?* »Haben Sie da eine Einladung?«, fragt er.

Sie schüttelt den Kopf. »Die Sanierungsgesellschaft will eine Immobilienpräsentation veranstalten. Ich habe hier auch eine Liste der Leute, die eingeladen sind. Kam per Fax, von Frau Schwarz.«

Sanders nimmt die Liste mit einem Gefühl plötzlicher Dringlichkeit. Auf dem Weg zur Haustür fällt ihm im dunklen Flur noch etwas ein. »Ihr Mann hat Oliver Trasseur vor ein paar Jahren mal wegen Körperverletzung angezeigt. Was war da los?«

Britta Waschkes Augen huschen unsicher hin und her, hinunter zu seinen Schuhen und wieder zurück. »Wirklich? Davon weiß ich ja gar nichts.«

Sie lügt nicht gut, denkt er. Schön für ihr Seelenheil, aber schlecht für Sanders' Ermittlungen. »Das muss gewesen sein, kurz bevor Trasseur Ihren Mann eingestellt hat.«

»Tut mir leid.« Sie ringt die Hände. »Trinken wir noch einen Tee? Ich könnte Ihnen alte Fotos von Micha zeigen.«

»Ich muss ein paar Leute anrufen.«

»Können Sie nicht noch einen Moment bleiben? Nur fünf Minuten?«

»Ich rufe Sie an, wenn ich etwas Neues habe.« Sanders zieht die Haustür hinter sich zu. Seine Haut juckt, als hätte er eine Sonnenallergie. Zu Hause duscht er zweimal. Dann wählt er die Nummer seines Vaters.

Aufgeschnitten

Es gibt nur drei Todesursachen: natürlich, nicht natürlich und ungewiss. Kriminalhauptkommissar Hinrich Kaplan hat das im Buch eines bekannten Berliner Rechtsmediziners gelesen. Er beobachtet den Leuchtzeiger seines Weckers und denkt an das Ratschen eines Skalpells, wenn es durch tote Epidermis fährt. Morgen früh hat er eine Obduktion. Ein Typ, der sich aufgehängt hat. Eigentlich klarer Fall von Selbsttötung, aber Kaplans Instinkt will diese Obduktion. Nur weil etwas wie Suizid aussieht, muss es noch lange keiner sein. Auch Rennpferde sehen sich auf den ersten Blick alle ähnlich, und doch ist nur eines im Feld der Champion. Kaplan hat Hausverbot auf allen Pferderennbahnen Deutschlands. Er hat ein Ding laufen mit dem Ungewissen. Besser als Sex.

Er knipst die Nachttischlampe an. Im gelblichen Gardinenlicht setzt er sich auf, ein ausgetrockneter Typ in Feinripp. Er muss rauchen. Der Tabak ist fast leer. Er verteilt die letzten Krümel im Blättchen, zündet das Ganze an. Knastzigarette. Kaplan lehnt sich im Bett zurück, zieht den Papierqualm in seine schwarzen, harten Lungen. So, wie er daliegt, braucht er keinen Aschenbecher. Er könnte in seine Trichterbrust aschen. Vielleicht würde er dann auch wieder mal etwas spüren.

Halb vier. Katzenkotzgeräusche aus der Küche. Die Nachttischlampe ist noch an, die Zigarette hat die Matratze angekokelt. Mechanisch klopft Kaplan die Glut aus. Wirft die Asche nebenan ins Klo, rotzt grüngrau hinterher, pinkelt, spült alles weg.

Die Katze blinzelt vorwurfsvoll ins Küchenlicht. Kaplan sucht und findet ein steinhartes Schwammtuch, kratzt die suppigen Breckies zusammen. Bringt es nicht über sich, das Fenster aufzumachen. Nicht wegen des bisschen Kotzegestanks.

Kaplan setzt sich an den Küchentisch. Öffnet eine neue Tabakdose, dreht sich eine und raucht. Hört auf das Knistern des verglimmenden Tabaks, starrt in die Nacht. Die Katze sitzt neben dem Stuhl, gelbäugig, in ihren Schwanz gewickelt, und schweigt.

Kurz nach sieben. Auf dem Küchentisch schüttelt sich Kaplans Handy. Eine SMS vom Kollegen Stanzki: *Treffen uns direkt in der Rechtsmedizin.*

Kaplan drückt die Zigarette in den vollen Ascher. Seine Augen schmerzen im Badezimmerlicht wie Stichwunden. Er rasiert den abgewrackten Vampir, den er im Spiegel sieht. Auf dem Weg zum Auto wirft er die Katzenkotze in die Mülltonne.

Die Sachlichkeit, die in der Pathologie herrscht, lässt Kaplan endgültig wach werden.

Benito Stanzki ist schon da, der neue Arzt auch, ein Doktor Schäfer. »Heute mal einer, bei dem der Kopf noch dran ist«, begrüßt der Kaplan und strahlt übers ganze Gesicht. »Gestern hatte ich einen auf dem Tisch, der hat sich 'ne Drahtschlinge um den Hals gewickelt, und die hat er an einem Baum festgebunden. Dann ins Auto gesetzt und Vollgas. Riesenschweinerei. Der Kopf auf dem Rücksitz.«

»Und der hier?«

Michael Waschke, ein unscheinbarer Typ, schlank,

bleiche Haut, spärliche schwarze Körperbehaarung. Dunkelrote Strangulationsmarke, blutgestautes Gesicht.

»Wahrscheinlich selbst gemacht.« Schäfer schickt sich an, die Halsmuskulatur freizulegen. »Kompression der Halsweichteile. Keine Abwehrverletzungen. Urin und Kot abgegangen.«

So was kann einem schon vor dem Frühstück den Tag versauen. Kaplan will rauchen, unbedingt. Stattdessen atmet er durch den Mund und beugt sich über Waschkes Hals. »Der Aufhängepunkt ist seitlich. Glauben Sie deshalb, er hat's selbst gemacht?«

»Ist 'n bisschen knifflig.« Doktor Schäfer funkelt ihn über sein Skalpell hinweg an. »Asymmetrischer Schlingenverlauf, aber Genickbruch. Das heißt, der Körper war frei suspendiert.«

Kaplan nickt. »Erste Möglichkeit: Er hat sich auf den Hocker gestellt und ist dann runter. Es gibt aber ein fieses Detail: Der Hocker stand nicht direkt unter ihm. Umgekippt war er auch nicht – sagt Oliver Trasseur. Zweite Variante: Jemand hat ihn aufgehängt und dann den Hocker dazugestellt. Weil das Stillleben so harmonischer wirkt.«

Stanzki macht ein Gesicht, als ob Kaplan die Flöhe husten höre. Na gut, damit kann Kaplan leben.

»Ich präpariere jetzt erst mal die Schildknorpelhörner.« Schäfer schlitzt Waschkes Hals auf, klammert die Haut beiseite, dann greift er zur Darmschere. »Dann mache ich ihn ganz auf. Die Faserprobe an den Händen wird interessant. Schon gesehen? An der rechten Hand hat er zwei abgebrochene Fingernägel.«

Kaplan wirft ein Nikotinkaugummi ein. Sein Hinterteil kribbelt vor Spannung. Er hofft, Michael Waschkes Frau will ihren Mann nicht noch einmal sehen, wenn sie mit ihm fertig sind.

Ein bisschen Spaß muss sein

Ich wach auf, es ist kurz vor vier, und ich fühl mich schon wieder irgendwie knochenlos. Heute Abend hab ich keinen Kunden, und das ist fast noch schlimmer, als wenn ich einen hätt. All die Zeit, die man damit verbringt, sich selbst keine Vorwürfe zu machen, weil man als moderne Frau nicht einfach von sich aus bei Mister Wonderful anruft.

Die Visitenkarte von Doktor Helen Sturm klemmt an meiner Pinnwand. Sie leuchtet im Dunkeln und flüstert: Ich sehe was, das du nicht siehst. Zugegeben.

Ich steh auf und schau in den Hof. Direkt vor meinem Schlafzimmerfenster, auf dem einzigen Baum zwischen Thai-Imbiss und Fischbude sitzt die Nachtigall und flötet, was das Zeug hält. Die gemeine Stadtnachtigall singt lauter als die Landnachtigall, um den Verkehr zu übertönen. Das sind Kampflieder, die sie da, bis in die Federspitzen motiviert, herauskübelt. Sie will sich paaren. Verständlich.

Die Nachtigall hat was von Wanja: dieses Unbedingte, dieses knallhart Wache. Das hätt ich auch gern, so hat man zu sein – nur jetzt noch nicht. Ich angel mir die Fernbedienung und mach das Frühstücksfernsehen an. Astrologie mit Evita Sundance. Schon fühl ich mich nicht mehr so allein.

»Löwe«, sagt Evita direkt zu mir. »Ihr Sternzeichen wird von einem starken Willen geprägt. Sie sind mutig und optimistisch.«

So viel zur Astrologie. Denn ich hab innen drin gar kein Gerüst mehr, das mich aufrecht hält. Ich brauch irgendwas, das mir die Knochen nachwachsen lässt. Dringend. Was würde Doktor Helen Sturm tun? Doktor Helen würde sich unter die Dusche schleppen. Also los.

Mit Signalworten ist das so eine Sache. Wer sich noch nie mit einer Cremedusche eingecremt hat, der werfe den ersten Stein. Natürlich merk ich es zu spät und bin dann zu faul, mich noch mal nass zu machen. Das Klebrige hält mich sogar irgendwie aufrecht. Sogar Ohrringe steck ich mir an. Und rein in die enge Lederhose. Jetzt noch eine Latte, und dann: Welt, ich komme!

Ich hol ein paar Scheine hinter der losen Kachel unter der Duschtasse hervor. Ich hab mich brav immatrikuliert, und deshalb mach ich mir jetzt mal einen schönen Tag.

Ich nehm ein Taxi zum Flughafen. Der Fahrer sagt kein Wort, als ich mich auf den Beifahrersitz schwing. Er hat die Sitzheizung an. Der Kunstledersitz klebt an meiner Cremeduschenhaut und an der Hose. Es stinkt nach Alkohol, Frittenfett und Zigaretten, wie eine Nachtschicht im Café Achteck. Berliner Luft.

Am Flughafen angekommen, geh ich erst mal direkt zum Friseur im Terminal A. Als ich noch geflogen bin, hab ich das immer gemacht. Die sind ein bisschen schockiert. Haarverlängerung, da wird nicht oft nach gefragt. Meist sind die Leute eh auf dem Sprung nach Rio. Aber der Friseur wächst an der Herausforderung. Ich bin wieder ganz die Alte.

Vor Freude kauf ich mir im »Bon Voyage« einen Schokoriegel und einen Reiseführer über New York City. Es ist schwer, sich auf diesem Flughafen einfach nur irgendwo hinzusetzen. Vor den Gates gibt es je eine Reihe blankgesessener Plastikschalen, dahinter hat man über den Heizkörpern Gitter montiert, die einem den Hintern in Würfel schneiden, wenn man sich draufsetzt. Ich ergatter einen Schalensitz, ess die Schokolade und blätter im Buch. Ich war fast zwanzig Jahre nicht in New York, und das ist so, als wärst du niemals dort gewesen. Ich hab während der Pubertät mal eineinhalb Jahre dort gelebt, bei meinem Vater. Das endete in einem fulminanten Sorgerechtsstreit zwischen ihm und meiner Mutter. Das heißt, ich glaub, hinter der Sache steckte weniger meine Mutter als der Horst. Der hat irgendwie geglaubt, er könnte mich auf höhere Tochter trimmen. Nach New York wollte ich danach nie wieder. *Leaving New York, never easy*. Ich bin alle anderen Strecken geflogen, nur New York habe ich mir immer verbeten.

Mein Telefon klingelt. Es ist Susi, die Chefin der Escortagentur »Die Berlinerin«. »Ich hätte da einen Job für dich«, sagt sie. »Der Peer. Weißt du noch?«

Klar, weiß ich noch. Ein Politiker, irgendwas Konservatives und nebenbei noch Unternehmer – wuchtiger Körper und im Verhalten einerseits ernsthaft, andererseits ein bisschen gruselig-infantil, wie Chucky, die Mörderpuppe. Aber für einen Abend war der Peer immer auszuhalten.

Ich sehe einem Angesoffenen zu, der klebrige Pfandflaschen aus dem Müll fischt. Was soll ich sagen? »Susi, es tut mir leid. Ich hab mich wieder an der Uni eingeschrieben. Hab's irgendwie satt, 'ne Muse zu sein. Kennst du *Wonder Woman*, die Comicheldin? Ich fühl mich gerade so ähnlich wie die. Warum am Boden bleiben, wenn man zum Fliegen geboren wurde?«

Der Flaschensammler starrt mich an und rülpst.

»Wirklich, Libby«, sagt Susi, »du hast doch so viel Potenzial. Und der Peer, weißt du, der will bloß zu einer Party gehen. Er möchte, dass du ihn begleitest. Er will unbedingt dich. Nur mitgehen, heiß aussehen, Konversation machen. Sechshundert Euro. Peer holt dich auch ab. Der klang irgendwie so dringlich. Fast besessen.«

Ein Stammkunde, das ist das Zweitbeste, was einem in dem Geschäft passieren kann. Sechshundert Euro, das ist das Beste. »Okay, Susi«, sag ich, »ich mach's.«

Besuchstag

Die Glastür zum Empfangsbereich gleitet auf. Sanders' Herzschlagrate erhöht sich, wie immer, wenn er das exklusive Institut betritt. Links auf einem der

Ledersofas sitzt Jakob Messel. Messel ist akkurat gekleidet – Hut, Dreireiher – und hockt in Habachtstellung auf der Sofakante, den Gehstock zwischen den Knien. Er lacht von Herzen. Seine Goldzähne blitzen. »Guten Morgen, guten Morgen!« Messel springt auf, streckt Sanders die Hand entgegen. »Kennen wir uns nicht? Wollen Sie zu mir?«

Sanders nimmt seine Hand. »Guten Morgen, Herr Messel.« Der alte Mann hat beim Rasieren die Stelle vor den Ohrläppchen vergessen. »Martin Sanders. Ich besuche meine Mutter.«

Messels blutdurchschossene Augen werden für eine Sekunde stumpf, als würde sein innerer Film zurückgespult. Dann lächelt er wieder und winkt mit dem Gehstock. »Guten Morgen, guten Morgen, junger Mann! Kennen wir uns nicht?«

Sanders führt ihn am Arm zum Sofa zurück. »Ihr Sohn wird bestimmt gleich kommen, Herr Messel«, sagt er.

Von den Pflegern weiß er, dass der Sohn seit zehn Jahren tot ist.

Der Mann am Empfang begrüßt Sanders. »Sie möchten sich bitte zuerst bei Frau Doktor Arnhold melden«, sagt der Pfleger. »Den Gang hinunter, zweite Tür links.«

Sanders kennt den Weg, klopft an die Tür. Doktor Arnhold ist seit zwanzig Jahren die Psychiaterin seiner Mutter, eine antiseptische, faltenfreie Blonde mit einem Pferdeschwanz. Sanders schätzt sie auf Mitte fünfzig, aber ihr Gesicht ist so alterslos wie eine Marmorbüste. Wenn Sanders sie und ihren weißen Kittel zwei Wochen nicht gesehen hat, kann er die Frau nicht mehr beschreiben. Vermutlich geht es ihr mit ihm genauso.

»Setzen Sie sich.«

Sanders gehorcht. »Mein Onkel ist gestorben«, sagt er.

Doktor Arnhold macht eine Notiz. »Mein Beileid.«

»Meinen Sie nicht, wir sollten meiner Mutter sagen, dass ihr Bruder tot ist?«

Das Behandlungskonzept der Klinik von Sanders' Mutter besteht darin, die Welt von ihr fernzuhalten. Man fürchtet, sie habe mehr Angst vor dem Leben als vor dem Tod. Für seine Mutter sieht die Welt noch so aus wie im April 1984. Dass sie seither statt in einer Dahlemer Villa in einer geschlossenen Psychiatrie lebt, ist ihr mit zwanzig Milligramm Haldol am Tag egal.

»Darüber wollte ich mit Ihnen sprechen«, sagt Doktor Arnhold. »Ich möchte die Medikation bei Ihrer Mutter umstellen. Es gibt da ein neues Medikament, das die Nebenwirkungen deutlich reduzieren könnte.«

Sanders glaubt, nicht richtig gehört zu haben. »Sie meinen, sie wäre dann vielleicht nicht mehr so schläfrig, und ihr wäre nicht mehr alles gleichgültig? Keine Muskelzuckungen mehr? Sie könnte vielleicht wieder malen?«

Doktor Arnhold nickt. »Einen Versuch ist es wert. Es gibt sehr gute Erfahrungen mit dem neuen Medikament. Die Patienten sind agiler. Manche gewinnen sogar die Fähigkeit zur linearen Lebensplanung zurück.«

»Heißt das …« Heißt es, dass er nach fast dreißig Jahren seine Mutter zurückbekommt? »Muss ich etwas unterschreiben?«

»Eine Medikamentenumstellung ist ein längerfristiger Prozess. Ich habe hier ein Merkblatt. Wir benötigen Ihre Zustimmung.«

Sanders überfliegt den Text. *Atypisches modernes Neuroleptikum*, heißt es da. *Geringere Nebenwirkungen auf das extrapyramidalmotorische System als bei den herkömmlichen Neuroleptika der ersten Generation.* »Was raten Sie mir?«

Doktor Arnholds Blick wird plötzlich so mütterlich-weich, wie er es noch nie gesehen hat. Sanders schießt das Blut in die Wangen.

»Ich rate Ihnen zu«, sagt sie. »Ich glaube aber auch, dass Ihre Mutter Antworten haben wollen wird. Wir müssen unser Therapiekonzept überarbeiten.«

»Ich will, dass wir ihr die Wahrheit sagen«, flüstert Sanders. Zu seiner eigenen Überraschung. Will er noch immer jemandes Kind sein?

»Das werden wir.« Doktor Arnhold nickt. »Aber seien Sie behutsam. Denken Sie immer daran, hier geht es nicht um Ihre Psychohygiene, sondern um das Wohl Ihrer Mutter. Was auch immer wir ihr erzählen, sie muss damit leben können. Machen Sie ihr ein Gesprächsangebot. Wir können das dann professionell flankieren.«

Dünnes Eis. Sanders hat keine Ahnung, was er unterschreibt. Wahrscheinlich ist ihm etwas ins Auge geflogen. Er steht auf. Doktor Arnhold drückt seinen Oberarm. »Sie wissen ja«, sagt sie, »wir sind immer für Sie da.«

Die Party

Sanders' schwarzer Anzug sitzt so perfekt wie sein falscher Name. Die freundliche Hostess am Stehpult findet Herrn Michael Schmidt sofort auf der Gästeliste und begrüßt ihn im Namen der Am Rabennest Sanierungsgesellschaft wie einen verlorenen Sohn.

Der Abend ist lau, das Publikum erlesen. Am Pool des Musterhauses brennen Gartenfackeln. Ein Trio spielt Lounge-Musik. Man trinkt Prosecco und flaniert von Stehtisch zu Stehtisch. Im offenen Wohnzimmer im Erdgeschoss flackert ein Kaminfeuer. Saskia Schwarz, exquisit durchgestylt, zeigt eine Präsentation. Sie drückt Sanders eine Broschüre in die Hand: *Raven's Nest Mansions, Berlin (unverbindliche Illustration).*

Bevor er sich von dem Protzanglizismus erholen kann, steht Oliver Trasseur vor ihm. Mit gefrorenem Gesicht. »Sie?«

»Unverhofft kommt oft.«

»Verschwinden Sie, wenn ich Ihnen Geld fürs Kino gebe?«, zischt Trasseur.

Sanders lächelt. »Sehen Sie mich doch einfach als einen ganz normalen Interessenten.«

»Ich hätte nicht gedacht, dass man als Journalist so gut verdient.«

»Ich hab reich geheiratet.«

Weitere Gäste treffen ein und legen ab.

»Wie wäre es, wenn Sie uns jetzt Ihr schönes Häuschen zeigen?«, schlägt Sanders vor. »Was soll es denn kosten?«

Trasseur berappelt sich. »Eine halbe Million«, schleudert er seinem potenziellen Kunden stolz entgegen.

Sanders findet den Grundriss des Häuschens lächerlich für den Preis. Im Grunde hat man einen Heizungskeller, in dem er nicht einmal stehen kann – Trasseur: »Hobbyraum« –, im Erdgeschoss eine offene Küche, ein Wohnzimmer und einen Wintergarten – Trasseur: »Haus und Garten verschmelzen zu einer Einheit«.

Eine lebensgefährlich schmale und steile Treppe führt in den ersten Stock, in dem man alle Wände herausgerissen hat. Lediglich ein Bad ist noch abgeteilt. Die freistehende Wanne soll Luxus symbolisieren, ist aber kaum größer als ein Schnellkochtopf. In das Dachgeschoss führt eine schwankende Auszugtreppe – Trasseur: »Für Kinder ein Abenteuer, wie eine Zugbrücke«.

Auch im Dachboden kann Sanders nicht stehen – Trasseur: »Homeoffice, kombinieren Sie Wohnen und Arbeiten«. Dafür sitzt dort ein jovialer älterer Herr im weißen Hemd und Anzugweste an einem Schreibtisch und schürzt seine Wurstlippen. An seiner Seite glimmert eine angejahrte Schönheit mit der knallharten Präsenz eines Panzerkreuzers vor sich hin. Konrad Trasseur will gerade sein übliches Programm abspulen. »Mein Sohn. Meine Frau. Meine Karte.« Aber als er aufsieht, wird er grau im Gesicht.

Sanders lächelt. »Wollen Sie mir heute gar keinen Asbach Uralt mit Champagner anbieten?«

»Das ist ein Journalist«, warnt Oliver Trasseur.

Der dunkelschwarze Blick des Alten wird so herablassend, dass es sogar Sanders schmerzt. »Was du nicht sagst!«, flüstert der Herr Mitternachtsnotar. »Ich würde meinen, das ist Martin Sanders, Rainhards Sohn.«

»Erstklassiges Namensgedächtnis, Herr Trasseur.« Sanders nimmt die Hand der Frau. »Waltraud, nicht wahr? *Enchanté.*«

Der Panzerkreuzer glüht auf.

Immerhin, Trasseur senior zeigt Haltung. »Ich habe Ihnen gesagt, Sie sollen sich aus meinen Geschäften heraushalten. Ich war so naiv zu glauben, dass Sie das auch tun.«

»Nachdem Sie mich schon zum Golfen auf die Insel eingeladen haben, wollte ich mir doch mal anschauen, wie Sie Ihr von englischen Gartenstädten inspiriertes Denkmal hier vermarkten.«

Konrad Trasseur starrt seinen Sohn an. Dann gibt er sich einen Ruck. Fast scheint es plötzlich so, als freue er sich, Sanders zu sehen. Er steht auf und klopft ihm auf die Schulter. »Ich mag Ihre Ehrlichkeit. Ich will auch ehrlich zu Ihnen sein. Mein Sohn wird Ihnen alles zeigen. Wir machen Ihnen ein Topangebot. Aber wenn Sie uns bei diesem Geschäft dazwischenfunken, dann organisiere ich Ihnen ein One-Way-Ticket zum Zentralfriedhof, ob Sie Rainhards Sohn sind oder nicht.«

»Gutes Konzept! Immobilie plus – Leben und Sterben in Berlin.«

»Bei Immobilien gibt's drei wichtige Kriterien, mein Junge: Lage, Lage und Lage. Zentralfriedhof ist Bestlage. Diese Townhouses hier auch.«

»Absolute Bestlage«, flötet Frau Trasseur. »Und die Shoppingmöglichkeiten!«

»Shopping ist mir besonders wichtig«, sagt Sanders. »Zeigen Sie mir doch bei Gelegenheit mal die örtlichen Bestattungsinstitute. Ich suche noch ein smartes Totenhemd.«

Waltraud Trasseur riecht nach ein paar Gin Gimlets zu viel und zu früh. Ihr reifer, praller Körper ist ihm plötzlich sehr nah. Besonders die runden, warmen, richtigen Stellen. Sie presst alles an ihn, was sie hat, als sie sich vorbeugt, um ihm etwas ins Ohr zu flüstern. »Ich zeige Ihnen, was immer Sie sehen wollen, schöner Mann.«

»Verlockend.«

»Hast du gehört, Konrad?« Der hohle Triumph des Angesoffenen schwingt in Waltraud Trasseurs Stimme mit. »Der junge Mann findet mich verlockend!«

»Ich doch auch, mein Hase. Ich doch auch.«

»Ach, Konrad!« Ich hasse dich, sagt ihr Blick.

Alarmstufe Rot. Die drei umringen Sanders wie eine Gruppe aufgezogener Duracellhasen. Einer trommelt, einer grinst, einer reibt sich an ihm, krankhaft fixiert, gefangen in einer manischen Endlosschleife. Aufladen, trommeln, entladen. Vertriebsorientiert und seelenkalt bis in den Tod. Die Zeile eines alten Mackay-Brown-Gedichts fällt Sanders ein: *The shore was cold with mermaids and angels.* Das ist also der Umgang seines Vaters.

Oliver Trasseur wird wieder lebendig. »Ich bringe Sie jetzt zur Tür«, sagt er. Dann schiebt er ihn nachdrücklich die Treppe hinunter. »Vielleicht erzählen Sie mir unterwegs, wie Sie Ihr Investment darstellen wollen?«

»Jedenfalls nicht von Mamas Taschengeld.« Sanders bleibt auf dem Treppenabsatz stehen. »Sie hatten Streit mit Michael Waschke. Sie haben sich gegenseitig angezeigt, dann war plötzlich wieder alles in Butter. Sie haben beide ihre Anzeigen zurückgezogen, und Sie haben ihn eingestellt. Was ist da passiert?«

Trasseur junior schaut durch ihn durch. »Gehen Sie«, sagt er.

»War es wegen Britta? So was kommt ja in den besten Kreisen vor. Und da sind wir hier doch, in den besten Kreisen – oder?«

Trasseur wird rot und blass und wieder rot. Sanders hofft, dass unter den Gästen ein Arzt ist. »So, und jetzt schaue ich mal, ob Ihr Fingerfood mehr Stil hat als Ihre Grundrisse.«

Trasseur packt ihn hart am Revers. »Warten Sie kurz«, zischt er. »Ich muss die Kanapees erst noch vergiften.« Er stößt Sanders gegen das Treppengeländer und federt an ihm vorbei die steilen Stufen hinunter.

Sanders folgt ihm dichtauf, er rückt im Gehen seine Jacke zurecht, mit dem Gefühl, nach Punkten vorn zu liegen.

Unten öffnet sich erneut die Eingangstür. Neue Gäste. Der Flur ist so eng, dass Trasseur und Sanders auf der halben Treppe warten müssen, bis Frau Schwarz die Neuankömmlinge hineingelassen hat. Zuerst erscheint ein bulliger Typ mit einer Ringerfigur und blondem Bürstenhaarschnitt. Er ist leger gekleidet: affige rote Cowboystiefel, Jeans, Hemd ohne Krawatte, und das Sakko sitzt stramm wie eine Mettwurstpelle.

»Herr Mann, schön, dass Sie es einrichten konnten!« Saskia Schwarz' Lachen ist klebrig wie Holundersekt.

Peer Mann, BVV-Bauausschuss, Bürgermeisterkandidat, denkt Sanders. Dann sieht er die Frau an Manns Arm: groß, blond, die Augen hellsilbern wie zwei Vollmonde. Ein sanfter Kokosgeruch trifft Sanders mitten in die Brust. Für eine Zehntelsekunde geht ihm im Kopf das Licht aus. Er läuft auf Trasseur auf, murmelt eine Entschuldigung. Seine Knie sind so stabil wie Geleebananen. Er klammert sich an den Handlauf der Treppe. Die Frau bemerkt ihn nicht, hat nur Augen für Peer Mann, küsst sein Ohr, flüstert ihm etwas zu. Wie nett und kultiviert sie sein kann, wenn sie dafür bezahlt wird.

Sie trägt eine Jacke aus hellgrauem Satin, darunter ein enges, knielanges Kleid in derselben Farbe mit einer luxuriösen Bordüre aus weißen Blumen. Peer Mann gibt ihr einen Klaps auf den Hintern. Saskia Schwarz schiebt die beiden mit großem Trara weiter Richtung Kaminfeuer und Pool.

Sanders rettet sich auf die Toilette. Dort ist es weiß und neu und klinisch rein. In einer Ecke steht neben einem Feuerlöscher noch das Equipment des Reinigungspersonals. Putzen mit viel Chemie ist ein Zeichen von Stärke. Eine Plastikflasche trägt sogar ein Totenkopfzeichen. Wie passend.

Sanders setzt sich auf den Toilettendeckel. Er lauscht seinem jagenden Puls. Irgendetwas läuft hier schief. Nur ein paar Wochen hat er die Frau nicht gesehen. Libby sieht erholt aus. Ihre Haut ist braun wie nach einem langen sandigen Sommer mit Seewind und Brandung. Ihre lichtblonden Haare sind wieder lang. Wie sie das gemacht hat, weiß er nicht. Ihre Hochsteckfrisur hat Klasse. Er hat Libby so noch nie gesehen. Er will sie so auch nicht sehen. Eigentlich will er nur dieses eine Detail nicht sehen: den bulligen Arm um ihre Schultern.

Fly Me to the Moon

Oliver Trasseur kann nicht leugnen, dass der Abend ein Erfolg ist. Sie haben gut verkauft. Die solventen Herren, die überschminkten Püppchen, die Musiker und das Personal – alle entspannen sich. Es wird gegessen, gelacht. Man geht zum Du über, obwohl das nicht sein müsste. Zwei-, dreimal hat Baustadtrat Arthur Drohbeck rein geschäftlichen Körperkontakt mit Saskia Schwarz, was Oliver dazu bringt, zu viel zu trinken. Ab einem gewissen Pegel findet er es billig, wie sie ihre Körperlichkeit ausstellt. Aber Drohbeck unterschreibt dafür den Kaufvertrag für ein Haus. Drei andere tun es ihm sofort nach. Und das alles unter den Augen von diesem Sanders, der einfach nicht verschwindet.

Die Kasse klingelt, die Champagnerkorken knallen. Olivers Vater beurkundet so souverän wie in alten Zeiten. Er wird ein wenig müde davon. Der Jüngste ist er eben nicht mehr.

Olivers persönliches Highlight ist diese grelle Person, Peer Manns Freundin. Er hätte ihm so eine Topfrau gar nicht zugetraut. Saskia sieht neben ihr aus, als sei sie entfärbt worden. Und gut Deutsch spricht das Amiflittchen. Sagt, Singen sei ihr Hobby. Seine Mutter flüstert ihm zu: »Natürlich muss sie sich produzieren, das ist die amerikanische Rasse.« Mit der Band singt die Amerikanerin *Fly Me to the Moon* – und macht das ganz passabel. Es wird sogar »Zugabe!« gerufen. Der Ausschnitt ihres Kleids sieht nach jeder Menge harmlosem Spaß aus. Seine Mutter findet, Oliver habe keinen Anstand. Schließlich sei dieses Flittchen von drittklassigem Blute. Der Fluch der besten Kreise.

Die Mama verschwindet in der Küche und hantiert dort aufgewühlt herum, zwischen dem Gin, dem Lime Juice, den Kaffeetassen und dem Fingerfood. Was genau sie da macht, kann Oliver nicht sehen. Der breite Rücken von Peer Mann, der gerade von der Toilette zurückkommt, versperrt ihm die Sicht.

Paradox

Ungefähr bei *Let me play among the stars* heb ich zum ersten Mal den Kopf. Vor mir stehen derangierte Bürohengste mit fiebrigem Blick, klatschen und pfeifen den Song mit. Die blend ich aus und konzentrier mich auf Sinatra. Ich hör ihn in meinem Kopf, wir singen ein Duett. Ich schmieg mich an seinen melancholischen Bariton. Das Trio aus Bass, Saxofon und Gitarre trägt mich souverän durch den Song.

Der Applaus pustet einen Adrenalinschauer durch meinen Blutkreislauf. Scheinwerferrausch. Ein Zustand, den mein Ego von Natur aus angenehm findet. Ich schieb noch *Moonriver* hinterher, denk ich gerade, als mich etwas fesselt. Ein Blick aus der zweiten Reihe.

Ein großer dunkler Mann lehnt etwas abseits an einem Stehtisch. Er trägt einen Dreitagebart. Seine Haare sind streng zurückgegelt. Die schönen Augen strahlen ein gebündeltes Kraftfeld aus. Mein adrenalinberauschter Kopf braucht ein paar Sekunden, um das Bekannte im Unbekannten zu entdecken. Nein. Doch. Kann ja nicht sein. Ich drück irgendjemandem das Mikro in die Hand und schlender so kontrolliert wie möglich los. Klammer mich an den Stehtisch, als wäre es eine Rettungsinsel. Sanders lächelt nur, distanziert, aber nicht unerfreut.

»Hi, Mensch! Neuer Look?« Ich sprudel los wie 'ne geplatzte Aorta. »Was machst du denn hier?«

»Bravo.« Sein Lächeln wird so schmal wie ein Stilett. »Ich liebe Sinatra.«

Okay, Sanders arbeitet. Ich fokussier mich, sortier mein Haar.

Er nippt an seinem Gimlet. »Sind wir uns schon einmal begegnet?«

»Glaub nicht.« Ich stütz mich am Stehtisch ab und richt die Fesselriemchen meiner Heels. Sanders trägt den perfekten schwarzen Anzug. Ein Kellner flaniert mit einem Tablett vorbei, Sanders nimmt einen Prosecco für mich. Meine Hände befingern die Tischdeko. Wo sind die harten Drinks, wenn man sie braucht? »Sagen wir, mein Gesinge hat dir gefallen. Du willst mich für dein nächstes Sommerfest buchen?«

»Richtig.« Er nickt. »Denn ich bin ein seriöser, im Geld schwimmender Investor.«

»Oh!« Ich schaue mich kurz um, aber wir sind allein. »Warum investierst du nicht in mich?«, schlag ich vor. Ich red halt gern über mich. »Ist 'ne Langzeitstrategie: Buy and hold.«

Sanders zieht galant eine Augenbraue hoch. »Ist mir nicht renditestark genug.«

»Hey!« Der Kerl macht mich immer wieder sprachlos. »Sprechen meine Positivkriterien nicht für sich?« Ich schieb mein Dekolleté vor.

»Im Moment noch. Aber irgendwann wirst du vierzig.«

»Sieh es ganzheitlich – der Vorstandsvorsitzende von Porsche fährt auch immer das heißeste Modell.« Ich starr ihm genüsslich auf die Gürtelschnalle. »Umsonst.«

Mit dem kleinen Finger der Hand, die das Gimlet-Glas hält, winkt er ab. »Schon mal was vom Risikoparadoxon gehört?«

»So dreckig ist meine Fantasie nun auch wieder nicht.«

»Wenn's dir so gut geht wie jetzt gerade, weil du

zum Beispiel einen lieben alten Bekannten wiedergetroffen hast: Vorsicht. Sicherheit ist eine gefährliche Scheinrealität. Alles in Ordnung, das ist eines der größten Risiken überhaupt.«

»Dein Lebensmotto?«

»Exakt. Du kannst es hier heute beobachten. Herr Baustadtrat Drohbeck fühlt sich gut und hat bei seinen neuen Freunden ganz privat was investiert, und schon folgt der halbe Verein hier seinem Beispiel und kauft ein Häuschen.«

Ich schüttel den Kopf. »Klaro, alles Lemminge.«

»Libby!«, hör ich es hinter mir rufen. »Ich hab ein Haus gekauft, und das will ich jetzt feiern!«

Na, prima. Der Peer will spielen. Back to work.

»Hast du in der ganzen Siedlung diese Plakate gesehen?«, frag ich flüsternd und denk mir, deshalb wird er wohl hier sein.

Sanders nickt mit den Augenlidern.

»Pass bloß auf. Extremer Kapitalismus ist der neue Faschismus.«

Sanders, das Bürgerkind, zuckt ein bisschen. »Jetzt geh«, sagt er. »Und hör zu, was gesprochen wird. Die vertuschen hier einen Mord, glaube ich.«

O je. Ich nicke ihm zum Abschied zu. Er steht da, aufrecht und zweifelsfrei wie ein Richtscheit, und ich taumel halb rückwärts, dezent verbiestert, über die Grasnarbe in Peers starke Kapitalistenarme. Der Gute stinkt mittlerweile statt nach Old Spice nach old Schweiß. Ich kippe den Prosecco in die Hortensien. Dienst ist Dienst, und Prosecco ist nicht Dienst.

Hinein in die Nacht

Die Party artet schnell und gründlich aus. Als Sanders sich in der Küche ein Glas Wasser holen will, hängt da ein halbes Dutzend fieberhaft amüsierter Amtsträger herum, im Arm ihre alkoholisierten Weibchen. Auch Waltraud Trasseur ist jetzt in ihrem Element. Sie trinkt Gimlets mit der ehrlich lässigen Attitüde einer routinierten Säuferin. Dabei schaut sie mitleidig auf ihren erschöpften Mann. Konrad Trasseur lehnt mit halbgeschlossenen Augen an der Gefrierkombination und lächelt glückselig – Mission erfüllt.

Sanders hat plötzlich das dringliche Gefühl, mit dem Tod am Küchentresen zu stehen. Er holt seine Jacke, sucht sich eine ruhige, dunkle Stelle im Garten. Abseits des Pools flankt er über den Zaun. Er umrundet die Siedlung auf einem finsteren Pfad am Moorgraben. Dann hastet er entlang des Rabennests zurück zur Front des Musterhauses. Dieses Haus leuchtet inmitten des Verfalls wie ein Diamantring im Kohlebunker.

Sanders setzt sich in seinen Wagen. Er muss nur ein paar Minuten warten, da kommt der alte Trasseur auch schon aus der Eingangstür. Er ist alleine, und er ist unsicher auf den Beinen. Trasseurs Wagen ist ein schwarzer Mercedes AMG GT – ein Altmänner-Sportwagen, genauso auf Athletik getrimmt wie der Herr Notar. Der Mann fällt in sein Auto. Der Motor springt an, die Rücklichter des Wagens flackern nervös. Jetzt aber Kupplung langsam kommen lassen, denkt Sanders. Der Wagen hopst los, schießt aus der Parklücke und hinein in die Nacht, den Waidmannsluster Damm entlang, zur Autobahn. Mit einem unguten Gefühl hängt Sanders sich dran.

Der Stewardessenkenner

Was in der Küche geraucht wird, riecht schwer und süßlich. Die feine Gesellschaft rollt Hunderter zusammen und snifft sich die Kamine zu, als wären die Achtziger zurück.

Alle möglichen Leute wollen ans Mikro und ein Lied singen. Peer grölt *Griechischer Wein.* Trasseur junior reißt sich das Jackett runter und das Hemd auf. Ich hopse eine Weile mit, dann brauch ich eine Pause.

In der offenen Küche finde ich eine Kanne mit noch trinkbarem Kaffee. Peer ist zu, und Sanders ist zwischenzeitlich verschwunden, genauso wie Konrad Trasseur. Nicht, dass mir die Familie Trasseur besonders sympathisch wäre. Die Waltraud hab ich wiedererkannt, sie ist es gewesen, die mich auf dem Flur von Doktor Helens Praxis fast über den Haufen gerannt hat. Vor dem Hintergrund dieser kleinen Party hier bekommt das gelbe Klebezettelchen eine ganz neue Relevanz. Ich werd morgen mal mit Sanders telefonieren. Endlich hab ich einen Grund. Er sieht schon wieder so weltabstinent aus, als hoffe er, dass er sich irrt und das Leben an sich schlicht wundervoll heiter und gutartig ist. Na ja. Man kann sich das natürlich auch herbeidenken.

Der Mensch will sich doch mal ein bisschen amüsieren. Also schau ich mir das sonstige Männermaterial an. Zum Beispiel den Typen neben mir. Der ist so Anfang fünfzig, schätz ich. Graue Haare, Maßanzug, Ehering – sehr gepflegt. Ein echter Sympathieträger.

»Möchtest du auch einen?«, frag ich und zeig ihm meine Kaffeetasse. »Nicht gerade ein Blue Mountain, aber es geht.«

Er hebt eine Augenbraue. »Sind Sie Kaffeekennerin?«

Ich kicher. »Ab einem bestimmten Pegel find ich es immer lustig, wie falsch mich die Leute einschätzen«, sag ich. »Nee, Blue Mountain kenn ich vom Fliegen. Bei einer Airline, bei der ich mal gearbeitet hab, war das das Standardgesöff, und die waren immer ganz stolz darauf. Ich war früher Flugbegleiterin, weißt du?«

Er mustert mich von oben bis unten. »Hätte ich von selbst drauf kommen können. Bei Ihrem Aussehen.«

»Bist du Stewardessenkenner?«

Er streckt mir die Hand hin. »Christoph Hardt. Hardt Skys Jet Charter.«

»Ach nee. Wirklich? Du verarscht mich, oder?«

Er erzählt von seiner Firma. Sehr soziales Unternehmen. Sagt, dass er weit über Tarif zahle, es gäbe Stopovers ohne Ende und Altersvorsorge für die Mitarbeiter. Er spende für Kinder in Not und Kulturprojekte. Außerdem liebe er Personal mit gebrochenen Lebensläufen. Herr Hardt kriegt sich gar nicht mehr ein, als ich ihm erzähle, dass ich im Herbst wieder an die Uni will. »Bewerben Sie sich doch mal bei uns.« Er gibt mir seine Karte. »Teilzeit ist kein Problem. Sie können auch nur ein oder zwei Einsätze im Monat machen, alles ganz flexibel.«

Der Typ ist nett und seriös. Ich denk die ganze Zeit: Traumjob mit großem T.

Draußen tanzen die versammelten Bezirkshonoratioren schweißüberströmt Pogo am Pool. Der halbnackte Peer ist mir plötzlich nicht mehr ganz so wichtig. Baustadtrat Arthur Drohbeck skandiert erst noch eine Weile »Feierbiest, Feierbiest!«, dann schläft er in der Badewanne ein. Irgendwann nach Mitternacht holen die Nachbarn die Polizei.

Spree tut weh

Konrad Trasseur will nach Hause. Der Notar fährt am Jakob-Kaiser-Platz von der Autobahn ab. Einmal rund um den Platz, dann über die gut ausgeleuchtete neue Mörschbrücke, hinein in den zwischen Schlosspark, Spreeufer und Landgericht entlangführenden menschenleeren Tegeler Weg. Trasseur fährt langsam und unsicher. Sanders lässt sich gut hundert Meter zurückfallen. Fast langweilt er sich, sucht einen anderen Radiosender.

Plötzlich ein Kreischen. Unvermittelt driftet der schwarze Wagen des Notars vor ihm aus der Spur, nach rechts, Richtung Spreeufer. Das Heck schlingert unkontrolliert, bricht surreal heftig aus, die Reifen schreien, blockieren, der Mercedes kippt über die eigene Achse, hebt ab, dreht einen Doppelaxel. Blech kreischt, Glas splittert. Das Auto bohrt sich heulend in die Böschung. Ein dumpfer Schlag, ein infernalisches Platschen. Dann nur noch Dampf. LEDs glimmen verhuscht wie Tieraugen. Eine einzelne Radkappe holpert über den Tegeler Weg. Sanders sieht sie im Rückspiegel.

Er überwindet den Schock, knallt den Rückwärtsgang rein, sein Wagen rumpelt über den Bordstein auf den Bürgersteig. Bevor Sanders aus dem Auto springt, holt er seine Kamera aus dem Handschuhfach. Professionelle Deformation.

Benzingeruch. Der Wagen hat sich um eine Dampferanlegestelle gewickelt, aber die Scheinwerfer brennen noch. Das Wrack hängt halb in der Spree, ein dampfendes Blechbündel, aus dem die Airbags quillen. Inmitten des Schrotts steht schief der Anlegepoller.

Konrad Trasseur hat es nicht bis ans Wasser geschafft. Er liegt auf dem Weg, der die Böschung hinunterführt, über dem weißen Geländer der Anlegestelle, wie abgelegt. Arme und Beine stehen in unmöglichen Winkeln von seinem Körper ab. Sanders taucht unter dem zerschrotteten Werbeschild der Reederei hindurch.

Trasseur ist nicht tot, er schaut Sanders direkt an. Sein Hals ist aufgerissen, der Kopf liegt auf der Schulter. Trasseur greift ins Leere, macht rhythmische Wimmergeräusche. Im Takt schießt Blut aus seiner Aorta. Sanders findet sein Handy. Als er die zweite Eins gedrückt hat, würgt Trasseur, bäumt sich auf. Eine Blutfontäne klatscht Sanders warm und zäh ins Gesicht.

Die Welt schlingert wie ein führerloses Boot. Das Geländer, die Treppe, die Spree, die Nacht glüht in Infrarot. Konrad Trasseurs blutleeres Gesicht dagegen leuchtet überirdisch bleich wie das eines Engelswesens. Kälte schießt Sanders ins Herz. Fotos machen und weg. Der Notar starrt in die Kamera, aber er sieht sie nicht mehr.

Nächste Ausfahrt Kudamm

Berlin in einer Frühlingsnacht. Die Autobahn fließt mir durch den Kopf, Lichtstriche, Pfeile, nach rechts zu mir, nach links zu dir, geradeaus last exit Sonnenallee. Morgen zum Frühstück werd ich wieder 'ne Splitterbombe nicht von 'nem Splitterbrötchen unterscheiden können.

»Fühlst du dich gut?« Peer kichert wie eine böse Schwiegermutter auf Speed. Seine roten Zuhälterlederstiefel zucken über Gas- und Bremspedal.

»Bin ich zehn Bloody Marys von entfernt«, sag ich. Das ist die neue Ehrlichkeit.

Peer lacht wie tausend Mann. Dope macht aus Geschäftsleuten eben ondulierte Angorahamster. Von irgendwo kommt ein Handyton, leise, aber deutlich.

»Im Handschuhfach ist ’n Flachmann«, sagt Peer.

»Und hinterm Steuer?«

Peer weint vor Spaß. Mein Magen zuckt, als würde er von innen abgekitzelt. Ich hab tatsächlich eine Rauchvergiftung – vom Passivrauchen. Falsche Freunde. Die Lichter der Stadt drehen sich wie ’n Kaleidoskop. Ich mach das Handschuhfach auf. Da liegt ein riesiges Schlüsselbund, auf dem Anhänger steht *Rabennest*. Daneben ein Flachmann. Ich nehm den Flachmann, das Schlüsselbund lass ich aus einem spontanen Reflex heraus unauffällig in meine Handtasche gleiten.

»Gestern hab ich *Der weiße Hai* rückwärts gesehen«, schwadroniert Peer. »Der spuckt so lange Menschen aus, bis die ’ne Strandbar eröffnen. Voll friedlich. Das ist doch eigentlich das Wichtigste, dass man in Frieden leben kann. Und dass man genug Geld hat. Leben und leben lassen. Weißte, wie ich meine?«

Der Weltfriede ist total mein Ding. Für eine Seriösbegleiterin hab ich entschieden zu schlechte Manieren, zumindest seit ich von meinem Comeback als Flugbegleiterin träum. Und da bin ich nun mal gerade nicht im Servicemodus. Und deshalb schweig ich den Peer an, und auch mein Telefon kann mich mal.

»So’n Hai will auch nur fressen«, sabbelt Peer. »Ich lieb die Viecher ja. Haie sind wie Banken. Die können auch nix dafür, dass sie die größten Fische im Teich sind. Banken haben nur Geld, und der Hai hat nur seine Zähne. Da wird dann halt zugebissen.

Revolvergebiss. Haie können ihre Zähne nachladen. Glaubt man nich, is aber so.«

»Dein Kopf sieht auch schon aus wie 'ne Dreiecksflosse«, warn ich. Sechs Hunnis die Nacht, da bin ich sogar zum weißen Hai ehrlich. »Zu mir war die Evolution gut, ich hab meinen aufrechten Gang noch. Du nicht.«

»Den aufrechten nicht, aber den Rückwärtsgang.«

Sein Großhirn ist scheinbar nur noch Räucherfisch, denk ich. »Wenn's der Darwinismus ernst gemeint hätte, würd's dich eh nicht geben.«

Peers Lachflash schüttelt auch den Wagen. Schön ist das, wie Autoscootern auf Wackelpudding. Und Peer hält sich für'n Autoradio, singt die *Weißer-Hai*-Titelmelodie. Seine Stimme scheppert wie 'n U-Boot-Sonar.

»Ich bin müde«, sag ich. Mein Handy macht schon wieder irgendeinen Ton. Was Handys halt so machen.

Nächste Ausfahrt Kudamm. Peer fährt raus. Oben an der Ampel biegt er in den Kreisverkehr. Hackt plötzlich aufs Gas, reißt an der Handbremse. Der Wagen fährt Walzergeisterbahn. Ich klammer mich am Sitz fest. »Jetzt zeig ich dir mal, was ich wirklich draufhab!« Peer jodelt glücklich.

Mein Nacken wird eiskalt. »Denk an deine Karriere«, keuch ich.

»Ach, vergiss es! Ich will einmal rückwärtsfahrn im Kreisverkehr! Jugendtraum.« Peer gibt Gas.

Wenn jetzt einer kommt, sind wir Fleischsalat. Fischsalat. Häckerle. Mein Schädel knallt gegen die

Kopfstütze. Berlin andersrum. Spontis bauen 'ne Mauer, die NVA reißt sie wieder ab.

Peer jault um den Rathenauplatz wie ein Spiralnebel auf Speed. »Geil!«, jubelt er.

Dann fährt die Welt von hundertachtzig auf null. Jemand haut mir mit einem Wasserball eine runter. Bum, bum – bum, bum – Airbag, Nasenbluten. Mein schönes Kleid. Drei Blutstropfen auf hellgrauer Seide. Das sieht aus wie bei Schneewittchen.

»Baby?«, stöhnt Peer.

Ich dreh den Kopf. Es tut weh. Peer öffnet seine Tür. Nachtluft, Polizeisirenen. Hinter uns qualmt der Kühler des Wagens, in den Peer reingebrezelt ist.

»Lebend kriegn die mich nich!«, keucht Peer.

Aber sie haben ihn schon. »Fahrerlaubnis und Fahrzeugpapiere bitte«, sagt ein Mann in Blau.

»Ich hatt 'nen schwern Tag, Herr Polizeipräsident.« Ironiefreies Vibrato. Peer schiebt dem Streifenhörnchen seine BVV-Visitenkarte rüber.

Mein Gehirn legt den Vorwärtsgang ein. Ich steig aus Peers zerquetschtem Schiff. Die Bullen zerren einen Mann aus dem Wrack hinter uns. Wenn die jetzt was wollen von wegen Drogentest oder so, dann werd ich sagen: Ich hatte Mohnkuchen zum Kaffee.

Peer murmelt was von »Jetzt ist der Führerschein weg, was das alles kostet, Autoritätsverlust im Geschäft und in der BVV«.

»Kam in deinem Jugendtraum nich vor, wa?«, zick ich.

Dann ist der Sheriff wieder da. Peer erwartet

bleich sein Todesurteil. »Sie können den Wagen abschleppen lassen«, sagt der Polyp stattdessen.

Peer schluckt, starrt den Mann an.

»Einen eindeutigeren Auffahrunfall hatten wir ja lange nicht. Ihr Unfallgegner hat zwei Promille. Fantasiert, Sie seien ihm rückwärts reingefahren.« Und dann an mich gewandt: »Benötigt die Dame einen Krankenwagen?«

Dame? Was ein Kleid und ein bisschen Haare-Hochstecken so bewirken! Peer jedenfalls schüttelt an meiner Stelle den Kopf und lässt die Luft aus seinem Brustkorb. Es ist ein gewaltiger Brustkorb, und er passt nicht zu den psychopathisch-feuchten Augen, mit denen er dann den ADAC ruft.

Wir warten. Eigentlich will ich nur noch weg. Dieses ganze Gerede! Der ist doch nicht ganz dicht, der Peer. Das sind doch nicht nur die Drogen. Na ja, vielleicht doch. Ich muss zugeben, dass ich nach drei Runden Rathenauplatz auch die Blues Brothers rückwärts seh. Die kommen aus dem Knast, holen fünftausend Dollar beim Finanzamt ab, auf Highways entwirren sich Massenkarambolagen.

Ich setz meine Sonnenbrille auf, geh ein Stück beiseite, mir ein Stück Papiertaschentuch ins Nasenloch stecken, damit das Blut nicht in mein Dekolleté läuft, und heul den Mond an.

In dem Moment meldet sich mein doofes Telefon schon wieder. Jetzt guck ich doch mal nach: Unterdrückte Nummer, drei Anrufe verpasst. Das macht mich letztendlich neugierig. Ich geh ran.

»Wo bist du, Libby?«, keucht Sanders. »Kannst du reden?«

Kriegsberichterstatter

Ich lass das Taxi vor »Ergüns Fischbude« in der Lüneburger halten. In dem Restaurant ist um die Zeit nichts mehr los – Bauchtanzmusik, Schummerlicht, hochgestellte Stühle. Wenn der Frühling kommt, mutiert diese Stadt schlagartig zur Mittelmeermetropole. Alles ist plötzlich draußen, in den Parks, auf den Brücken und Plätzen. Selbst die Spree hat auf einmal zwei Strände, und die Irene vom Thai-Imbiss im Hof singt: »Alle Vöglein sind schon da, alle vögeln alle.« Sie ist nicht sehr textsicher.

Aber so weit sind wir noch nicht. Es ist die erste laue Nacht, noch ist niemand auf der Straße. Also husch ich unter den S-Bahn-Brücken durch, in die Joachim-Karnatz-Allee. Das gelbrote Backsteingebäude, die sogenannte Bundestagsschlange, liegt klinisch rein und scharf ausgeleuchtet an der Spree wie ein Gefängnisneubau.

Sanders ist der ideale Mieter für diese Bude, denk ich und such zwischen den nahezu identischen Häuserbögen nach dem richtigen Aufgang.

Ich nehm die Treppe. Zweiter Stock. Sanders wartet an der Tür. Auf seinem Gesicht und seinem Hemd sind Blutspitzer. Ich zieh die Tür hinter mir zu, lass meine Tasche fallen und nehm sein Gesicht in beide Hände. Wisch mit dem Daumen über seine scharfen Wangenknochen.

»Das ist nicht mein Blut«, sagt er und schiebt meine Hände weg. Seine Finger sind fiebrig trocken und heiß. »Pass auf, dass du dein Kleid nicht dreckig ...«

Sanders Augen brennen wie Kupfersulfat. Auf einem staubfreien Lackschränkchen liegt sein Fotoapparat. Am Objektiv sind auch Blutflecke. »Schau dir die Fotos an«, sagt er. »Ich muss duschen.« Er verschwindet im Bad.

Ich geh in die Küche. Im Kühlschrank wie immer fragmentarische Leere. Ich finde eine transparente Flasche, darauf ein Kirschblütenzweig und eine Krähe, halb leer – ein japanischer Gin. Dazu Tonic Water, eine Schrumpelzitrone. Eis brauch ich noch. Ich meißel es mir mit dem Küchenmesser vom Boden des Eisfachs ab. Der Gin ist weich und schmeckt nach Koriander und Sake.

Die ganze Zeit rauscht die Dusche. Ich geb mich der Illusion hin, es wäre Mairegen, und schau aus dem Fenster auf die Spree. Wart, bis der Alkohol in meinem Kopf ankommt. Dann nehm ich den Fotoapparat und drück auf *on*.

Das sind ja nur Fotos. Das ist auch nicht schlimmer als *Saw II* gucken oder Sebastian Fitzek lesen. Aber auch nicht weniger schlimm, denn es wird mit jedem Bild schlimmer. Ein dampfendes Autowrack. Trasseurs leere Halsarterie liegt in den Fetzen seines Hemdes. Vor nicht einmal drei Stunden hab ich noch an seinem Prosecco genippt, jetzt klafft mir sein offener Rippenbruch entgegen.

Bei *Saw* sag ich mir immer, kein Problem, mit mir hat das ja alles nichts zu tun. Ein Gedanke, den Sanders offenbar nicht hatte. Er hat seine Kamera auf Serienbildmodus gestellt und draufgehalten. Hunderte schneller Fotos. Die Härte des Blitzlichts, die Schärfe der Details, die Direktheit der Perspektive – man kann seinen Schock in den Bildern spüren. Sanders ist ein grausamer Fotograf. Distanzlos wie ein Kriegsberichterstatter gibt er den Schrecken weiter.

Also Fotoapparat aus, weglegen. Ich kipp meinen Drink auf ex, mach mir noch einen.

Wer hat noch mal gesagt, die großen Städte, das seien die letzten großen Verheißungen? Mir fällt auf, dass mein Berlin fast wieder so frei dreht wie vorhin in Peers Auto. Ich sitz da und halt mich an meinem Drink fest, und Berlin ist es vollkommen egal, ob ich lebe oder sterbe oder ein Golfresort auf dem Oranienplatz eröffne.

Der Gin ist dann auch alle. Die Dusche rauscht immer noch. Soweit ich die Uhrzeiger richtig deute, sitz ich schon über eine halbe Stunde hier in der Küche.

In einer Dusche kann man auch ausrutschen und absaufen. Vor allem, wenn man vielleicht noch nicht wieder ganz bei sich ist, weil man gerade jemand hat sterben sehn. Ich schieß hoch und stolper über den Flur zum Bad, fall gegen die Tür, bummer dagegen. »Hey!«, schrei ich. »Alles okay da drin? Sanders?«

Keine Antwort. Och nee, immer ich!

Das volle Programm

Straßensperrung. Vor dem Landgericht flackert die Nacht neonblau – Sanitäter, Feuerwehr, Rettungswagen. Martinshörner. Absperrbänder knattern im Spreewind.

Benito Stanzki ist schon da, wie immer. Hinrich Kaplan parkt auf dem Mittelstreifen, drückt die Selbstgedrehte in den überquellenden Aschenbecher seines Wagens, steigt aus, richtet seine speckige Jeans. Entweder ist er dünner geworden oder seine Dienstwaffe schwerer.

Kaplan zieht die Nase hoch und spuckt aus, direkt vor seine spitz zulaufenden Oxfords. Es ist ein schmaler Grad zwischen Lässigkeit und Ludenoutfit, und Kaplan entscheidet diese Frage mit Hilfe einer explosiven weißen Schuhspitze für sich.

Er zeigt seinen Ausweis vor, steigt über die Absperrung. Die Dampferanlegestelle badet im blauen Scheinwerferlicht. Stanzki nickt ihm zu. »Konrad Trasseur, Rechtsanwalt und Notar. Hat hier alles vollgeblutet.«

Kaplan geht die Treppe zur Dampferanlegestelle hinunter, als sei sie die Main Street in einem Westernkaff. Das Ganze hier fühlt sich an wie ein in die Länge gezogener Wildwest-Shootout. Irgendwo hinter den Scheinwerfern lauert die Erkenntnis wie ein Scharfschütze darauf, dass Kaplans Kopfs im Fadenkreuz scharf wird. Die Frage ist: Unfallort oder Tatort?

»Verkehrsunfall«, sagt Stanzki. »Keine Ahnung, warum wir hier sind.«

»Instinkt.« Kaplan sucht nach einer Zigarette. »Wir wundern uns, dass dieser Mann ums Leben gekommen ist, nachdem wir seinen Namen vor ein paar Tagen im Zusammenhang mit dem Waschke-Mord oder -Suizid in den Akten gelesen haben. Und das ist uns aufgefallen, weil wir gute Bullen sind.«

»Du kannst hier nicht rauchen«, sagt Stanzki. »Benzin ist ausgelaufen.«

»Irgendwelche Zeugen?« Kaplan steckt den Tabak wieder weg.

»Niemand. Hier ist nachts tote Hose.«

»Das stinkt zum Himmel, Stanzki. Ein seriöser älterer Herr kommt von einer geschäftlichen Präsentation eines Objekts, dessen Hausmeister sich gerade aufgehängt hat, und fährt ansatzlos in die Spree? Was soll das sein? Bilanzselbstmord?«

»Wär ja langweilig.« Stanzki klappt seinen Stenoblock auf. »Da finden wir besser was anderes. Also das volle Programm?«

Das Gleichnis des ziehenden Wassers

Ich mach Sanders' Badezimmertür einen halben Zentimeter auf – Wasserdampf, Seifengeruch. »Sanders? You okay?«

Das Wassergeräusch ändert sich. Bewegung im Dampfnebel. »Bin gleich so weit.« Seine Stimme wackelt.

Ich mach die Tür ganz auf. Der Dampf zieht an mir vorbei in den Flur. Die Dusche ist bodengleich. Das Wasser tropft träge aus der Brause wie ein Sommerregen. Sanders steht darunter mit dem Gesicht zur Wand, Beine und Arme gespreizt wie ein Verhafteter. Er wendet den Kopf. »Libby, bitte.«

Vor Schreck mach ich zwei Schritte in die falsche Richtung – nach vorn. Liegt am Gin. Oder an der Tatsache, dass Sanders' Haut die Farbe eines balinesischen Sandstrands im Morgenlicht hat. Bestimmt hatte der Mann in seinem ganzen Leben noch keinen einzigen Pickel. Mit Kleidung wirkt Sanders schmal. Dabei trägt er seine eleganten Muskeln nur verdeckt, wie eine taktische Waffe. Ich trau mich nicht, dem ablaufenden Wasser mit dem Blick zu folgen. Aber die beiden perfekt halbrunden Formen am Rand meines Sichtfelds führen mich schwer in Versuchung.

»Brennt das Haus?«, fragt Sanders.

Ich heb die Hand. »Sorry, dacht nur, *long time no see*. So lange duscht doch kein Mensch!«

»Dann bin ich wohl keiner.«

Durch den Ginnebel kapier ich's endlich. Der muss das machen. Hab ich drüber gelesen. Zwangsgedanken, Waschzwang oder so. Wie Saufen, nur krasser. »Ich kenn das.«

Er nimmt die Hände von der Wand, streicht sich das Haar zurück. Es ist pechschwarz, wenn es nass ist. »Das wünschst du dir besser nicht.«

»Denkst du, wenn ich mich jetzt nicht wasch, krieg ich Aids?«, frag ich spontan, weil ich gelesen hab, dass das so läuft. »Und wann hörst du wieder auf? Zählst du bis fünfhundert?«

»Können wir das später besprechen?«

»Nee, nun sag doch mal!«

Er atmet ein. Seine Muskeln werden hart, vom Nacken bis zur Wade.

Ich würd auch hart werden, wenn Gott mich entsprechend ausgestattet hätte. »Soll ich dir einen Kaffee machen? Kommst du dann raus?«

Er legt die Stirn gegen die Wand. »Ich denke, wenn ich jetzt nicht dusche, dann entzündet sich meine Haut. Und … ich … verbrenne.«

24 Stunden am Tag tun Menschen einander weh, und andere Menschen müssen damit zurechtkommen. Da draußen in der Nacht werden Menschen von Autoscheiben zerschnitten oder von Dampferanlegestellen zerrissen. Anderen wird die Rechtsschutzversicherung gekündigt. Dabei ist Berlin noch nicht mal die mieseste Stadt, die mir einfällt. Aber darüber hinaus fällt mir auch nicht mehr viel ein. Ich hab gehofft, ich hätte wenigstens noch meinen gesunden Menschenverstand, aber ich hab nichts als eine große Leere. Ich fülle sie mit Gin, Adrenalin und sinnlosem Gequatsche. »Spontane Selbstentzündung gibt es nur bei Diabetikern, hab ich gelesen. Wenn die unterzuckern, bilden sie Aceton, das ist ein sehr leicht entflammbares …«

»Komm mir bloß nicht mit Logik.«

Es ist schwer für Männer – sogar für nette Männer wie Sanders – zuzugeben, dass Logik nicht zwingend ist. »Aber das kann doch nicht gut für die Haut sein, so lange unter dem heißen Wasser.«

Tiefes Seufzen. Seine Schultermuskeln zittern. Ja, ich kann so überraschend und unerträglich sein wie eine salzige Cocktailkirsche.

»Wasser macht, dass Zeit keine Rolle mehr spielt.«

Ach, herrje. »Hermann Hesse?«, frag ich.

»Hat mir mein Onkel Klaus beim Angeln erzählt. Und jetzt raus hier.«

»Moment mal.« Ich freu mich wirklich, endlich weiß ich mal was. »Hesse, ja? Der schreibt über 'nen Fluss. Dass der überall gleichzeitig ist, an der Quelle, am Lauf, an der Mündung, am Wasserfall – halt überall. Der Fluss ist überall.«

»So ungefähr.«

»Wasser kennt nur Gegenwart«, sinnier ich.

»Hör mal. Warst du am Kühlschrank? Deine Gegenwart ist hier nicht erwünscht.« Sanders dreht sich halb um.

Reflexartig will ich mir was überziehen. Aber ich hab ja schon was an. »Kühlschrank?«, frag ich lahm und schau lieb.

»Das Tonic Water hätte es auch getan.«

»Ich trink doch kein Wasser.« Panisch halt ich nach einem Handtuch Ausschau. »Da pullern Fische rein. Das hätte dir dein Angel-Onkel auch mal flüstern können.«

Sanders streicht sich das nasse Haar aus der Stirn, lächelt einen Punkt im Nirgendwo an und sagt: »Onkel Klaus war ein ganz Entspannter. Jedes Leben ist schön, hat er immer gesagt.«

»Du liebst dein Leben, was?«

»Raus, Libby!«

»Findest du mich unentspannt?«

»Übergriffig. Du trinkst meinen Kühlschrank leer, kommst mir in die Dusche nach und starrst mir auf den Hintern.«

»Weil ich ein Mädchen bin, Sanders.«

»Kannst du nicht draußen ein Mädchen sein?«

»Was willst du, hm? Du hast gar nichts an, und ich soll hier 'ne Wassermeditation hinlegen? No way, Jose! Kann halt nicht jeder – wie heißt das bei Hesse? – nach unten streben, sich sinken lassen. War das so'n Spiritueller, dein Onkel? So à la Begehren schafft Leiden, also kein Begehren, kein Leiden?«

»Onkel Klaus hat nie viel gehabt im Leben.«

»Nicht mal ein Handtuch, was?« Ich halt Sanders automatisch eins hin, wir wollen ja Zucht und Ordnung wahren, aber der sieht das gar nicht. Onkel Klaus ist ihm erschienen. »Askese ist ja nicht so meins«, lenk ich ab. »Sorry. Ich hab's echt mit dem Begehren.« Ich merk am ganzen Körper, wie sehr das stimmt.

Sanders kommt zu sich und nimmt das Handtuch. »Du sollst mir kein Therapiegespräch aufnötigen«, sagt er.

Ich heb beide Hände. »Ich hab Kontrollverlust, okay?«

»Ich auch. Raus jetzt.«

»Sonst?«

»Stirbt noch einer.«

Großer Gott, ich seh den Titel der *Berlin Post* vor mir: *Extremistischer buddhistischer Privatermittler radikalisiert sich unter Dusche.* Ohne Sanders' Blick loszulassen, verschwind ich rückwärts auf den Flur und zieht die Tür hinter mir zu.

In der kahlen Küche setz ich mich auf den einzigen Stuhl vor dem leeren Esstisch. Ich tipp auf meinem Smartphone rum. Plötzlich steht Sanders mit seinem Handtuch um die Hüften neben mir. Zeigt mit dem Kinn auf die leere Ginflasche. »Was sagt denn dein Peer dazu?«

»Newsflash«, maul ich. »Du bist nicht der Einzige, der heute abend gearbeitet hat. Ich bin meine eigene Frau. Hast du mich herbestellt, damit ich dir beim Duschen zuhör, oder wolltest du noch was anderes?«

Er nimmt sich ein Glas Wasser, lehnt sich an die Küchenzeile und gibt mir einen Überblick über seinen aktuellen Fall – toter Hausmeister, Drohbrief et cetera. Und jetzt Konrad Trasseur.

Ich überleg, ob ich ihn und seinen schönen feuchten Körper anfallen oder ihm von Waltraud und dem Notizzettel erzählen soll. Aber die Geschichte würde eine lange Nacht noch länger machen. Außerdem hab ich zu viel getrunken. Der Nacken tut mir weh von Peers Rückwärtsfahrt im Kreisverkehr. Sanders' Stimme plätschert auf mich ein wie eine Gutenachtgeschichte. Ich kann ihm nicht mehr richtig folgen, aber was fühlen kann ich noch. Also bleib ich an dem Detail der zerbrochenen Kinderbrille im Drohbrief an Sanders' Vater hängen. Brille gleich Auge gleich Augenstern. Und ein Subtext voller angebrochener Kinderherzen. Sanders' Eifersucht schwingt zwar auf einer sehr niedrigen Frequenz, aber Eifersucht geht gar nicht für jemanden, der sich vom Begehren lossagen will.

»Dieser neue Sohn von deinem Vater«, frag ich, »wie heißt der?«

»Berend. Er ist zwölf.«

»Kennst du ihn gut?«

»Nicht nötig.«

»Dein Vater liebt seinen Neuen, was? Macht sich richtig Sorgen. Ihr beide habt euch ja nie so richtig verstanden. Tut schon weh, oder?« Ups, Feuer frei, Panzerschütze Liberty Vale. Ich setz die fast leere Ginflasche an und kipp den Bodensatz.

Sanders glotzt mich an wie der tote Trasseur die Kamera. Er kreuzt die Arme vor der nackten Brust, schiebt die Handflächen unter die Achseln. Zwischen Wangenknochen und Kinn bilden sich zwei harte Linien.

»Atme in die Chakren, o vollkommen Erwachter!«, rat ich, bevor er mir noch umfällt.

»Ich zieh mir was über«, sagt er heiser. »Dann erzählst du mir jedes Wort, das du heute Abend auf der Party aufgeschnappt hast. Und anschließend verschwindest du.«

»Come on. Willst du nicht lieber vorher noch mal duschen gehen?«

»Raus!« Er zeigt auf die Tür.

»Ja, ja.« Ich wink ab. »Reden wir morgen weiter, Zuckerschnäuzchen.«

Da glimmt der Funke von irgendwas in seinen Augenwinkeln. Er ist halt genauso fix und fertig wie ich, und er kann mir nicht böse sein. Sanders gibt sich dem ziehenden Wasser hin. Im Grunde weiß er, nur ein Wellenbrecher wie ich kann ihn aufwühlen.

Ich werd Konrad Trasseurs totes Gesicht nicht los, das mir im Vorbewussten seltsam vorkommt. Menschen haben doch gar keine Eulenaugen. Muss ich Sanders morgen gleich erzählen. Ich falt meine Arme auf seinen Küchentisch, leg den Kopf drauf ab und schlaf ein.

Das Gefühl, alles erreicht zu haben

In den zwanzig Jahren beim LKA hat Hinrich Kaplan die Wände seines Büros gelb geraucht. Das schluckt viel Licht und schafft die kaputte Atmosphäre, in der er sich mit dem Elend seiner Fälle gemeinmachen kann.

Die Maklerin Saskia Schwarz hat ihm eine Liste der Teilnehmer dieser Immobilienparty gegeben. Liest sich wie das Who is Who des Nordberliner Geld- und Politadels. Kaplan sucht die Namen im Computer. Er ist sich sicher, er wird etwas finden, und zwar nicht, weil er bei der Mordkommission 1 arbeitet, sondern trotzdem.

Der Staatsanwalt hat seinen Antrag auf Sofortobduktion von Trasseur wegen fehlenden Anfangsverdachts abgewiesen. Der Schäfer aus der Rechtsmedizin hat ihm auf seine Frage, ob man da nicht auf dem kurzen Dienstweg doch was machen könnte, gesagt: »Keine Zeit, Kaplan. Wochenende. Hab eine Verabredung mit Zumba-Trainer Vladimir. Und wenn Sie meinen ärztlichen Rat wollen: Gehen Sie schlafen. Trasseur ist auch Montag noch tot.«

»Wundern Sie sich nicht, wenn ich mal eins Ihrer Eisfächer aufbreche und die Obduktion selbst mache«, hat er zurückgeschnappt.

Der Kollege Benito Stanzki machte Kaplan dann am Kaffeeautomaten klar, dass er ihn wegen Störung der Totenruhe anzeigen werde, wenn er in der Rechtsmedizin herummessern würde. Sie haben sich ein bisschen geschubst, dann ist Stanzki auch nach Hause, voll auf schmale Bearbeitung gepolt, wie der ganze Beamtenclub hier.

Nach zwei Stunden, zwanzig Zigaretten und zehn Tassen Kaffee bleibt Kaplan an einem der Namen fast am Ende auf der Liste hängen: Mann, Peer. Hallelujah! Erfolgreicher Geschäftsmann, Lokalpolitiker. Und so einer ist vorbestraft wegen Sachbeschädigung? Kaplan zieht den Ordner aus dem Kriminalaktennachweis mit dem Gefühl, im Leben alles erreicht zu haben.

Das Schöne

Vorsichtig schiebt Sanders den linken Arm unter Libertys Kniekehlen und den rechten unter ihre Achseln. Er hebt sie an, rückt den Küchentisch mit dem Fuß beiseite. Liberty ist fast genauso groß wie er. Sanders glaubt trotzdem, ein Großteil ihres Gewichts kommt von der Schwere ihres Herzens. Er weiß, sie findet ihren Platz im Leben nicht.

Libbys Körper in dem schulterfreien Kleid ist weich und warm. Er drückt sie an sich, mit dem Gefühl, die Tür seiner persönlichen Eisernen Jungfrau von innen zuzuziehen.

Die Welt hat King Kong mittlerweile vergessen, aber Sanders fühlt sich in dessen Haut versetzt, als sich die schlafende Libby auf dem Weg von der Küche in sein Schlafzimmer an ihn schmiegt. Das

Handtuch des Monsters, das die schöne Frau in seine Höhle schleppt, verrutscht. Sanders' Haut wird schon wieder so heiß, dass er ans Duschen denken muss. Libbys Haar dagegen ist kühl und glatt. Sie seufzt leise an seiner Brust. Vorsichtig legt er sie auf dem Bett ab und zieht ihr die Schuhe aus. Es sind pinke Lackstilettos. Libby trägt diese Schuhe mit der ihr eigenen frechen Nonchalance, als wären es Turnschuhe. Sie liegt auf der Seite. Sanders kann die Ansätze ihrer Brüste sehen.

Da ist es wieder, dieses Verlangen. Sanders setzt sich erst mal. Es fühlt sich falsch an, dieses getriebene Wünschen, die Vorstellung, er würde Libby jetzt das Kleid ausziehen. Würde es ihn in einen glücklicheren Mann verwandeln, wenn sie nackt vor ihm läge? Nein. Dass es sie gibt, macht ihn glücklich genug. Er genießt es zu sehen, wie sie lächelt. Es ist ein friedliches Glück, das nur aus Sanders' Innern kommt. Nein, er braucht keine Wegmarken. Er freut sich über jeden Moment der Ruhe.

Im Dunkeln spürt er noch immer Trasseurs letzten Blick – so als hätte der Mitternachtsnotar ein Stück von ihm mit in die Hölle genommen.

Sicher. Jeder, der lebt, stirbt. Aber nicht jeder, der stirbt, hat so viele Gründe dafür wie Konrad Trasseur. Doch jeder davon ist falsch. Und es ist die Story seines Lebens, dass Sanders alles Falsche richtig machen möchte. Es wäre keine gute Story, wenn er der Aufgabe nicht gewachsen wäre. Also muss sein Kopf ruhig und klar werden wie der Mond über dem Taj Mahal.

Sanders deckt Libby zu. Es ist so außergewöhnlich, nicht alleine zu sein. Ihr leises Atmen füllt sein ganzes Zimmer aus. Sanders zieht sich etwas über, holt sich einen Kaffee und die Kamera aus der Küche, schaut durch das Objektiv, direkt in Libertys seelenruhiges Schlafgesicht. Ihr blondes Haar liegt hart im Mondlicht, plastisch wie die Locken einer Renaissanceskulptur. An seinen Rändern scheint ihr Körper in seiner exquisiten Weichheit zu leuchten.

Diese Weichheit greift auf Sanders über. Wenn er seinen nüchternen Realismus nicht hätte, würde er schon lange nicht mehr leben. Aber wenn er sich nicht hin und wieder seiner Weichheit hingeben würde, hätte das Leben auch keinen Sinn. Libbys langer, sehniger Fuß liegt zwischen den Kissen. Unter der Haut am Knöchel flattert ein Puls wie der Flügel eines Nachtfalters.

In der Dunkelheit des Zimmers fühlt sich Sanders wie verzaubert. Aber es wird wieder Morgen werden, und die Welt wird sich weiterdrehen, denkt er. Libby wird nach Hause gehen, es wird wieder Nacht werden, das Mondlicht wird sein Zimmer grau und kühl ausfüllen.

Die Möglichkeit des Schönen im Leben kommt Sanders zwischen zwei langen, bitteren Schlucken kalten Kaffees vor wie ein weit entferntes Land: flirrend, durchsonnt, unentdeckt. Trotzdem ist er froh, dass es das Schöne überhaupt gibt. Er will es gar nicht für sich reklamieren. Nur manchmal daran denken. Sich seiner Menschlichkeit versichern und sie vermissen.

Schließlich fällt die Morgensonne auf die Kamera in Sanders' Händen. Ein letzter Blick auf die selbstvergessene Frau unter seiner Decke. Dann zieht er seine Laufschuhe an, rennt die große Runde durch den Tiergarten, bis seine Lungen wehtun. Bei der Tankstelle an der Ecke Paulstraße kauft er Brötchen und Erdbeermarmelade. Der Morgen, Zeit der Hoffnung. Aber dann im Hausflur die Spur eines Frauengeruchs. Ein fragiler Hauch, konturlos, der Geist einer Abwesenheit.

Die Wohnung, in die er zurückkehrt, ist leer. Nur ein Körperabdruck in seinem Bett. Auf dem Badezimmerspiegel steht in Lippenstiftprosa: *Ich ruf Dich an! L.* Dramatisch hingekritzelt, wie in einem B-Movie.

Konfrontationsidentifikation

Es ist die Nacht von Freitag auf Samstag. Tiefschlafphasenzeit. Als es an der Tür klingelt, denkt Oliver Trasseur an einen Streich. Er macht nur auf, weil das Klingeln nicht aufhört und Saskia irgendwann murmelt: »Oliver, bitte!«

Dann steht da dieser Typ: schwarzer Frack, teure, verkommene Schuhe, zerknittertes graues Hemd, zerknittertes graues Gesicht, fliehendes Kinn, fliehendes pechschwarzes Haar. Zeigt ihm flüchtig seinen Dienstausweis. Der Siegelring an seiner Hand ist so groß, dass kein normaler Mensch auch nur ansatzweise auf den Ausweis schaut, wenn er ihn hochhält. Die Ringfassung hat die Form von silbernen Drachenkrallen, darin ruht ein brutaler roher Türkis. Vielleicht ist dieser Kommissar ein Graf oder so was, Graf Dracula zum Beispiel, überlegt Oliver.

Jedenfalls nichts mit »Kann ich reinkommen?« und »Wollen wir uns nicht setzen?«, wie man das aus dem Fernsehen kennt. Kriminalhauptkommissar Hinrich Kaplan spricht einfach drauflos. Er hätte ja zumindest fragen können, ob Oliver in den letzten 24 Stunden irgendetwas konsumiert hat und ihm überhaupt folgen kann. Aber nein, knallt der ihm einfach vor, sein Vater sei tot. Wie, tot? Wie, Unfall? Und da schicken die einen Hauptkommissar in lageangepasster Zivilkleidung? Müsste da nicht ein Direktor kommen oder ein Präsident oder zumindest ein Priester, ein Stellvertreter Gottes? Immerhin ist sein Vater ein Amtsträger. War.

Kaplan gibt ihm eine Visitenkarte und einen Lageplan von der Rechtsmedizin. Oliver solle seinen Vater identifizieren, sagt Kaplan. Olivers Gehirn springt zurück in die Spur. »Warum?«, fragt er.

Eine Frage, viele Antwortmöglichkeiten. Kaplan tut Oliver den Gefallen und entscheidet sich für Sachlichkeit. »Wir wollen Ihrer Mutter den Anblick ersparen. Turmstraße 21, Haus N. Rufen Sie mich an, ich hole Sie an der Schranke ab.«

Für Oliver klingt das wie eine fremde Sprache. Er weiß noch, er hat irgendetwas geantwortet und die Wohnungstür wieder geschlossen. Im dunklen Flur wartet er den Weinkrampf ab. Kein Vater mehr. Nun ist er der Mann in der Familie. Die Mutter, das Notariat, die Siedlung, der Micha am Dachbalken, die Saskia, die ihm Angst macht – wie soll er das schaffen? Warum hat er den Vater nicht gleich nach der Rechnung gefragt? Warum hat er ihm nicht gesagt, dass er ihn lieb hat, als es noch nicht albern geklungen hätte? Warum schiebt er die wichtigen Dinge immer wieder auf? Nun hat er nur noch Saskia. Was auch immer das bedeutet.

Im Schlafzimmer macht Oliver das Licht an. Unter Saskias Decke dringt ein episches Stöhnen hervor. »Och, Oliver! Licht aus! Was is'n los?«

Oliver nimmt Haltung an in seiner Pyjamahose. Dann sagt er es ihr. »Mein Vater hatte einen Unfall.«

Saskia schießt aus dem Bett hoch. »Was ist mit ihm?«

»Er war sofort tot.« Erst als Oliver wiederholt, was der Polizist gesagt hat, wird es wahr, als spräche er eine magische Formel.

»Nein!« Saskias Gesicht scheint nur noch aus Augen zu bestehen.

Oliver hält ihr den Lageplan der Gerichtsmedizin hin. Alles andere an ihm baumelt lächerlich herab.

Saskia kniet auf dem Bett, presst ihre Decke an die Brust. Ihr Mund öffnet und schließt sich im Rhythmus ihres Stoßatems. Ihr stahlblauer Blick hackt über die Wand hinter Oliver, so als hätte das Entsetzen in ihr eine eckige, scharfe Form angenommen. Ihr Gesicht wird beulig. Es sieht so aus, als wolle es sich unter einem spastischen Zwang verwandeln. Etwas ähnlich Grauenhaftes hat Oliver zuletzt in einem Werwolffilm gesehen.

Er flieht ins Bad und schließt sich ein. Alles, was er gestern auf der Party gegessen und getrunken hat, kotzt er wieder aus. Er kniet vor der Toilette wie vor einem Altar. Die Minuten schlurfen über den Flur wie Untote, weiden sich stöhnend an seiner Angst, einer Kleinkinderangst, die seinen Bauch hart werden lässt. Der Flur ist so dunkel, die Nacht ist so lang, nirgendwo ein Vater, der ihn zu sich ins Bett holt. Nach einer Weile hört Oliver die Eingangstür klappen. Als er sich ein paar Minuten später wieder aus dem Bad traut, ist er allein. Er weiß, er muss mit seiner Mutter reden.

Ein Herz geht an Bord

Sanders hat gelernt, dass ein guter Polizist nicht unbedingt ein guter Detektiv ist. Ein guter Detektiv ist diszipliniert und ignoriert den Körper einer schönen Frau in seinem Bett. Er ist ein EDV-Fachmann, ein Fotograf und eine Sekretärin. Sanders schreibt mit zehn Fingern. Vermutlich tippt er schneller, als er seine Waffe zieht. Und er zieht schnell.

Nach dem Duschen fährt er ins Büro. Es ist ruhig auf den Fluren, nur die Schwerathleten der Body-Bude stöhnen vor sich hin. Sanders schaut kurz bei Krawczyk rein, der grinst und winkt mit seiner Wodkaflasche. »Kaffee à la Oma?«

Sanders sieht zu, dass er Land gewinnt. In seinem Büro lässt er die Jalousien herunter. Nur die Schreibtischlampe wirft ein begrenztes gelbes Licht auf die Laptoptastatur. Er zieht die Dateien der Sanierungsgesellschaft vom Tablet auf den Laptop und in die Cloud. Das Auswerten wird einige Zeit dauern. Er überfliegt die Ordnernamen, findet aber keinen, der ihm konspirativ vorkommt. Aber da ist ja auch noch der gesamte E-Mail-Verkehr. Natürlich ist Sanders Mitglied bei Creditreform. Er fragt die Am Rabennest Sanierungsgesellschaft mbH, Saskia Schwarz und alle Trasseurs ab. Dazu die Bestandsmieter. Auf den ersten Blick sind die Wutbürger alle clean. Aber die Verflechtungsinformation der Sanierungsgesellschaft zeigt, dass das Unternehmen zu ungleichen Teilen mehreren Investoren gehört. Mit 50,1 Prozent ist die Goldstück Immobilien Fonds Gesellschaft der Haupteigentümer. Geschäftsführer sind Saskia Schwarz und der alte Trasseur. Die Miteigentümer sind Privatinvestoren wie Sanders' Vater. Doch auch Peer Manns HausMann GmbH ist mit zehn Prozent an der Sanierungsgesellschaft beteiligt – als Minderheitsgesellschafter. Eine undankbare Rolle. Wenn der Mehrheitsgesellschafter eine Kapitalaufstockung beschließt, die man nachschießen soll, könnte das ein Mordmotiv sein.

Peer Mann selbst hat eine miese Bewertung, seine Bonitätsampel zeigt Gelb. Aber das ist bei Unternehmern normal. Oft müssen sie persönliche Bürgschaften für Firmenkredite übernehmen. Eine mutige Sache, aber sie drückt die Kreditwürdigkeit.

Den schlechtesten Credit Score hat Veit Rausch, der Sohn von Rabennest-Mieterin Magda Rausch: rote Ampel, zwölf Prozent von hundert. Zwei Banken haben eine Kreditkündigung gemeldet. Danach hat Rausch seinen Score mit acht Anfragen bei dubiosen Verbraucherkreditvermittlern im Internet endgültig ruiniert. Dafür hat sein Sohn Paul drei Handyverträge.

Es ist Samstag, da ist es einfacher, den Rauschs auf den Zahn zu fühlen als den Firmen. Sanders holt sein Schulterholster aus dem Schreibtisch, als das Handyklingeln die Stille zerreißt. Libbys Nummer. Wie elektrisiert zerrt Sanders das Telefon ans Ohr. »Was?«, fragt er statt einer Begrüßung. Er kann seinen Herzschlag hören.

Am anderen Ende der Leitung dagegen nur erstauntes Atmen. »Oh, du bist wach?«

»Es ist elf Uhr vormittags, Libby! Ich bin im Büro.«

„Ich dachte bloß, weil du doch die ganze Nacht nicht geschlafen hast.«

»Woher weißt du das?«

Stille. Er sieht förmlich, wie sie ihre Unterlippe vorschiebt.

»Wenn ich als Kind krank war, hat mein Vater auch immer so an meinem Bett gesessen. Ist so'n Schutzengelgefühl.«

Sanders lässt die Luft aus seinen schmerzenden Lungen. »Warum rufst du an?«

»Wollte mich entschuldigen, dass ich einfach so weg bin heute morgen.«

»Ich muss sowieso noch arbeiten.« Sanders kann nicht fassen, wie beiläufig er lügt.

»Ich hab gestern Abend jemanden kennengelernt«, sagt sie. »Jemand Tolles.«

»Das kommt vor.«

»Ich kenn so was halt gar nicht.«

Nein, garantiert nicht, eine Frau wie sie nicht.

Sanders hört sie auf ihrer Unterlippe herumkauen. Er steht auf, das Telefon am Ohr, und geht zum Fenster, schiebt die Jalousie beiseite und kippt das Fenster an. Draußen auf der Beusselstraße scheint die Sonne, ein leerer Stadtrundfahrtbus fährt vorbei. »Besuchen Sie das Zellengefängnis Moabit«, scheppert die Stimme des elektronischen Tourguides zu ihm hinauf.

»Du hast den bestimmt auch gesehen«, fährt Libby fort. »So'n grauhaariger gutaussehender Typ um die fünfzig. Christoph Hardt.«

Sanders weiß genau, wen sie meint. Wenn der Kerl sie angetatscht hat, bringt Sanders ihn um. Na ja, Selbstbild und Weltbild.

»Ich hatte heute früh einen Termin mit Christoph. Er hat mir einen Arbeitsvertrag angeboten. Er hat ein eigenes Flugunternehmen, Hardt Skys Jet Charter, und will mich wieder fliegen lassen! Teilzeit. Toller Vertrag, alles tipptopp. Ich hab sofort unterschrieben.«

Sanders geht zurück zu seinem Schreibtisch, googelt einhändig *Hardt Skys*. Eine exklusive Internetseite erscheint. Und da ist auch schon der Firmengründer. Ganz der seriöse, nette Unternehmer von nebenan.

»Da hab ich mal richtig fett Glück gehabt.« Am anderen Ende der Leitung seufzt Libby tief und wohlig. »Du sagst ja gar nichts.«

Sanders ist immer noch mit der Internetseite beschäftigt. Hat Familie, der Christoph. Frau, drei Kinder. Und allerhand schöne, glänzende Learjets. Sozial engagiert ist er auch, sammelt fürs Blindenhilfswerk. Sanders' Haut juckt. Das ist weniger sein Waschzwang als seine Gutmenschallergie.

»Sanders? Jetzt freu dich doch mal für mich! Ich kann wieder fliegen! Gleich morgen geht's nach Frankfurt!«

Frankfurt also. Sanders sucht den Flugplan auf der Internetseite. Es gibt keinen. Nur eine Seite, auf der Hardt für seine Ambulanzflüge wirbt. Er fliegt auch abgeklemmte Spenderherzen. »Soll ich dich zum Flughafen fahren?«, fragt Sanders.

»Du hast schon genug zu tun mit dem toten Mitternachtsnotar«, sagt sie. »Ach, wart mal. Schau dir doch noch mal die Unfallfotos an. Trasseur hat Pupillen wie Untertassen. Ich bin ja kein Toxikologe, aber ich war schon mal auf Partys – du weißt schon. Der muss was genommen haben.«

Als sie ein paar Minuten später auflegen, hat Sanders kaum noch Kraft, die Jalousien hochzuziehen. Mechanisch schaut er die Fotos von Trasseur durch. Stark erweiterte Pupillen, die Iris nur noch ein Punkt. Ja, es wurde genug geraucht in der Küche, er hatte dem keine Bedeutung beigemessen. Cannabis? LSD? Koks erweitert auch die Pupillen. Oliver Trasseurs BtM-Vorstrafe – wie der Sohn, so der Vater? Sanders wünscht sich, er hätte mit solchen Leuten nichts zu tun. Er wünscht sich, dass er ganz ruhig zu Liberty gesagt hätte: Gönn dir doch noch mal ein bisschen Urlaub, bis dein Studium losgeht. Zwei Wochen Spanien vielleicht? Ich lad dich ein. Es gibt da ein Museum in Madrid ...

Ein paar Stunden Schlaf, und er wird wieder wie neu sein. Statt zur Familie Rausch fährt er nach

Hause. Normalerweise müsste er duschen und sein Bett neu beziehen. Aber als er sich probehalber auf das Laken legt, riecht es noch ebenso schön wie vage nach Kokos und Körperwärme. Sanders schläft ein, sobald sein Kopf das Kissen berührt.

Keine Angst vorm Fliegen

Sonntag, 8.32 Uhr, Berlin-Schönefeld, sonnig, leichter Wind. Mein Blondhaar sitzt perfekt, ich rück das kecke Hütchen darauf zurecht und nehm Haltung an neben der offenen Flugzeugtür. Am Fuß der Einstiegstreppe liegt der rote Teppich mit dem eingewebten Firmenlogo des Jet-Charterers Hardt Skys.

Was ich Sanders nicht erzählt hab: Mein Passagier heute Morgen ist der Peer. Er ist ein Kumpel von Christoph, fliegt aus Gründen der Politik öfter mit ihm. Und als Christoph mich gestern eingestellt hat, rief der Peer gerade an. Seine Stimme hat ziemlich hysterisch aus dem Hörer geschnappt.

»Morgen? Kümmere ich mich sofort drum«, hat der Christoph gesagt und dann gegrinst. »Rate mal, wen ich gerade einstelle.«

Da war der Peer dann plötzlich ganz glücklich. Er hat darauf bestanden, dass ich schon heute seinen Flug nach Frankfurt/Main begleite. Na schön. Alles ein bisschen plötzlich, aber besser, als wenn sie sich an meinem neuen Arbeitsplatz nicht auf mich freuen würden.

Eine dunkle Limousine mit Senatskennzeichen fährt vor. Ein Chauffeur öffnet die Wagentür. Auftritt Peer Mann. Heute politisch korrekt: dezenter Anzug, Sonnenbrille, Aktenkoffer. Keine Spur von roten Cowboystiefeln oder Weißer Hai und so. Er setzt seine Sonnenbrille ab, sein wuchtiger Körper federt die Gangway hoch. Nur seine Augen glühen ein bisschen irre, die Schatten darunter sind tief. Als hätte er zwei Tage nicht geschlafen, dafür aber 'ne Beethoven-Sinfonie komponiert. Sein arrogantes Lächeln löst bei mir Großalarm aus. Da weiß einer, was er vorhat – und ich weiß es nicht.

»Willkommen an Bord, Peer.« Der soll mich jetzt mal von meiner ganz professionellen Seite kennenlernen. Ich nehm meinem vor dunkler Energie bebenden Passagier den Mantel ab und sag ganz nach Protokoll: »Schön, dass du heute mit uns nach Frankfurt fliegst. Hattest du eine gute Anfahrt zum Flughafen?«

»Scharfe Uniform.« Peer schiebt mich beiseite, betritt die Kabine, murmelt: »Und du hast wirklich gut aufgepasst bei der Serviceschulung.« Er klopft mir kumpelhaft auf den Heckspoiler. Seine Pupillen sind groß und schwarz. So stell ich mir's vor, wenn einer Amphetamine einwirft, um sich zu Tode arbeiten zu können. Peers Blick schießt durch die Kabine. Er ist der Typ, dem jedes Flugzeug gehört, das er betritt. Na gut. Wir Saftschubsen sind ja tolerant und leidensfähig. Er lässt sich von mir in den bequemen Ledersessel schieben. Seine massigen Schultern sind knallhart vor Spannung.

»Möchtest du etwas lesen?«, frag ich.

Peer wirft seinen Koffer auf den Sitz neben sich, schnallt sich an. »Nachher vielleicht. Ersparst du mir bitte die Sicherheitsroutine?« Sein Blick streift mich kurz, er ist gedanklich ganz woanders, aber seine Beiläufigkeit hat trotzdem einen bedrohlichen Unterton. »Schon mal im blassen Mondlicht mit dem Teufel getanzt?«, zitiert er plötzlich zusammenhanglos.

»Batman?«, frag ich.

»Musste ich gerade dran denken. Da gibt es auch eine Miss Vale, Vicki Vale von der Gotham Gazette.«

»Mit Filmen kennst du dich wirklich aus.« Ich zwinker ihm zu. »Also keine Sauerstoffmaske heute? Na gut, das machen wir im Grunde eh nur, um unseren Fluggästen die wahnsinnige Relevanz des Fliegens zu demonstrieren.«

»Ja, Fliegen kann tödlich sein.« Er zwinkert dunkelglitzernd zurück.

Mir bricht der Schweiß aus. »Pass auf«, sag ich. »Das Wichtigste in einem Satz: Hier bei Hardt Skys findest du unter dem Sitz statt der Schwimmwesten die Champagnerflaschen.« Ich schenk ihm noch ein Lächeln, so breit wie die Startbahn. Dann verzieh ich mich. Sag im Cockpit Bescheid, dass wir loskönnen.

Ich stell die Kabinentür auf Automatik und setz mich auf den Notsitz. Wir rollen, aber wir bekommen keine Starterlaubnis. Durch den Motorenlärm hindurch hör ich so ein komisches Klopfen. Ich schau noch mal um die Ecke in die Kabine. Peer sitzt sprungbereit auf der Sesselkante. Das Geräusch ist das Trommeln einer Pistole auf dem Tisch.

»Setz dich zu mir, Liberty!«, befiehlt er.

Ich tret mit erhobenen Händen in den Gang. Kurz bin ich versucht, einfach wieder die Kabinentür aufzumachen und über die Notrutsche auszusteigen. Wie das geht, weiß ich ja.

Peers fleischige Oberlippe wird schmal. Seine Lefzen heben sich wie ein Theatervorhang. Seine Zähne sind erschreckend scharf und weiß. Revolvergebiss. Vielleicht noch knülle von vorgestern. Oder ein misanthropischer Schub. Der war doch sonst nie so irre, der Peer. Andererseits – rückwärts im Kreisverkehr? Ich geh mit erhobenen Händen auf ihn zu.

»Du hast einen Fehler gemacht«, sagt er. »Du hast mich bestohlen.« Er hebt die Hand mit der Waffe. Die Mündung zittert mich rund und leer an.

»Wie bitte?«, frag ich, um Zeit zu gewinnen.

»Tu doch nicht so. Der Schlüssel aus meinem Handschuhfach ist verschwunden. Du bist die Einzige, die ihn genommen haben kann.«

»Vielleicht aus Versehen. Lag der neben dem Flachmann?«

»Red keinen Schwachsinn!«

»Hör mal, jetzt fahr hier nich so 'ne Welle. Wenn ich den Schlüssel aus Versehen eingesteckt hab, geb ich ihn dir natürlich wieder.«

»Du machst nie was aus Versehen.«

»Hey, ich hol einfach kurz meine Handtasche, da muss der Schlüssel ja drin sein, okay?« Ich mach Anstalten, mich umzudrehen. Meine Tasche ist im Gepäckfach über den Sitzen, aber vielleicht kann ich an der Kabinentür klopfen und die Piloten warnen.

»Hiergeblieben!«, bestimmt Peer. Mit seinem prallgefüllten Anzug, seinem Metzgermeistergesicht und der Waffe sieht er aus wie der russische Gegenspieler eines Gentleman-Agenten, der offensichtlich nicht nur reden will. »Siehst du, jetzt hast du wirklich Scheiße gebaut. Ich hab genau gesehen, wie du am Pool mit dem Schnüffler gesprochen hast.«

In meinem Nacken stellt sich jedes Haar einzeln auf. »Schnüffler?«, hauch ich.

»Du weißt, wen ich meine.«

Mist, der Schlüssel muss wichtig sein! Dabei hatte ich ihn bis vor dreißig Sekunden vollkommen vergessen. Und in der Bordküche hab ich noch nicht einmal ein Brotmesser. Könnt ich an den Korkenzieher kommen? Keine Chance. Wo sind diese Sky Marshals, wenn man sie wirklich braucht?

»Der Schnüffler und du«, sagt Peer, »ihr denkt doch, ihr habt mich überführt.«

»Wovon redest du, Peer? Wie führst du dich denn hier auf, Mensch? Nur weil das ein Charterflug ist, kannst du doch nicht ... Du legst jetzt sofort deine Waffe weg, sonst ... sonst ...«

»Sonst kitzelst du mich tot, oder was?«

Keine Ahnung. Was meint der bloß, dieser Irre? Schlüssel – Rabennest – Hausmeister. Hausmeister tot. Aha.

Ich weiche langsam zurück, Richtung Cockpit-Tür. Die zwei kräftigen, gesunden jungen Männer vorne werden doch mit dem Psychopathen da vor mir fertig werden.

»Setz dich!«, befiehlt Peer und legt auf mich an. »Na los, setzen!«

Ich seh das kleine schwarze Mündungsloch ganz scharf und überlebensgroß. Der Rest der Kabine rutscht aus meinem Fokus. Diese Mündungsschwärze hat so eine Gravitation wie ein schwarzes Loch. Der direkte Weg aus dem Raum-Zeit-Kontinuum. Da will ich aber nicht hin. Ich heb die Hände auf Schulterhöhe. »Und weil ich draufgekommen bin, dass du den Hausmeister an den Dachbalken gehängt hast, willst du mich jetzt umlegen, oder was?«, zisch ich. Ich hab plötzlich so was wie einen Sonnensturm im Bauch. Mein Herz ballt sich zur Faust. »Pass mal auf, Peer, keine Ahnung, warum du diesen Waschke gekillt hast, aber wenn du jetzt einfach weitermachst, dann wird das immer schlimmer! Checkst du das? Kommt das bei dir an?« Ich wart darauf, dass sich seine Stirn öffnet und ihm Hörner wachsen. Aber sein Blick wird dunkelblau, als ob er aus einem Traum erwacht.

»Ich hab den doch nicht aufgehängt. Gefunden hab ich ihn. Das Schlüsselbund hing aus seiner Tasche. Er war schon tot, aber ich kann's nicht beweisen. Wie sagt man? Die Indizien sprechen gegen mich.«

»Ich kenn da einen bei der Polizei«, lüg ich und hoff auf Sanders' ehemaligen Chef. »Der kann dir bestimmt helfen. Du kannst doch jetzt nicht einfach alles hinschmeißen. Ich mein, du hast doch vorgestern grad ein Haus gekauft. Ein toller Mann wie du! Erfolgreicher Unternehmer, politisch aktiv, du willst doch nicht in den Knast, du willst doch was vom Leben haben. Vielleicht eine Familie gründen?« Was red ich da? Peer hat bestimmt schon die ganze Welt gesehen, die Garage voller Ferraris und die Vergangenheit voller Cinderellas. Trotzdem weiten sich seine Augen überrascht, und sein Mund öffnet sich zu einem hingehauchten Oh.

»Machst du dir Sorgen um mich?«, fragt er.

»Ja«, lüg ich. Dabei mach ich mir vor allem Sorgen um mich.

»Ich finde dich auch toll, Liberty Vale«, gesteht Peer und starrt das V meiner Bluse an, bis er einen einzelnen losen Faden entdeckt. Und dann zieht sein Blick an diesem Faden und räufelt mir förmlich die Uniform Masche für Masche vom Körper, bis ich vollkommen nackt und nur in High Heels vor ihm steh.

»Weißt du«, sag ich, »ich glaub, du stehst unter Schock, und das ist auch total verständlich. Du hast einen Toten gesehen.«

Peer nickt und starrt mich an.

»Du musst deine Unschuld übrigens nicht beweisen«, plapper ich weiter. »Die Polizei muss dir deine Schuld nachweisen.«

Peers Augen werden groß und größer. Er macht Anstalten, sich seine Waffe in den Mund zu schieben.

»Peer, bitte, sei doch vernünftig.«

Er nimmt die Waffe wieder aus dem Mund. »Zieh dich aus!«, artikuliert er klar und deutlich.

Ach mein Gott, das wollte der bestimmt schon jedes Mal sagen, wenn er mich gebucht hat. Was soll's. Dass er mich nackt sehen will, kann ihm keiner verdenken. Viele wollen das. Also stell ich ein bisschen die Hüften aus und greif nach dem obersten Knopf. Ich knöpf mir mit der linken Hand die Uniformjacke auf. Dabei lass ich seinen Blick nicht los. In seiner Iris geht so ab Knopf drei eine blaue Zwillingssonne auf. Ich schenk ihm diesen Blick von unten nach oben, sehr schattig.

Er zuckt zusammen. Starrt sich in den Schoß. »O Gott!«, flüstert er.

Ja, du sagst es, Peer. So wurde die Fernbedienung erfunden. Ich halt mich mit der Rechten oben am Gepäckfach fest. Meine Jacke öffnet sich. Darunter bin nur noch ich.

Peer schnappt nach Luft. Ich schnapp nach dem Griff vom Gepäckfach. Der Deckel springt auf, ich fass meine Handtasche, reiß sie runter und zieh sie ihm über. Es gibt ein dumpfes Geräusch, als die Bionade-Glasflasche in meiner Tasche auf Peers Scheitelbein trifft. Sein Gesicht vereist, er kippt zur Seite und fällt in den Gang.

»Game over, Arschloch!«, schrei ich ihn an, und gleichzeitig tret ich ihm die Waffe aus der Hand.

Er zuckt nicht mehr, ist nur noch ein Fleischberg. Ich schau nach seinem Puls wie bei *Tatort*. Alles noch da. Also hol ich die Handschellen, die jedes Flugzeug für den Notfall an Bord hat, und kett den Peer an den Sitz. Ich such mir zwei Schwimmwesten und fessel ihm die Arme und Beine mit den Riemen der Westen. Das sieht wahnsinnig affig aus. Schade, dass ich so diskret bin – der Peer gäbe ein bombiges Titelbild für die *Berlin Post*.

Ich reiß die Tür zum Cockpit auf und brüll: »Start abbrechen! Der Passagier ist fluguntauglich!« Ja, ich kann auch Chef. Die beiden Piloten bekommen große Augen. Mir wird klar, dass ich meine Jacke dringend wieder zumachen sollte.

Ich lass mich in einen der Passagiersitze fallen. Mein Körper summt vor Adrenalin. Wichtig ist, wer zum Schluss gefesselt im Gang liegt und wer im Ledersessel thront. Das Funkgerät im Cockpit schnarrt ein paarmal aufgeregt. Ich freu mich, dass ich den Hausmeisterschlüssel noch hab. Wenn das so ein dolles Beweisstück ist, wird Sanders vielleicht was damit anfangen können.

Durch das Fenster seh ich, wie draußen auf dem Taxiway Polizei und Feuerwehr anrücken. Zu spät, meine Lieben. Ich leg die Füße hoch. Wir machen hier alle unsere Stunts selbst.

Es ist immer wieder erstaunlich, wie sich der Druckausgleich in einer Flugzeugkabine auf den menschlichen Geist auswirkt. In Flugzeugen kann wirklich alles passieren. Du kannst sogar einen Drahtseilartisten mit Höhenangst treffen, einen ehrlichen Autohändler oder einen Polithansel ohne jede Krisenkompetenz.

Frühstück im Mailicht

Sanders ist früh wach an diesem Sonntagmorgen. Sobald er die Augen wieder schließt, sieht er Christoph Hardt Skys vor sich. Sein Körper muss sich bewegen, muss diese Unruhe loswerden, die ihm wie Gift durch die Adern fließt. Also joggt er ein Stück durch das menschenleere Regierungsviertel.

Die gläsernen Gebäude liegen diskret leuchtend

an der Spree wie die Nachtauslagen im Schaufenster eines exklusiven Juweliers und warten darauf, dass die Welt sich am Montagfrüh wieder weiterdreht.

Im Morgengrauen sitzt Sanders bereits wieder am Schreibtisch in seinem Büro. Er schreibt einen kurzen Bericht über die Immobilienparty und Trasseurs Ableben für seinen Vater und schickt ihn per E-Mail. Dann sieht er den Schriftverkehr der Sanierungsgesellschaft durch. Er ordnet die Dateien nach zwei Kategorien: interessant und unwichtig. Viel Interessantes gibt es nicht. Mieterschriftverkehr, Betriebskostenabrechnungen, Versand von Exposés an Kaufinteressenten. Als er gerade die Idee hat, die Dateien nach Alter zu sortieren und die ältesten zuerst anzuschauen, um den Anfängen von Saskia Schwarz' beruflicher Laufbahn bei der Berliner Wohnungsbaugesellschaft AG auf die Spur zu kommen, klingelt sein Handy. Sanders sagt seinen Namen auf, routiniert und wach.

»Guten Morgen, mein Lieber«, antwortet sein Vater. »Ich hoffe, ich habe dich nicht geweckt?«

»Nein.«

»Gut, gut.«

Sein Vater zögert, und Zögern heißt Grenzüberschreitung.

»Ich ... wir haben wieder einen Drohbrief bekommen. Hättest du die Möglichkeit, vorbeizukommen und ihn dir anzuschauen?«

»Gleich?«

»Wenn du frei bist.«

Kein Hohn, kein Spott, keine Zurechtweisung.

Eine Falle. Das Lockmittel: die Leichtigkeit in der Stimme seines Vaters. Morgensonne. Der Staub tanzt im Rhythmus von Sanders' Herzschlag über die Computertastatur. »Selbstverständlich, Vater«, sagt er. »In einer Stunde – wäre dir das recht?«

»Ich würde mich freuen. Vielleicht bleibst du zum Frühstück?«

Martin Sanders klappt den Laptop zu und fährt nach Hause.

Als er zum zweiten Mal an diesem Morgen duscht, stellt er fest, dass er keine Ahnung hat, wie die neue Frau seines Vaters heißt. Mit nassem Haar sucht er in einer lange nicht geöffneten Pappschachtel nach der Hochzeitseinladung. Zehn, zwölf Jahre muss das jetzt bestimmt her sein. So ungefähr. Und tatsächlich, aus einem Umschlag segelt ihm die Einladung entgegen. Richtig. Charlène. Die Karte ist champagnerfarben. Ihre Ränder zittern.

Sanders nimmt einen neuen Anzug aus dem Schrank, eine magische Panzerweste aus schimmernder schwarzer Wolle. Wenn er schon in eine Falle geht, kann er dabei auch gut aussehen.

Das Einparken gelingt ihm diesmal flüssig, wahrscheinlich, weil er schon Ergebnisse vorzuweisen hat. Und schließlich ist da noch immer seine Waffe im Knöchelholster, falls das Frühstück aus dem Ruder laufen sollte.

Der Gleichmut reicht ihm nur bis zum Tor der Villa. Während er steht und wartet, fühlt er sich wieder wie immer: Am Vaterhaus klingeln ist und bleibt so schön wie im Frühling sterben.

Über der Eingangstür hängt eine Kamera, die in

der letzten Woche noch nicht da war. Und als sich die Tür öffnet, schießt weder Fräulein Könitzer hervor noch sonst ein Domestik. Eine fragile brünette Schönheit mit der Anmut eines Rehs, das eine Lichtung betritt, erscheint im Türrahmen. Charlènes Gesicht ist faltenlos. Sie ist vielleicht Mitte vierzig. Designerjeans, apricotfarbene Seidenbluse, cremefarbene Slipper. Wenig Schmuck. Alles an ihr hat Klasse.

Sanders blinzelt und ringt sich ein »Guten Morgen« und ein »Zu Herrn Rechtsanwalt Sanders, er hat mich angerufen« ab.

Das Lächeln der Schönen wird breiter. Ein Summer lässt das Tor aufspringen. Noch ein paar Schritte, dann steht Sanders vor der neuen Frau seines Vaters. Sie riecht nach Vanille. Ihr dunkles glattes Haar glänzt wie poliert.

»Guten Morgen!« Ihre Stimme ist ruhig und angenehm. »Sie müssen Martin sein. Herzlich willkommen!« Sie gibt ihm eine schmale, wohltemperierte Hand. Für einen Moment muss er an einen kühlen Umschlag auf einer fiebrigen Stirn denken. Dann beugt sie sich dezent vertraulich vor. »Sagen wir Du? Schließlich sind wir ja jetzt eine Familie, nicht wahr? Ich bin die Charlie.«

»Sanders«, sagt Sanders. Er merkt erst an ihrem Gesichtsausdruck, dass er es gar nicht so gemeint hat. Aber er lässt es so stehen. Der Moment kommt und geht. Sanders schweigt um sein Leben.

Charlène lässt seine Hand los. »Bitte kommen Sie herein. Wir frühstücken auf der Terrasse. Sie nehmen doch einen Tee? Oder lieber einen Kaffee?«

Sie zeigt Haltung. Wer kein Ohr dafür hat, würde niemals die Schwere rund um das »Sie« bemerken.

Sanders folgt ihr durch das Dunkelgrün der Eingangshalle. Die Tür zur Küche steht offen, dahinter leuchtet wie das sprichwörtliche Licht am Ende des Tunnels der Frühlingsgarten.

In dem Beet hinter der Terrasse blühen noch immer die frühen Lichtnelken. Daneben liegt ein Dobermann. Er hebt den Kopf, sein Schwanz klopft zweimal. Es riecht nach Gewürzen und reinem Sauerstoff. Martin Sanders weiß nicht, warum ihm das auffällt. Vielleicht, weil es so merkwürdig vertraut ist. Der Vater hingegen trägt eine unvertraut rustikale Strickjacke mit Lederflicken auf den Ellenbogen. Er steht auf, er wirkt aufgeräumt und freundlich. »Unseren Berend kennst du ja schon«, sagt er. Der Junge gibt brav die Hand. Berend ist so schmal, dunkel und korrekt gekleidet wie Martin Sanders selbst. Er könnte der Vater sein, nicht nur der Halbbruder.

Sie setzen sich. Der Frühstückstisch ist liebevoll gedeckt. Geschnittenes Obst, Joghurt, Croissants. Der Vater isst sein Schwarzbrot mit Messer und Gabel. Als Charlène Martin Sanders einen Kaffee einschenkt, erkennt er das Geschirr. Eine ländlich anmutende Keramik aus dem Schwarzwald, beigegrün, in der Mitte der Teller stehen sich ein Hahn und eine Henne gegenüber.

Das hellgelbe Sonnenlicht ergießt sich warm über Martin Sanders' Gesicht. Er schließt kurz die Augen. Im Garten gurren die Ringeltauben. Irgendwo ganz fern hört er Kirchenglocken, einen Krankenwagen. Der Kaffee schmeckt betörend leicht.

»Möchten Sie eine Decke für die Knie?«, fragt Charlène. »Es ist doch noch ein bisschen frisch hier draußen. Aber wir konnten der Sonne einfach nicht widerstehen.«

Deeply superficial – zutiefst oberflächlich. Martin Sanders ist kein übermäßiger Andy-Warhol-Fan, aber er weiß plötzlich genau, was der Mann gemeint hat. »Danke. Mir ist nicht kalt.«

»Ein bisschen Obst? Croissant?«

Noch bevor er ablehnen kann, hat sie ihm mit ihren grazilen Händen einen Teller zusammengestellt. Sanders liebt geschnittenes Obst. Vorsichtig nimmt er eine Mangospalte.

Berend beobachtet ihn aufmerksam. Immer, wenn ein Junge ihn so ansieht, muss Martin Sanders an seinen Sohn denken, Luca hatten sie ihn nennen wollen. In diesem Herbst wäre Luca in die Schule gekommen – wenn Martin Sanders diesen einen Fehler nicht gemacht hätte.

»Ich habe deine E-Mail gelesen«, sagt sein Vater. »Wir können ganz offen reden.«

Das ist neu. Martin Sanders nutzt die Gelegenheit. »Schön. Vorab muss ich dich um etwas bitten. Die Sanierungsgesellschaft hat der Witwe des toten Hausmeisters die Wohnung gekündigt. Die Frau weiß nicht, wohin sie soll mit ihren Kindern. Kein guter Stil.«

»Da kann ich bestimmt etwas machen.«

»Ich habe gehofft, dass du das sagen würdest.«

»Die Kinder können ja nichts dafür.«

»Richtig. Und du hast wieder einen Drohbrief bekommen?«

Sein Vater holt einen A4-Umschlag unter der Tageszeitung hervor und reicht ihn ihm. »Das hier kam gestern. Das Foto ist auf der CD, den Ausdruck habe ich selbst gemacht.«

Diesmal ist der Brief mit der Post gekommen, ein computergeschriebenes Etikett inklusive einer gummierten Briefmarke. Das wäre vielleicht was für die Forensiker, überlegt Martin Sanders. Er zieht sich Einweghandschuhe über und macht den Umschlag auf. Die CD ist unbeschriftet und steckt in einer dünnen Plastikhülle. Sie ist so sauber, dass sicher nur die Fingerabdrücke des Vaters darauf sind. Der Ausdruck ist ein A4-Foto auf dünnem Fotopapier, und das Bild zeigt den toten Michael Waschke. Mit dünner gelber Computerschrift hat jemand in das Bild geschrieben: *Du bist der Nächste.*

Martin Sanders' Haut beginnt zu kribbeln. »Vater, ich fürchte, das muss ich der Polizei übergeben.«

Sanders senior schüttelt den Kopf. »Ich habe Fräulein Könitzer zwei Wochen zur Kur nach Marienbad geschickt. Du wirst mir einen vertrauenswürdigen Sicherheitsdienst benennen, und wir lassen uns vorübergehend rund um die Uhr bewachen. Kannst du das organisieren?«

»Organisieren schon. Verantworten nicht.«

»Nun, die Verantwortung hast du hier ja auch nicht.«

»Vater!« Martin Sanders beugt sich vor, sein Blick sucht Hilfe bei der Frau und dem Jungen. Aber da ist nichts als unbeschwerte Offenheit, Vertrauen. »Dieser Brief hier spielt in einer ganz anderen Liga als der erste. Das hier ist nicht nur eine Morddrohung, wer dieses Foto gemacht hat, hat etwas mit Waschkes Tod zu tun. Derjenige war am Tatort, und zwar vor der Polizei. Das ist kein harmloser Wutbürger, der seinem Frust ein bisschen Luft macht.«

Rainhard Sanders lehnt sich in seinem Gartenstuhl zurück, nimmt noch einen Schluck Kaffee und greift nach der Hand seiner Frau. »Wir wollen das nicht in unser Leben lassen, diesen Schmutz. Und das schaffen wir auch. Ich glaube sogar, das Ganze hat uns als Familie wieder näher zusammengebracht.«

Charlène nickt, strahlt zuerst ihren Mann, dann ihren Sohn, dann ihn an.

Martin Sanders kann sich nicht erinnern, dass der Vater früher je die Hand seiner Mutter genommen hat. »Ich meine das gar nicht persönlich. Du kannst natürlich deine Familie gefährden, solange du willst. Aber du weißt, dass eine Bedrohung nach Paragraf 214 Strafgesetzbuch ein Offizialdelikt ist.«

»Das ist Unsinn, Martin! Du warst jahrelang beim Landeskriminalamt, du wirst doch wohl in der Lage sein, so einen Dilettanten von meiner Familie fernzuhalten.«

»Das ist der Job der Staatsanwaltschaft.«

»Und ich dachte, du würdest mir zeigen, dass es wenigstens etwas gibt, wozu selbst du in der Lage bist.«

Martin Sanders könnte jetzt einfach aufstehen und gehen. Andererseits ist es schön, hier im Garten zu sitzen. Er wägt seinen Stolz gegen seine Nehmerqualitäten. »Vielleicht schließt du schnell noch eine Sterbeversicherung ab«, schlägt er vor. »Diese

Beisetzungskosten heutzutage können die Trauer der Hinterbliebenen schnell in echte Verzweiflung umschlagen lassen.«

»Habe ich einen Versicherungsvertreter engagiert?«, schnauzt der Vater. »Oder einen Detektiv?«

»Einen Berater.«

Die Kanten in Rainhard Sanders' Gesicht werden hell und hart.

Also gut, dein Wille geschehe, denkt Martin Sanders. »Kann ich den Brief mitnehmen?«

Der Vater nickt militärisch, und Martin Sanders wartet darauf, dass er so etwas sagt wie »Wegtreten!«, aber solange diese Ansage nicht kommt, klemmt er den Umschlag unter seine Kaffeetasse. Er kann genauso gut seinen Kaffee noch austrinken.

»Ich verbitte mir diese Flapsigkeit«, zischt der Vater. »Und ich verlasse mich auf deine Diskretion.«

Rainhard Sanders' Blick durchbohrt ihn fünf furchtbare Sekunden. Martin Sanders sieht aus dem Augenwinkel, wie Berend auf seinem Stuhl in sich zusammenfällt. Er selbst ist wieder sieben und schreibt morgen eine Klassenarbeit. Immer hat der Vater nur gesagt, dass er sich auf ihn verlasse. Stets zu Recht. Wenn man es genau bedenkt, hat er sich mehr an die Linie seines Vaters gehalten als der Vater selbst. Er ist die Linie des Vaters geworden. »Natürlich, Vater«, antwortet er. Wie er jedem Klienten geantwortet hätte.

»Außerdem möchte Berend dir etwas erzählen.« Rainhard Sanders lehnt sich zurück, wechselt plötzlich das Thema und den Gesichtsausdruck. »Berend ist nämlich wieder eingefallen, wie er seine Star-

Wars-Brille verloren hat.« Er gibt dem Kleinen einen Schubs. Der Junge lächelt verschämt.

»Imperiale Sturmtruppen?« Martin Sanders lächelt zurück.

Berend windet sich noch ein bisschen. Petzen ist nicht seins. Er steht auf, um sich eine halbe Banane zu nehmen.

»Das waren so Mädchen.« Berend macht ein Gesicht, als hätte er das große Geschäft des Dobermanns wegmachen müssen, und läuft rot an. »Oberstufe. Von einer anderen Schule. Die standen da nach der Sechsten vor dem Tor. Haben mich rumgeschubst. Wollten wissen, ob ich der Sohn vom Rechtsanwalt Sanders bin. Ich hab natürlich Ja gesagt, dann haben sie mir die Brille weggenommen und sind abgehauen. Das waren viele. Ich konnte nichts machen. Wirklich.«

»Wie viele?«

»Mann ey, viele halt! Ich erinnere mich nicht genau.«

»Versuch es.«

Peinliche Pause. »Okay, vier.«

Sanders wartet und lässt dem Jungen Raum für eine Entscheidung.

Berend schaut auf die Hühner auf seinen Teller. »Zwei«, murmelt er.

»Wie alt?«

»Sechzehn, siebzehn.«

Sanders holt sein Handy aus der Tasche und aktiviert die Notizfunktion. »Beschreib sie mir.«

Berend seufzt. Hält das Ganze offenbar für eine Zumutung – als ob er bei Mädchen so genau darauf geachtet hätte. Am Ende werden es zwei entfesselte Walküren, die eine mit dunkelblonden, die andere mit lila Strähnen im Haar.

»Was hatten sie für Kleidung an? Make-up? Taschen?«

Mehr so Gangstertussen seien das gewesen, eigentlich gar keine richtigen Mädchen, erklärt Berend. Die hätten so Bikerjacken angehabt, bauchfrei. Aber dann fällt Berend noch etwas ein. Die eine habe einen gelb-grünen viereckigen Aufnäher auf ihrem Jackenärmel getragen. *FEG* habe da gestanden.

Endlich eine Aussage, mit der man arbeiten kann, denkt Martin Sanders erleichtert. »Warte mal.« Er sucht ein wenig auf seinem Telefon herum, dann hat er das Logo. »Friedrich-Engels-Gymnasium.«

»Genau so hat es ausgesehen.«

Martin Sanders gibt ihm einen Klaps auf die Schulter. »Hast mir sehr weitergeholfen«, lobt er.

Dem Kleinen schwillt die Brust. Charlène lacht so melodiös, dass die Nachtigallen vor Neid tot aus der Stechpalmenhecke fallen. Der Dobermann hebt den Schwanz und klopft im Takt. Martin Sanders überlegt ernsthaft, ob er den Jungen nach seinem Lieblingsfach und Charlène nach einem weiteren Kaffee fragen sollte, um noch ein bisschen Zeit zu schinden. Da beugt Charlène sich vor und drückt seine Hand. »Berend hält große Stücke auf Sie, wissen Sie?«

Martin Sanders braucht viel Willenskraft, um seine Hand nicht wegzuziehen. Er hat nicht die geringste Ahnung, was er dazu sagen soll.

»Du machst ihn verlegen, Charlène.« Der Vater schmunzelt. »Er kann nicht gut mit Menschen.«

Exzellent beobachtet.

Charlène lässt ihn los, als wäre er ansteckend. Sein Finger streicht über den glatten Rand des Hühnertellers. Sesamstraße. Eines dieser Dinge ist nicht wie die anderen. Er steht auf. »Je schneller die Bewachung organisiert wird, desto besser«, sagt er. »Ich muss ein paar Telefonate führen. Ich setze mich in dein Büro, bis mich jemand ablöst.«

Als er durch die Küche in die Kanzlei seines Vaters geht, weht Charlènes Schmeichelstimme durch das offene Küchenfenster zu ihm herein. »Habt ihr das mal untersuchen lassen?«, raunt sie. »Vielleicht ist er Autist?«

Ja, vielleicht ist er das.

Leichengift

Saskia will ihm beistehen. Sagt sie. Aber mit hineinkommen möchte sie dann doch lieber nicht. Das ist ja nun auch wirklich nicht nötig.

Hauptkommissar Hinrich Kaplan führt Oliver Trasseur in einen Raum mit hellbeigen Wandfliesen. Eine Großküche könnte das sein, wenn man mal von dem Mann mit blauem Kittel und Mundschutz absieht, der neben einem von fünf steinernen Tischen wartet. Darauf liegt einer, abgedeckt mit einem weißen Laken. Gelbe Altmännerfüße ragen darunter hervor. Blauadrig, krumm. Der Nagel des großen Zehs ist schuppig aufgeworfen vom Nagelpilz. Am Zeh hängt ein Zettel. *Nicht für infektiöse Leichen*, steht darauf. Und: *Trasseur, Konrad.* Als sei er ein Gegenstand.

Kommissar Kaplan kaut pietätlos Kaugummi. Sein Gesicht ist vollkommen leer. Fast könnte man glauben, er hätte Botox genommen. Was nicht so unwahrscheinlich ist. Oliver hat mal in einer populärwissenschaftlichen Sendung auf einem Privaten gesehen, dass dieses Botulinumtoxin entsteht, wenn Bakterien Haut, Haare und Blut zersetzen. Vielleicht wirkt es auch, wenn man es nur einatmet. Jedenfalls blockieren auch Olivers Gesichtsnerven, als Kaplan dem Blaukittel mit seinen gelben Nikotinfingern ein Zeichen gibt und das Laken zurückfliegt.

Konrad Trasseur liegt puppenhaft steif da, als hätte das Leben ihn fallengelassen. Sein Hals und sein Bauch sind zusätzlich abgedeckt, etwas stimmt da wohl nicht. Oliver nickt kurz, dann versagt sein Kreislauf. Kaplan muss ihn stützen, und er weiß nicht, was er ekliger findet. Raus will er, raus und atmen. Sauerstoff statt Leichengift.

Saskia wartet auf dem Flur. Sie übernimmt ihn. Kaplan macht gleich wieder kehrt und verschwindet in der verpesteten Vorhölle, in der Olivers Vater seinen letzten Arztbesuch absolviert.

Saskias Absätze hacken auf das Linoleum ein. Dieses schwarze Kleid, das sie trägt, ist lächerlich. Viel zu kurz.

Draußen vor der Tür muss Oliver sich erst einmal setzen. Es war gut, dass er ihn selbst identifiziert hat. Er wird dafür sorgen, dass seine Mutter sich vom Vater verabschieden kann, nachdem der Bestatter ihn entsprechend vorbereitet hat.

»Du solltest dich hinlegen, Oliver«, sagt Saskia. »Du siehst nicht gut aus.«

Er nickt und steht auf. Sie gehen zum Wagen. Aber da hat etwas mitgeschwungen in Saskias Stimme. Oliver kann es nicht deuten. Er putzt sich die Nase, dann fragt er: »Saskia?«

Sie schnallt sich an. Ihre Taille ist lächerlich schmal. »Ich fahre dich nach Hause. Brauchst du noch irgendetwas? Sollen wir bei einer Notdienst-Apotheke halten?«

»Ich möchte dich etwas fragen«, sagt er. »Bevor wir vor zwei Jahren die Sanierungsgesellschaft gegründet haben, da hast du noch bei der Berliner Wohnungsbaugesellschaft gearbeitet.«

Saskias Zeigefinger liegt auf dem Startknopf des Wagens, aber sie drückt ihn nicht. »Wie kommst du jetzt darauf?«

Er wischt auf seinem Handy herum, dann zeigt er Saskia das Foto. »Fünfhunderttausend Euro für Beratungsleistungen. Meinst du nicht, das hätte ich wissen sollen?«

Saskia wirft den Kopf in den Nacken und lacht dieses triumphale Irrer-Professor-Lachen, als hätte sie ein Heilmittel für galoppierenden Schwachsinn gefunden. »Also wirklich, Oli! Du hast doch nicht tatsächlich geglaubt, dass uns die BWG das Rabennest einfach so verkauft hat? 62 Wohneinheiten – fünf Reihenhauszeilen, ein Doppelhaus und drei Mehrfamilienhäuser für siebenhundertfünfzigtausend Euro? Glaubst du, so ein Superschnäppchen fällt vom Himmel? Da musste ich schon ein bisschen nachhelfen.«

»Beratend nachhelfen? War das die Idee meines Vaters?«

»Deine Naivität ist manchmal erschreckend.« Saskia sieht plötzlich aus, als hätte sie auch zu viel Leichengift inhaliert. »Das hast du von deiner Mutter. Die sieht auch bloß gut aus.«

»Arroganz macht unvorsichtig«, sagt Oliver. »Zugegeben, ich habe mich nie für die Buchhaltung interessiert. Das muss ich mir vorwerfen. Aber die Kontonummer, die hier unten auf der Rechnung steht, die kenne ich schon. Das ist nicht die Kontonummer der BWG, das ist deine alte Kontonummer, Sassi. Und ich habe mich noch gewundert, warum du vor zwei Jahren unbedingt die Bankverbindung wechseln wolltest. Schmiergeld, ja? Für mich sieht das aus, als hättest du dir das Startkapital für deine Beteiligung an der Am Rabennest Sanierungsgesellschaft vom Rabennest – also von mir und allen anderen Beteiligten – finanzieren lassen. Oder sehe ich das falsch?«

»Ja.« Saskia klappt die Sonnenblende herunter und kontrolliert den Sitz ihrer Frisur im Schminkspiegel. »Weil es ohne mich nämlich gar keinen Rabennest-Deal gegeben hätte.«

»Ach so. Also hast du gedacht, das steht dir zu?«

»Das tut es auch.«

»Wenn du dir so sicher bist, warum habt ihr mich dann nicht eingeweiht, mein Vater und du?«

»Wir wollten verhindern, dass du dich verplapperst. Du weißt, dass du als Vertriebler viel redest. Und das ist ja auch deine Aufgabe. Das kann man dir nicht mal vorwerfen, Schatz.«

Schatz? Oliver tastet nach dem Türgriff. Nicht nur sein Vater ist für ihn gestorben. Die Wagentür fällt hinter ihm zu. Saskia bleibt einfach sitzen.

Auf dem Weg zum Taxistand sucht Oliver auf Berlin.de nach der Adresse des Sozialkaufhauses »Hilfe mit Herz«. Die werden sich morgen über die Couture-Klamotten, die Saskia noch in seiner Wohnung hat, sicherlich sehr freuen, besonders über den Zobelmantel.

Der Fallschirm

Auf dem polierten Eichenholz des Schreibtischs im Büro seines Vaters liegt nichts außer dem Frühlingslicht. Sanders setzt sich und ruft Pawel Krawczyk an. Es ist Sonntag, aber der Mann geht sofort ans Telefon.

»Ich bin Vollprofi, Mann.« Krawczyk lacht. »Ich hab einen IHK-Abschluss, und ich zahl sogar Steuern.«

Sanders erklärt ihm die Lage.

»Lass dir zeigen, wie die Überwachungskamera funktioniert«, sagt Krawczyk. »Ich bringe meinen Mann persönlich vorbei und weise ihn ein. Wir sind in einer Stunde da. In Zivil. Brauchst du sonst noch was? Omas Kaffee? Zigaretten? Pornoheft?« Krawczyk lacht erneut, Sanders lacht mit. Krawczyk erzählt ihm, dass seine Freundin schwanger ist und er darauf gelegentlich einen ausgeben muss. Dann legen sie auf.

Sobald Krawczyk in dem Haus seines Vater eintreffen wird, wird Sanders diesen Paul Rausch damit konfrontieren, dass seine feinen Schulkameradinnen dem kleinen Berend die Star-Wars-Brille abgezogen haben. Gerade macht er sich ein paar Gedanken zur Gesprächsführung – erst zuschlagen und dann reden lassen oder umgekehrt? –, als sich die verschnörkelte Schiebetür zum Büro öffnet und Sanders' Vater erscheint.

»Alles geklärt«, sagt Martin Sanders. »Der Sicherheitsdienst ist beauftragt. Der Chef, ein Herr Krawczyk, ist hierher unterwegs.«

Sein Vater verzieht das Gesicht, als er den Namen hört. »Wenn der Mann mir eine Rechnung mit Mehrwertsteuer schreiben kann, soll es mir recht sein.«

»Krawczyk ist in Ordnung. Ich bitte dich, ihn zu unterstützen. Gib seinem Mitarbeiter einen Arbeitsplatz, von dem er einen möglichst guten Überblick über Haus und Grundstück hat, aber von außen selbst nicht gesehen werden kann. Vielleicht stellen wir einen Schreibtisch in die Eingangshalle? Morgen werden dann zwei Kollegen Berend und Charlène zur Schule und zur Arbeit begleiten. Wo habt ihr die Aufzeichnungsanlage für die Videokamera?«

»Martin ...« Der Vater zögert. Er hält einen Aktendeckel in der Hand.

Sanders hebt die Hand. »Bitte, das sind absolute Mindestmaßnahmen. Und wenn du mir jetzt erzählst, du machst morgen eine Dienstreise in den Nordkaukasus, dann muss ich dir leider sagen, dass du die Stadt besser nicht …«

»Ich habe hier etwas für dich«, unterbricht ihn Rainhard Sanders und hält ihm den Aktendeckel hin.

Martin Sanders nimmt ihn. »Was ist das?«

»Schau's dir an.«

Martin Sanders schlägt die Akte auf. *Rechtsgutachten zur Frage der luftpolizeilichen Hoheitsgewalt an Bord von Verkehrsflugzeugen und den sich daraus ergebenden zivilrechtlichen Handlungsbefugnissen,* liest er. *Speziell fallbezogenes Hausrecht Paragraf 123 StGB, Selbsthilfe Paragraf 229 BGB und Notwehr Paragraf 227 BGB.* Dazu eine Sammlung von Zeitungsausschnitten zu Libertys Notrutschenaffäre, verbunden mit juristischen Kommentaren. Eine dicke Akte. Jemand hat sich Mühe gegeben.

»Vielleicht hilft das deiner Freundin«, sagt der Vater, dessen Augen fremd im Türschatten leuchten.

Martin Sanders registriert das mit dem Gefühl, in einem abstürzenden Flugzeug einen Fallschirm gefunden zu haben. Immer ist er gleich so erbärmlich dankbar. Sein zweiter Gedanke ist, dass er dem Herrn jetzt unmöglich noch eine Rechnung für seine Arbeit schreiben kann – ein selbstsüchtiger Gedanke, der dazu noch ohne jeden Belang ist.

Milchbrötchengefühl

Treffen sich zwei Unsichtbare, sagt der eine: »Lange nicht gesehen.« Genau so fühlt sich das an, wenn der Kontakt mit der Welt abbricht und einem das ganze äußere Leben ohne Substanz zu sein scheint.

Ich hab noch von unterwegs aus Christoph Hardt angerufen und ihn auf den neusten Stand gebracht: Ich kündige. Ich arbeite doch nicht für jemanden, der Freunde wie Mister Guncrazy Peer Mann hat. Im Ernst. Ich kann jetzt nämlich ernst machen, ich leb schließlich noch. »Ich hab ihm meine Handtasche übergehauen, und das betrachte ich als mein vorläufiges Lebenswerk«, hab ich Christoph Hardt entgegengeschnauzt. Und dann plötzlich setzte der Schock ein.

Eine dicke Schicht Watte hat sich zwischen mich und die Außenwelt gelegt. Als wir auf dem Vorfeld ausrollen, ist die Bundespolizei schon da. Ich bin genauso zu wie meine Jacke, und das Ganze ist natürlich an Peinlichkeit nicht zu überbieten.

Peer ist mittlerweile wieder online. Er schaut mich an wie ein gespielter Herrenwitz, als die Beamten ihm die Schwimmwesten abnehmen und ihm noch mehr Handschellen anlegen. Ich schau mir den Peer auch an, allein schon, damit ich die ganze Nummer nicht so schnell vergess.

Die Polizisten verfrachten uns in ihre Dienststelle, zweite Etage im Terminal A. Pusten muss ich auch, und Bionade sei Dank hab ich 0,0 Promille. Das gibt meiner Glaubwürdigkeit den letzten Schliff, sagt mir der nette blonde Cop mit dem hellblauen Hemd und den vielen Sternen auf den Schulterklappen. Während ich die Story mechanisch zu Protokoll geb, wunder ich mich die ganze Zeit, wie ich, die doch so in der Watte verfangen ist, so eine abgezockte Gangster-Barbie werden konnte. Ich sag nämlich gar nichts von wegen der Peer wollte den Rabennest-Schlüssel wiederhaben, den ich aus seinem Auto geklaut habe. Ich erwähne den Schlüssel nicht mal. Ich sag einfach, der hätte mich mit der Knarre gezwungen, mich auszuziehen. Wenn der Peer sich selbst reinreiten will – bitte schön. Weiterer Vorteil: Den Schlüssel behalt ich für Sanders.

Als wir fertig sind, gibt mir der nette blonde Polizist seine Visitenkarte. Falls mir noch was einfalle. Na ja, mir fällt ja immer allerhand ein. Ganz beiläufig frag ich noch, was jetzt mit Peer passiere. »Übergeben wir an die Berliner Ermittlungsbehörden«, sagt der Blonde. »Gefangenensammelstelle, dann ab nach Moabit.«

Ich geh durch die Haupthalle hinunter zu den Taxis. Meine Knie sind so weich wie Milchbrötchen. Meinem Gefühl nach könnt ich auch in Bangkok sein. Nur dass mein Handy Empfang hat. Ich könnt sofort irgendjemanden anrufen und in den Hörer schreien: Hol mich ab, ich sitz hier an diesem Betonpfeiler und trommle mit den Füßen! Wem bin ich zuzumuten? Meiner Mama? Wanja? Selma? Sanders? Na, das kann ja was werden.

Vom »Marché Bistro« her riecht es extrem gut nach teurem Kaffee. Ich schlepp mich an den Stand, kauf mir eine Latte und rett mich auf einen Hocker. Glück ist ein Kindergetränk aus Italien. Ich puste in den Milchschaum und warte, dass das Zittern aus meinen Knien verschwindet und sich der Wattevorhang vor dem nächsten Akt des Lebens hebt.

Das passiert dann auch. Und den ersten Auftritt auf meiner persönlichen Bühne hat ausgerechnet Saskia Schwarz. Sie kommt quer durch die Haupthallenmenschenmenge, die um mich und meinen Hocker herum wogt wie Chlorwasser im Wellenbad. Sie trägt ein umwerfendes kleines Schwarzes und hat so spitzig-resolute Victoria-Beckham-Knie, ganz anders als meine Milchbrötchen. Und an ihrem Arm hängt nicht etwa eine Krokodillederhandtasche im Wert eines Kleinwagens – nein, an ihrem Arm hängt Arthur Drohbeck, der Reinickendorfer Baustadtrat ohne Hals, an dem die deutsche Schalindustrie zugrunde gehen wird. Saskia redet auf ihn ein, vielleicht heult sie auch ein bisschen hysterisch. Drohbeck klopft beruhigend ihr Handgelenk. Dann beugt er sich zu ihr hinunter und küsst sie.

Das ist die Entscheidung: Ich stell die Latte ab und ruf Sanders an. »Kommst du heute Abend zu mir?«, frag ich betont lässig und denk, wenn er fragt warum, dann sag ich, wir könnten ein bisschen Spaß haben, und wenn er Nein sagt, dann schrei ich den ganzen Flughafen zusammen. Stattdessen sagt er gar nichts.

»Jetzt kannst du wieder seufzen und sagen: Ach, Libby!«, schieb ich nach. »Nun los, sag es!«

Aber er lacht bloß und fragt: »Wann soll ich da sein?«

Erdbeervergiftung

Man muss nicht immer gewinnen, um ein Gewinner zu sein. Manchmal reicht schon Pünktlichkeit. Die Wohnungstür öffnet sich, und schon steht Liberty Vale vor Sanders. Sie ist barfuß, trägt eine verwaschene Jeans und ein ausgeleiertes New-York-Knicks-Shirts. Sie flattert aufgeregt wie ein Papierschirmchen. Ihre nackten Zehen spielen verlegen miteinander, und sie schüttelt mechanisch seine Hand. »Komm rein. Mann, du glaubst nicht, was ich heute für einen Tag hatte! Setzen wir uns auf den Balkon?«

Während er ihr durch ein erstaunlich ordentliches Wohnzimmer auf den Balkon folgt, merkt er, wie sehr er sie sehen muss. Weil er sie sehen muss. Weil er das Gefühl mag, mit einer Kettensäge zu jonglieren. Oder weil sie vielleicht doch Freunde sind. Keine Küsschen-rechts-Küsschen-links-Freunde, natürlich nicht. Eine Frau wie Libby und ein Mann wie er.

Der Balkon geht auf den Hof. Zwei bunt angestrichene Holzstühle, ein Opiumtischchen und eine Palme stehen bereit. Daneben ein roter indischer Schirm mit Elefanten, Pailletten und Trotteln. Das Balkongitter sieht aus wie ein rostiger Friedhofszaun. Kein spießiger Balkonien-Balkon, keine lichtnelkenbeschienene Landhaus-Terrasse. Keine Spur von *deeply superficial*. Shabby Chic, würde Charlène vermutlich sagen. Auf dem Tisch steht eine riesige Schüssel glänzender roter Erdbeeren.

Unten im Hof spielen Kinder in der Abendsonne

zwischen Europaletten Fußball. Der Thai-Imbiss schließt gerade. Ein Mann in Jeansshorts, Unterhemd und Gummilatschen gießt einen Wischeimer Wasser in einen Gulli. Töpfe klappern, es riecht nach Sesamöl, Zitronengras und Jasminreis.

»Setz dich«, lädt Libby ihn ein. Sie dreht sich ihre Haare zu einem wirren Dutt, lässt sie wieder los, sie explodieren ihr ins Gesicht wie Feuerblüten. Dann wischt sie sich die Handflächen an den Hosen ab. »Ist dir auch so heiß wie mir?«

Der Umgang mit seiner lieben Familie an diesem Frühsommertag hat ihm den leichten Wollanzug auf die Haut geschweißt. Er öffnet den obersten Knopf seines Hemds. »Geht schon«, sagt er und setzt sich. Den Aktendeckel seines Vaters legt er vor sich auf den Tisch. »Erzähl. Was ist passiert?«

»Wart mal 'ne Sekunde.« Sie überlegt, wippt auf den Fußballen. »Ich hol nur schnell was aus der Küche.«

Für Sanders fühlt sich das allzu sehr nach einer Ouvertüre an. Eigentlich hat er heute schon mehr als genug Opernarien gehört. Er zieht sein Sakko aus und tritt ans Geländer.

Dann ist Libby wieder da. Mit einer vollen blauen Wasserschüssel in der Hand. In dem Wasser schwimmen Rosenblätter. »Da stellst du jetzt die Füße rein«, sagt sie. »Dann geht's dir gleich besser. Und du kannst besser zuhören.«

Verlockend sieht das Wasser aus. Die Rosen und das Sesamaroma aus dem Hof – das fühlt sich nach Feierabend an. »Hör mal«, sagt er. »Ich hatte auch einen langen Tag. Warum bin ich hier?«

Libby lächelt unscharf. Sie drückt ihn zurück auf den Stuhl. Unter ihrem Kokosduft riecht sie nach Angst. »Jetzt pass mal auf.« Sie geht vor ihm in die Knie, zieht ihm Socken und Schuhe aus und krempelt die Umschläge seiner Anzughosen auf.

Sanders weiß nicht, wohin mit seinen Händen. »Libby, bitte. Was machst du da?«, flüstert er. Er starrt auf ihr Haar, um nirgendwo anders hinstarren zu müssen, und klammert sich an der Stuhllehne fest. Sie nimmt seinen Fuß und hält einen Zeh in die Schüssel. Eigentlich kurz vor himmlisch, denkt er und atmet tief durch. Stellt die Füße ganz hinein. Ihm ist, als würde jemand die Luft aus seinem Herzen lassen. Keine Morddrohungen, keine Opernarien. Der Abendwind fährt durch sein Haar wie die sanfte Hand einer schönen Frau.

»Erdbeeren? Ümit hat mir Erdbeeren mitgegeben.«

Die Erdbeeren sind prachtvoll, dunkel, schwer, süß und mutwillig rot. Wenn man Erdbeeren isst, denkt man nicht an Morgen.

»Sahne?«

Ein kurzes Zischen, schon türmt sich die glatte, weiche Creme üppig und herausfordernd über den Früchten. Es duftet nach Vanille, Abendsonne und Waldfeuchte. Sanders kostet eine Frucht. Sprühsahne. Eine samtige Kühle. Sahne macht dick, hört Sanders die Mutter seine Schwester zurechtweisen. Nur an Festtagen ließ man beim Konditor Sahne schlagen. Ohne Vanillezucker. Niemand in seiner Familie war jemals dick. Man hat Disziplin. Saufen, Pillen, Selbstmord – in Maßen ist das alles in

Ordnung. Aber dick, das ist Sünde. Man isst, um zu dominieren.

»Du wolltest mir etwas erzählen?«, fragt er.

Sie lacht verlegen, streicht sich ein paar wilde Haarsträhnen aus der Stirn. Sie macht das mit dem Handrücken, wie alle Amerikanerinnen. Unvergleichlich elegant sieht das aus. Dann plötzlich werden ihre Augen hart wie hellblauer Marmor. »Ich hatte doch heute Morgen diesen Flug nach Frankfurt.« Sie nimmt Anlauf, fummelt zittrig ein Paket Taschentücher aus der Jeans. »Ist ausgefallen, der Flug.« Pause. Blick ins Leere. Und dann erzählt sie ihm, wie Peer Mann mit ihr rückwärts um den Rathenauplatz gefahren ist, wie sie den Rabennest-Schlüssel aus seinem Handschuhfach eingesteckt hat. »Ich dachte, den kannst du vielleicht gebrauchen. Und ich dachte echt, der Peer hat einfach nur zu viel geraucht, Sanders.«

Sanders' Gehirn schneidet die Fakten mit wie ein Tonbandgerät.

»Okay, und dann taucht der heute früh wieder auf, steigt ein, wir rollen, und Peer dann so: ›Schon mal im blassen Mondlicht mit dem Teufel getanzt?‹ Und: ›Du hast mich bestohlen, Liberty!‹ Ich: ›Aus Versehen!‹ Aber der glaubt mir nicht. Der denkt, weil ich den Schlüssel bei ihm gefunden habe, wirst du ihm den Mord an Waschke anhängen.«

»Gute Idee.«

Ihre Finger schreddern ein Taschentuch. Sie holt tief Luft. »Und dann hat der plötzlich 'ne Knarre und sagt: ›Du hast großen Mist gebaut.‹ Und: ›Zieh dich aus.‹«

»Wieso kann der mit einer Waffe in ein Flugzeug steigen? Hat Hardt Skys keine Sicherheitskontrollen?«

Sie legt ihre Hand auf seinen Arm. »Jetzt hör doch erst mal zu.« Sie wirft eine Erdbeere ein, als würde sie einen Schnaps kippen. Also hört Sanders zu. Was er sonst noch hört, ist sein Herz, dunkel und kalt, an seinem Trommelfell.

Als sie fertig ist, sagt er: »Souverän gelöst. Du hattest es die ganze Zeit im Griff, Vicki Vale.«

»Und sogar den Schlüssel hab ich noch. Hab der Polizei nichts davon erzählt.« Sie zieht ihn hinter ihrem Rücken hervor und lässt ihn auf das Tischchen fallen. Ihr Lächeln entfaltet sich wie eine Klatschmohnblüte.

Sanders nimmt den Schlüsselbund mit einem Taschentuch und steckt ihn in einen Asservatenbeutel. Auf einem Schlüsselanhänger steht *Am Rabennest.* Außerdem hängt ein weiterer Anhänger an dem Bund, ein herzförmiger Bilderrahmen mit niedlichen Fotos von Michael Waschkes blonden, sehr verschiedenen Söhnen. »Wo ist Peer Mann jetzt?«, will Sanders wissen. Vielleicht, dass er einfach hinfährt und ihn totschlägt.

»Wir haben ihn in Schönefeld der Polizei übergeben.«

»Das hat ihm das Leben gerettet.«

»Bitte, Sanders!«

Sanders schaut seinen Zehen dabei zu, wie sie mit den Rosenblättern spielen. Also schön, sie ist hier, er ist bei ihr. Sagen wir, sie hat Peer Mann mit dem Einzigen, was ihr zur Verfügung stand, überwältigt. Essen wir eine Erdbeere. Versuchen wir, in den Hof zu starren und unseren Puls von 180 auf 35 herunterzudenken.

»Und als ich dann von der Polizei komm, da gehen Saskia Schwarz und Arthur Drohbeck in der Haupthalle an mir vorbei. Er ohne Hals und sie ohne Fassung, heult und redet wie‘n Wasserfall, und er küsst sie.«

»Absurd.«

»Aber das heißt doch was, Mensch, Sanders! Das heißt doch, dass ...«

»Dass Saskia Schwarz einen noch schlechteren Geschmack hat als du?«

»Pass mal auf, Sanders!« Sie sticht ihm ihren zitternden Zeigefinger fast ins Auge. »Pass mal auf!« Sie springt hoch, geht auf dem Balkon auf und ab. Das alles fühlt sich nach italienischer Oper an: Balkon, Frau, Hysterie. »Ich will das absolut nicht diskutieren! Es gibt nichts, aber auch gar nichts, was du mir vorwirfst, das ich mir nicht selbst vorwerf, okay?« Sie tritt von hinten gegen seinen Stuhl. »Warum ziehstn du so ’ne Fresse, hm? Was wirfst du mir vor? Dass ich weiterleben wollte?«

»Wenn ich dich das nächste Mal frage«, sagt Sanders, »ob ich dich zum Flughafen fahren soll, dann sagst du Ja.«

Sie starrt ihn an. »Als ob das was geändert hätte.«

Er lehnt sich zurück und nimmt eine Erdbeere. Es ist erstaunlich, das Leben geht weiter.

»Pass mal auf, Sanders ...« Sie baut sich vor ihm auf.

»Wenn du noch mal versuchst, mir den Finger ins Auge zu stechen, leg ich dich übers Knie.«

»Pah!« Sie boxt ihm ans Kinn. »Glaub ich sofort.«

»Und jetzt setz dich wieder hin«, befiehlt er. Einerseits ist er ganz der objektive Analytiker. Andererseits wappnet er sich gegen den unweigerlichen Zusammenbruch.

Dann setzt sich Libby tatsächlich, aber nicht ihm gegenüber. Sie lässt sich auf den Balkonboden neben seinen Stuhl fallen. Dadurch hat Sanders den Blickkontakt mit ihr verloren und glaubt instinktiv, irgendeine Art von Kontakt halten zu müssen. Er lässt seinen rechten Arm herunterhängen. Sie nimmt sofort seine Hand. Ihre Schultern zucken stumm. Sie fällt in sich zusammen. Seine Hand wird feucht. Libby presst ihre Wange in seine Handfläche, sie gestikuliert ins Leere, sie erklärt seiner Hand alles noch mal von vorn. Er hört zu und isst Erdbeeren mit links. Er stellt sich vor, wie die Drecksau Peer Mann Libbys Körper konsumiert wie die *St. Pauli Nachrichten.* Ein Mann, der zur Gewalt neigt und mit der Foltergeschichte des Orients vertraut ist, würde Peer Mann ebenso genüsslich wie grausam einen geschmeidigen Sandelholzzweig rektal einführen und durch den ganzen Körper treiben, ohne dabei die inneren Organe zu zerstechen, und den Zweig schließlich aus Manns Mund wieder herausziehen. Dieser fantasievolle Mann könnte dem Peer dann mehrere Tage und Nächte beim elaborierten Sterben zusehen – in China nennt man das die Sandelholzstrafe, die Folter des kultivierten Mannes.

Sanders' Hand liegt ganz ruhig auf Libbys Schulter. Nur sein aufgewühlter Daumen streichelt zwanghaft und nicht sonderlich zärtlich ihren Hals. Dann findet seine Hand ihren plappernden Mund. Ihre Lippen sind so feucht und glatt und klebrig wie seine Erdbeerfinger. »Sch-sch«, macht er. »Genug jetzt.«

Eine Weile atmet sie an gegen seine rohe Handfläche. Tastet seinen Zeigefinger mit den Lippen ab. Sanders atmet flach. Es dauert lange, bis er ihr heißes Gesicht trocken gestreichelt hat, und ebenso lange, bis sein Körper nicht mehr vor Verlangen bebt. »Und jetzt?«, fragt er.

Libby dreht sich zu ihm um. Ihr Gesicht ist so verstrubbelt wie ihr Haar. »Bin ich im Team?« Sie nickt in Richtung des Schlüssels auf dem Tisch.

»Ach, Libby!«, sagt er.

»Prima! Danke, Partner.« Sie kommt unsicher auf die Beine und setzt sich auf den Stuhl ihm gegenüber.

Er spült sich in der Wasserschüssel die Finger ab. Schaut hinunter in den Hof, damit sich sein Blick nicht verhakt. Damit sie nicht merkt, dass sie tun kann, was immer sie will. Er hat dieses wilde rote Tier im Blut, eine unkontrollierbare Raserei, bezaubernd in ihrem Rausch, die nichts will als bei Liberty sein.

„Sag mal, Sanders?“ Sie reißt ihn aus seinen Gedanken.

Der By-the-way-Tonfall bringt ihn wieder halbwegs zu Verstand. »Hm?«

»Jetzt, wo wir uns so richtig gut verstehen. Warst du eigentlich schon mal ...«

Hellsilbernes Augenflattern. Alarmstufe Rot.

Spiel mir das Lied vom Tod

Es ist Sonntagabend, trotzdem lässt sich Kriminalhauptkommissar Hinrich Kaplan Peer Mann zur Vernehmung kommen. Es gibt neue Erkenntnisse.

Er sieht ihn durch die Scheibe auf dem Stuhl im Vernehmungsraum sitzen wie einen Rummelboxer im Konfirmationsanzug, dem irgendwie der Rummel abhandengekommen ist.

Kaplan nimmt einen letzten tiefen Zug, die Glut frisst sich zentimeterlang durch den Tabak, dann legt er die Kippe im Aschenbecher ab, betritt das Zimmer und baut sich vor dem Delinquenten auf. »Peer Mann«, liest er mit seiner Charles-Bronson-Stimme von den Akten ab. Dabei lässt er den Qualm aus seiner Nase strömen.

Mann nickt. »Ich will meinen Anwalt sprechen.« Er ist ganz sachlich, ruhig, seriös. Auch seine Augen glimmen nicht mehr irre.

»Alles zu seiner Zeit«, entgegnet Kaplan. »Oder sagen wir, zu meiner Zeit.«

Der riesige Kerl wedelt den Rauch weg und hüstelt prinzessinnenhaft.

»Ich habe mir Ihre Firma angeschaut, Herr Mann. Sie haben eine Menge Aufträge der öffentlichen Hand. Alles freihändig vergeben, nicht wahr?« Kaplan macht die allseits bekannte Geste der hohlen Hand unter dem Tisch.

»Beweisen Sie's.« Mann zuckt mit den Schultern.

»Nur diese Sanierungsgesellschaft, die hat eine Menge Rechnungen bei der HausMann GmbH offen.

Sie haben denen das Musterhaus umgebaut, aber viel Geld haben Sie dafür noch nicht gesehen.«

»Das ist leider im Bauhauptgewerbe so üblich. Damit muss man klarkommen. Projektgeschäft. Muss ich meiner Bank auch immer erklären.«

»Aber Sie kommen damit nicht klar. Sie haben Rückstände bei den Krankenkassen und haben mit ihnen Ratenzahlungen vereinbart. Das Finanzamt hat Ihnen schon zweimal die Konten dichtgemacht.«

»Ja, so Scheißbeamte wie Sie können sich gar nicht vorstellen, was richtige Existenzangst ist.« Peer Mann lacht und lehnt sich zurück.

»Sie haben uns heute durch ein kleines ovales Flugzeugfensterchen in Ihre Seele schauen lassen.« Kaplan schüttelt den Kopf. »Gefährlicher Eingriff in den Luftverkehr. Mensch, was ist denn mit Ihren Nerven los?«

»Ich weiß nicht, was Liberty Ihnen erzählt hat.« Mann beugt sich vor für ein Männergespräch. »Aber wir sind ein Paar. Wir sind seit einem halben Jahr zusammen. Dafür gibt es Zeugen. Fragen Sie rum. Okay, ich hab gern Sex in der Luft. Aber das hat Boris Becker auch. Die Knarre gibt einen zusätzlichen Kick. Aber das ist noch nicht mal Erregung öffentlichen Ärgernisses, Herr Kommissar.«

»Die Version von Frau Vale klingt ganz anders«, entgegnet Kaplan.

»Das nennt man: Aussage gegen Aussage«, sagt Mann, und Kaplan staunt, wie engelsgleich dieser hässliche Kerl mit den Augenlidern klimpern kann. »Lassen Sie sich das von meinem Anwalt erklären. Ich würde jetzt gerne schlafen gehen.«

»Ich auch.« Kaplan macht eine dramatische Pause. »Und rauchen. Aber weil das hier drin leider verboten ist, habe ich es eilig. Was wollten Sie wirklich von Liberty Vale?« Kaplan ist sich sicher, dass ihm Mann noch etwas anderes verschweigt. »Sie stehen doch mitten im Leben, es wird Ihnen ja nicht entgangen sein, dass die Frau für einen Escortservice arbeitet. In Ihrer Fraktion erzählt man sich, Sie waren in psychiatrischer Behandlung. Wollten Sie mehr von Liberty Vale, und sie hat sich geweigert, und dann sind Sie durchgedreht, weil Sie eh nicht der Stabilste sind? Oder geht es hier gar nicht um Sex? Hat Frau Vale vielleicht was gesehen, was Ihnen nicht in den Kram passt? Nach Ihrem Alibi brauch ich Sie ja nicht fragen, oder? Als Waschke starb, war Ihr Handy in der Funkzelle Am Rabennest eingebucht. Warum? Was haben Sie so früh am Morgen in der Siedlung gemacht?«

»Baustellenbegehung. Aber eigentlich müsste ich Ihnen das nicht sagen. Oder haben Sie einen konkreten Verdacht? Wissen Sie, ich lebe vielleicht meine Sexualität aus, ich bin vielleicht sensibler, als ich aussehe, und meine Firma hat vielleicht auch nicht die beste Bonität. Aber ich bringe doch keinen um. Wegen Geld doch nicht. Da müsste ich ja jeden Tag einen umbringen.«

»So wie den alten Trasseur?«

»Wissen Sie, diese Siedlung, das ist ein wirklich schlechtes Geschäft. Sie steht unter Denkmalschutz. Es gibt Absprachen mit der Denkmalschutzbehörde, was gemacht werden darf und was nicht. Aber das interessiert Frau Schwarz nicht. Die hat mich zum Beispiel angewiesen, überall Dachfenster einzubauen. Das ist nicht genehmigt. Und laut Sanierungsauflage müssen sämtliche Fenster aus Holz sein. Ich sollte aber Kunststofffenster einbauen. Ich wollte einfach ein paar Fotos machen, ein bisschen was in der Hand haben. Schauen Sie sich doch lieber mal bei den Mietern um. Da haben Hunderte ein Motiv. Ich allerdings nicht. Ich habe mir am Freitag ja selbst eins von den Häuschen gekauft. Ich verrechne einfach den Kaufpreis mit dem, was mir die Sanierungsgesellschaft noch schuldet, und fertig.«

»Meinen Sie, Sie kommen damit durch?«

»Klar, das ist Notwehr, Herr Kommissar. Wie eine Bauhandwerkersicherungshypothek, nur schneller und ärgerlicher.«

»Na, dann erzählen Sie mal. Sie hörten davon, dass Waschke tot sei – was war da Ihr erster Gedanke?«

»Jetzt hat Oli Trasseur es doch noch gemacht, das hab ich gedacht. Der hat's doch vor ein paar Jahren schon mal versucht. Haben Sie das nicht in Ihren Akten?«

»Doch«, lügt Kaplan. »Aber ich will es von Ihnen hören.«

»Ich weiß nur, was man sich so erzählt. Die waren ja zusammen auf dem Gymnasium. Der Waschke hat dann doch was Handwerkliches gelernt, früh geheiratet. Der Trasseur, war ja klar, der ging ab wie 'ne Rakete – Riesenkarriere, Riesenknete. Haben aber immer Kontakt gehalten, die beiden. Dann sind sie aneinandergeraten, haben sich gegenseitig fast tot geprügelt. Dem Trasseur musste das halbe Ohr wieder angenäht werden. Der Waschke hatte den ganzen Unterkiefer voller Draht. Alles wegen der Britta. Ihr jüngerer Sohn soll nicht vom Waschke sein.«

Kaplan pfeift durch die Zähne. *Spiel mir das Lied vom Tod.* Dann beantragt er einen Haftbefehl für Peer Mann. Wird abgewiesen – natürlich. Peer Mann ist zwar vorbestraft, aber nicht einschlägig. Er hat einen festen Wohnsitz. Und die Knarre, mit der er die Flugbegleiterin angeblich bedroht hat, war ja schließlich überhaupt nicht geladen, nicht wahr?

»Und diese Stewardess, die ist ja auch kein unbeschriebenes Blatt«, sagt die Haftrichterin und zieht sich die Lippen nach.

Der König der Welt

»Warst du eigentlich schon mal beim Psychiater?« Liberty rekelt sich auf ihrem Balkonstuhl. Sie ist wieder obenauf, zeigt ihr blendend weißes First-Class-Lächeln.

»Was soll ich da?« Sanders setzt sich auf. Hebt die Füße aus dem Wasser. Scheinbar ist heute der internationale Tag der seelischen Gesundheit.

Sie zieht eine Schnute, zuckt mit den Schultern. »Für die meisten Menschen liegen Gefühle nicht außerhalb ihres Erfahrungshorizonts.«

Sein erster Gedanke: Flucht. Dann sagt er: »Emotionale Instabilität und mangelnde Impulskontrolle sollen ja heutzutage auch schon behandelbar sein.«

»Wenn du mal stirbst, dann jedenfalls nicht

an einer Überdosis zwischenmenschlicher Wärme, Sanders.«

»Ich sterbe an einer Überdosis Selbstgerechtigkeit. Das ist so üblich in meinem Geschäft.«

Libby lacht. »Wir sollten mal zusammen zum Psychiater gehen. Ich hab eine wahnsinnig tolle Frau kennengelernt, so eine richtige Edel-Hippie-Tante, Doktor Helen Sturm. Die ist total wild und alt und analysiert dich messerscharf. Ich war letztens da, und die hat mich so was von zurechtgestaucht.«

Sanders weiß, wenn eine wilde Psychiaterin ihn zurechtstaucht, wird er zu dem Mann werden, der er ist. Kein schöner Gedanke. Gleichzeitig fühlt er sich im Hier und Jetzt gerade viel zu gut, um sich aufzuregen. Fast wie heute Morgen. Alles, was ihm jemals passieren könnte, ist ihm in den letzten Jahren schon passiert. Ein Jahr als Privatdetektiv zählt wie sieben Menschenjahre, denkt er und lächelt diesen Gedanken weg. »Was wolltest du beim Psychiater?«

Sie zuckt wieder mit den Schultern, ein bisschen Luder, ein bisschen Lichtelfe. »Ich kenn Doktor Helen von der Uni.« Sie nimmt die vorletzte Erdbeere. »Hab sie zufällig getroffen. Und auf dem Flur von der Praxis hat mich dann Frau Trasseur beinahe umgerannt. Auf der Immobilienparty ist mir klargeworden, wer sie ist. Mann, die ist ja ichbezogener als ein pubertierender Teenie. Ist mit diesen Trasseurs eigentlich alles in Ordnung?«

Sanders weiß es nicht. Es ist ihm auch egal. Er nimmt die allerletzte Erdbeere, nicht gentlemanlike, aber folgerichtig. Sanders hat sein Gleichgewicht wieder. Er vermisst seine unschöne Kindheit nicht.

Aber er vermisst es, Kind zu sein, sich den kleinen Dingen ganz und gar hinzugeben. Einer Erdbeere zum Beispiel. Oder einer Frau beim Lächeln zuzuschauen, selbst wenn gleichzeitig um ihn herum die Welt aus den Fugen gerät.

Libby reicht ihm eine Plastikhülle. »Das hier ist der alten Trasseur bei Doktor Helen aus der Tasche gefallen.« Ein Notizzettel mit der Aufschrift *Schmiergeld* steckt in der Hülle.

»Nicht schlecht, Partner«, lobt Sanders. »Wir brauchen ein forensisches Schriftgutachten.« Er bemüht sich um gebührende Begeisterung, aber es ist nicht immer das am wichtigsten, was die meiste Aufmerksamkeit heischt. Ein Mord kann an einem Sonntagabend vollkommen unwichtig werden.

»Gern geschehen.« Sie verschränkt die Arme hinter dem Kopf und streckt sich auf ihrem Stuhl. »Mann, hab ich dir schon gesagt, dass meine Rechtsschutzversicherung mich rausgeschmissen hat?« Es klingt nicht ganz so beiläufig, wie es vielleicht geplant war. »Keine Ahnung, was ich jetzt machen soll.«

»Frag mich mal, ob ich dir etwas mitgebracht habe«, schlägt Sanders vor.

»Hast du?«

Er ist sich sicher, sie liebt Überraschungen. Er freut sich an diesem Moment der Leichtigkeit, der ihm heute Morgen noch kindisch erschienen wäre. Aber jetzt, hier fühlt er sich sicher. Er hält ihr das Gutachten seines Vaters hin. »Die Notrutschengeschichte. Du hast eine Chance vor Gericht.«

Libby nimmt die Akte und steht auf. Im Licht,

das durchs Küchenfenster auf den Balkon fällt, kann Sanders erahnen, wo ihr Shirt aufhört und ihr Körper anfängt. Sie blättert, dann strahlt sie ihn an. »Junge, das ist ja großartig! Und das hat dein Vater für mich ...«

Er nickt.

»Siehste, da steht's: Hausrecht. Ich hätte ihm den Alkoholkonsum verbieten können. Mensch, Sanders! Was hast du deinem Vater dafür gezahlt?«

Gezahlt hat er, aber es war nicht zu viel für diesen Glücksmoment. Ein richtiger Kerl in seiner Gemütsverfassung hätte sich über das Balkongeländer gebeugt und geschrien, er sei der König der Welt.

»Wie wär's mit Eiskaffee?«, schlägt Libby vor. »Erdbeeren gibt's auch noch.«

Die Sonne geht unter. Liberty zündet ein Windlicht an. Sie sitzen und reden. Das heißt, Libby redet. Sie liest ihm euphorisch das halbe Rechtsgutachten vor. Sie sagt, damit kann sogar ein Referendar die Sache durchziehen. Sanders weiß nichts zu sagen, das zu ihrer aufgeräumten Zufriedenheit passen würde. Er ist auch nicht vorbereitet auf diese irritierende Intensität, mit der sie ihn plötzlich anschaut und sagt: »Es ist schön, wenn man merkt, dass einer an einen denkt.«

»Oh, kein Ding«, wiegelt er ab, um seine Todesangst zu überspielen. Aber es geht noch weiter.

»Ich denk auch oft an dich«, fährt sie fort. »Du siehst manchmal so traurig aus. Wie geht es eigentlich deiner Mutter?«

Sanders sagt einen Moment nichts. Dann erzählt er ihr die ganze Geschichte. Als er endet, hat er gar kein Gefühl mehr in der Stimme. »Im Institut machen sie gerade eine Medikamentenumstellung mit ihr«, schließt er. »Mit den neuen Pillen soll sie wieder wacher sein und die Lebenswirklichkeit besser erfassen.«

»Freust du dich denn gar nicht?«, will sie wissen.

Er überlegt, wann das letzte Mal jemand wirklich etwas von ihm wissen wollte. Vielleicht bei seiner Trauung. »Ich habe meine Mutter jahrzehntelang belogen, Libby«, sagt er. »Ich habe ihr nie erzählt, dass meine Geschwister tot sind. Dass meine Ehe kaputt ist. Dass es ihr Enkelkind nie gegeben hat.«

Er glaubt nicht, dass man dazu irgendetwas sagen kann, aber sie sagt trotzdem etwas. »Du hast deine Träume mit ihr geteilt.«

»Ach komm, ich habe ihr einfach so lange vorgelogen, dass alles in Ordnung ist, bis für sie tatsächlich alles in Ordnung war. Dreh es, wie du willst, Libby. Ich müsste bei meiner Mutter sein, stattdessen sitze ich hier und esse Erdbeeren.«

»Was soll ich sagen, Sanders? Dass das beweist, dass du ein schlechter Mensch bist? Dass du's versaut hast?«

»Die meisten Erfolge sind kurzfristig. Langfristig scheitert man immer.«

»Was will so'n Melancholiker wie du eigentlich vom Leben?«

»Einsam sein. Aber die Welt lässt einen ja nie.«

»Du brauchst jemanden, der dir hilft«, sagt sie.

»Hm. Eine Hundertschaft der GSG 9 oder so.«

So reden sie noch eine Weile. Irgendwann, nachdem Liberty zweimal mitten im Satz eingeschlafen ist, verabschiedet er sich.

Sein Auto steht im gelben Licht einer Straßenlaterne an der Oldenburger Straße, genau vor Albers Wettboerse. Die Scheiben dieses Etablissements sind mit Fotos von jubelnden Fußballern und angespannten Galoppern abgeklebt. Dahinter glimmen die Ergebnisbildschirme bläulich in die Moabiter Nacht. Zwei alte Männer lehnen in der offenen Tür und rauchen. Im Schein der Zigarettenglut sieht Sanders die Stille in ihren Corned-Beef-Gesichter. Wenn er heute Nacht darauf wetten müsste, woran er tatsächlich einmal sterben wird, dann würde er auf eine Überdosis Liberty Vale tippen oder auf eine Überdosis Stille. Je nachdem.

Die innere Weisheit der Waltraud T.

Waltraud Trasseur geht auch an diesem tiefschwarzen Montag zu Helen Sturm, wie schon seit Jahren. Ihr verstorbener Mann hat ihr die Frau Doktor empfohlen, er hatte beruflich mal mit ihr zu tun, irgendeine Beurkundung, und so hat Waltraud damals auch gleich einen Termin bekommen.

Psychiater sind gut gebucht, man wartet mitunter Monate. Seit Neuestem zahlen die Krankenkassen ja sogar Psychotherapien für Flüchtlinge. Waltraud hält das für Kapazitätsverschwendung. Aber der

Name Sturm war ihr gleich angenehm. Klingt wie Sturmabteilung, Volkssturm, Sturm-Staffel. Das hat sie an diese NSU-Anwälte erinnert. Ein gutes Omen, und tatsächlich hat Frau Doktor ihr gleich zu Beginn der Behandlung etwas sehr Griffiges gesagt: Es sei nicht undeutsch, eine verstärkte Selbstaufmerksamkeit als Affektstörung zu haben. Tatsächlich ist es ein Berliner Phänomen, zur geistigen Veränderung verdammt zu sein, so wie Berlin dazu verdammt ist, immerfort zu werden und niemals zu sein.

Als ihr Sohn Oliver Samstagnacht vor der Tür stand und ihr vom Tod ihres Mannes erzählte, hat Waltraud sofort Doktor Sturm angerufen. Und die brave Frau hat ihr tatsächlich für Montagfrüh gleich einen Notfalltermin angeboten. Natürlich auch, weil Waltraud Selbstzahlerin ist. Aber auch das mag sie an der Frau Doktor – sie sind eben beide Geschäftsfrauen.

Doktor Sturm hat ihre Praxis am Rosenthaler Platz, und der ist so etwas wie ein Zirkuszelt ohne Dach, ein ampelgeregeltes Autobahnkreuz, eine urbane Karawanenstraße, auf der es nach amerikanischem Schnellessen riecht.

Aus einer Laune heraus fährt Waltraud an diesem Montagmorgen mit der U-Bahn zu Doktor Sturm. Sie könnte sich eine Blacklane-Limousine kommen lassen, aber dieser Anglizismus stößt ihr sauer auf. Und außerdem ist es fast schon eine Konfrontationstherapie, sich dem Multikultigesindel in den Öffentlichen auszusetzen.

Der sonnenorange geflieste U-Bahnhof Rosenthaler Platz greift ihr ans Innerste. Motivation durch

Entsetzen. Überhaupt, müssten die Bahnhöfe in Deutschland nicht vormittags wie leergefegt sein, wenn alle Gemeinschaftsfähigen pflichtgemäß ihr Brot verdienten? Aber diese Kinder mit ihren Strickmützenhaaren, diese Tätowierten, diese gefärbten Weiber mit ihren KiK-Körpern, entgrenzt vom Fett. Und dann diese Fremdrassigen, Krätzmilben umschwirren ihre Krausköpfe. Sogar deutsche Männer wiegen, telefonierend, vorm Körper ihre Nachzucht in afrikanischen Tragetüchern. Sind wir etwa in einem Kral? Waltraud würgt die Sehnsucht nach Zucht und Ordnung und einem Mundschutz. Mit fliegenden Mantelschößen jagt sie dem U-Bahn-Ausgang entgegen.

Ein Mann geht sie an, mit Hundeblick und Ackerstraßendreck an der verkrusteten Bettlerhand: »Ich schlafe unter der Brücke.«

»Sie sollten sich dafür schämen!«, weist Waltraud ihn zurecht.

Waltraud braucht ihr Geld. Sie könnte noch viel mehr Geld brauchen, als sie hat. Nun ist ihr Mann tot, und sie hat immerhin auch noch dessen Geld. Sie kann sich keine Gefühle für randständige Ballastexistenzen leisten. Sie hat Termine. Sie schlägt dem Bettler die Metallschließe ihrer Lagerfeld-Tasche gegen die Oberlippe. Der dreht jaulend ab. Sie wischt mit einem 4711-Erfrischungstuch das Blut von der Tasche.

Erst in der Praxis fällt die Anspannung von Waltraud ab. Diese Räucherstäbchen sind zwar fremdländisch, aber das ist ja vieles Medizinische.

»Frau Trasseur! Furchtbar! Das mit Ihrem Mann

tut mir so, so, so leid!« Doktor Sturm reißt ihr den Mantel herunter und die Hand fast ab. Die Psychiaterin trägt heute einen roten Turban und sieht aus wie eine Stummfilmdiva. Um den Totenschädel auf ihrem Schreibtisch hängt eine frische Blumengirlande. Doktor Sturm kommt ihr verändert vor, älter, aber das heißt ja nur, dass sie Dinge erlebt hat. Waltraud hat auch Dinge erlebt. Es liegt etwas Okkultes in dieser Parallelität. Rechtschaffen matt sinkt Waltraud auf das rote Lackledersofa.

»Wie geht es Ihnen heute?«, schmettert Doktor Sturm. »Einen Cognac, die Sorte für meine guten Freundinnen!«

Und schon hat Waltraud ein volles Glas in der Hand. »Mein Sohn ist mir eine große Stütze«, sagt sie. Der Cognac rutscht ihr butterweich über die Zunge.

Doktor Sturm notiert etwas. »So!« Sie springt auf und kommt um den Schreibtisch. »Würden Sie sagen, Sie haben Ihr Leben im Griff?«

»Ich würde sagen, ich kann jetzt nicht kapitulieren.« Waltraud stellt das Glas ab. »Bis zum letzten Atemzug muss auf mich hundert Prozent Verlass sein. Ich habe Verpflichtungen, das wissen Sie.«

Doktor Sturm setzt sich auf einen Sessel gegenüber dem Lacksofa. »Ich will wissen, was Ihr Unterbewusstsein dazu sagt. Werfen wir einen Blick in die Höhlen, aus denen sich Ihre innere Weisheit speist!«

»Ich brauche Ergebnisse«, fordert Waltraud. »Ich kann mich jetzt nicht mit meinen Zwangsgedanken befassen. Ich muss arbeitsfähig sein. Ich muss meinem Sohn helfen, die Trauerfeier zu organisieren, und die Kanzlei meines Mannes verkaufen.«

»Ich weiß, Frau Trasseur. Ich werde nun zu etwas Radikalem greifen. Ich will Sie hypnotisieren. Wir versetzen Sie in einen Zustand der alles wahrnehmenden Ruhe. Dann loten wir aus, worauf Ihre Signalängste deuten.«

Waltraud merkt schon, wie der Cognac ihre Ruhe befördert. Sie legt sich hin. Doktor Sturm holt eine Decke für ihre Beine, die zu ihrem Kostüm passt. Sie soll atmen, ganz bewusst, und dabei zuhören, wie Doktor Sturm diesen Stein aus ihrer Brust wegzaubert. Wie sie sie auf Leistung programmiert, damit sie alle Termine schafft – die Wellness, den Friseur, den Bestatter und was sonst noch auf sie einprasselt. Also Augen zu.

»Ich bitte nun Ihre innere Weisheit sich zu zeigen«, sagt Doktor Sturm. »Sagen Sie mir einfach, wenn Sie etwas sehen!«

Innere Weisheit, ganz schmeichelhaft, aber ist das nicht nur ein Konstrukt der neuen Zeit? Brauchten das unsere Altvorderen überhaupt? Wenn Waltraud wüsste, wie innere Weisheit aussieht, wäre sie jedenfalls nicht hier. Aber nach einer Weile sieht sie doch etwas: ein schwarzes Dreieck, das auf einer Spitze steht. Das ist eine Person, glaubt sie.

»Lassen Sie Ihren Verstand los«, fordert Doktor Sturm. »Ihr Körper ist schwer und wird immer schwerer.«

Und plötzlich ist die Wirklichkeit weg. Waltraud sieht ein kleines Mädchen in Schwarz-Weiß. Zuerst sieht sie nur die Spitzenbluse, die Ziehharmonika. Es ist der 20. April 1944, ein flirrender Frühlingstag. Sie sind in einem Wald, mehrere Kinder, ein

Chor vielleicht. Das Mädchen spielt: *'s war amal am Abend spat/A wunderscheane Nacht.* Es wiegt sich im Takt und lächelt. Seine Haare hat es zu Zöpfen geflochten. Eine Gruppe Männer in Uniform schlendert den Waldweg hinunter auf die Kleine zu.

»Wie alt ist das Mädchen?«

»Zehn.«

»Warum spielt es dieses Lied?«

»Es ist das Lieblingslied des Mannes mit dem Bart.«

»Was ist das für ein Mann?«

»Der Führer.«

»Was macht er?«

»Er hat Geburtstag. Er schaut das Mädchen direkt an. Er nimmt es wahr. Er streichelt seine Wange. Das Mädchen ist sehr stolz.«

»Was macht das Mädchen so stolz?«

»Dass er es anschaut wie ein Vater.«

Waltraud spricht mit Doktor Sturm, aber sie ist in diesem schwarz-weißen Wald, irgendwo im Reich, 1944. Es ist wie ein Auftrag: Der Führer hat mich wahrgenommen, denkt sie. Die Menschheitsgeschichte hat mich berührt. Ich habe eine Mission.

Doktor Sturm fragt noch dies und das. Sie glaubt, dem kleinen Mädchen Waltraud fehle etwas ganz Wichtiges: Urvertrauen. Waltraud solle das visualisieren. Wie sieht Urvertrauen aus? Das Bild, das sie sieht, färbt sich sepiabraun. Wieder taucht ein Mann auf. Es ist nicht der Mann mit dem Bart.

»Ist es Ihr Mann?«

»Nein.«

»Ihr Sohn?«

»Nein.«

»Wie alt ist der Mann?«

»Mitte, Ende dreißig.«

»Haben Sie Vertrauen zu diesem Mann?«

»Er ist ein guter Mensch.«

»Was bedeutet er Ihnen?«

»Er gehört nicht hierher.«

»Warum?«

»Er bedroht alles, was mir gehört.«

»Kennen Sie seinen Namen?«

»Er ist ein Richter, er hat viele Namen.«

»Was ist das Besondere an ihm?«

»Er hat eine gebrochene Nase. Er trägt ein Totenhemd.«

Waltraud hat geweint. Vielleicht um ihren Mann. Vielleicht um sich selbst. Sie merkt es erst, als sie sich auf Doktor Sturms Couch wiederfindet.

»Ich hab emotional ziemlich ausmisten müssen bei Ihnen«, sagt Doktor Sturm, die müde aussieht. »Ihr Unterbewusstsein hat sich für eine ganz schön radikale Strategie entschieden. Sie haben mir erzählt, Sie hätten für den Führer gesungen.«

»Die Ewigkeit hat mich berührt.«

»Das muss Ihre Mutter gewesen sein, Frau Trasseur. Aber natürlich sind das alles nur Stellvertreterfiguren. Es kann gut sein, dass Ihre Mutter für Sie steht und der Führer ein jüngeres Abbild Ihres Mannes ist. Das wäre kein Wunder, in Ihrer Situation.«

Sie weist darauf hin, dass sich Waltraud mehr um ihr inneres Kind kümmern müsse. Das kleine Mädchen brauche Liebe.

Dann beendet Frau Doktor die Sitzung mit einer recht ungebührlichen Eile für jemanden, der so gut bezahlt wird. Sie besteht aber darauf, noch in dieser Woche einen neuen Termin zu vereinbaren. Waltraud ist das nicht unlieb. Sie nimmt ein Taxi für den Nachhauseweg, getrieben von dem dringlichen Gefühl, sich heute genügend Dingen ausgesetzt zu haben.

Ausgeschnitten

Sanders wischt den Aktenschrank sorgfältig ab. Er packt seine neue, chromglänzende Kaffeemaschine aus und stellt sie auf. Natürlich ist das Gerät viel zu teuer gewesen – dafür, dass es nicht mehr tut, als heißes Wasser über Kaffeepulver laufen zu lassen. Aber bei Kaffee ist Sanders empfindlich.

Der Raum füllt sich mit einem Geruch nach heißem Plastik, während er die Maschine zu Reinigungszwecken ein paarmal ohne Kaffeezusatz laufen lässt. Teuer hin oder her, dieses Gluckern und Zischen klingt unbezahlbar nach Angekommensein und Konzentration. Falls es bei Kaffeemaschinenherstellern auch diese Sounddesigner gibt, die bei Autos das Motorgeräusch tunen, wäre das eine klare Jobalternative für ihn, wenn er mal zu alt ist für seine eigentliche Berufung.

Sanders fährt den Laptop hoch. Er zieht sich Handschuhe über, bevor er die CD aus dem Drohbrief an seinen Vater einlegt. Das Gerät brummt angemessen aufgeregt, und Sanders findet Zeit, die Leuchtsterne an seiner Bürodecke zu betrachten. Er fragt sich, um welches Sternbild es sich wohl handeln mag – den Raben vielleicht? –, als das Laufwerk eine Datei anzeigt: *IMG_9335.JPG*. Der Absender hat den Dateinamen nicht verändert. Also ein Amateur. Sanders lässt sich die Fileinformationen anzeigen, Metadaten wie Kamera mit Seriennummer, Datum, Uhrzeit, Blende, Belichtungszeit, Brennweite, ISO-Wert, die jedes Gerät heute automatisch in die Dateien speichert. Aber immerhin, da hat wohl jemand ein Programm zur Entfernung jeglicher Exif-Dateien im Einsatz gehabt, denn die Bildinformationen sind weg. Ein Geotag hätte in diesem Fall auch nicht viel gebracht, denn wo und wann Waschke am Balken hing, ist ja bekannt. Schade, denn mit der Seriennummer der Kamera hätte Sanders im Internet nach weiteren Fotos von demselben Gerät suchen können. IMG im Dateinamen, das deutet auf eine Canon. Letztendlich ist es leichter, den Dateinamen zu ändern, als die Metadaten zu löschen.

Sanders lässt sich alle Bildebenen anzeigen. Denn kaum einer weiß, dass auch immer die Originalversion des geänderten Fotos mitgespeichert wird, wenn ein Bearbeiter mit einer älteren Photoshop-Version einen Bildausschnitt erstellt, um beispielsweise aus dramaturgischen Gründen näher an die baumelnde Leiche zu zoomen. Und tatsächlich, die Originalversion ist da. Sie zeigt einen etwas größeren Ausschnitt des Dachbodens als das ausgedruckte Foto. Am unteren Bildrand sind jetzt zwei dreieckige Strukturen sichtbar. Sanders zoomt darauf, macht das Bild etwas heller. Es sind die Spitzen zweier roter Cowboystiefel.

Na schön, also war Peer Mann am Tatort. Nun hat er einen gerichtsfesten Beweis, nach dem sich die Polizei alle Finger lecken wird. Aber warum bedroht Mann seinen Vater?

Sanders kopiert die verräterische Fotodatei in seine Cloud, dann steckt er die CD samt Umschlag in die Tüte für den Kurierdienst. Er schickt die Tüte an ein privates kriminaltechnisches Labor in Hannover, mit dem er zusammenarbeitet. Die sollen Fingerabdrücke nehmen und sich die Briefmarke anschauen, damit er den Sack zumachen kann.

Der Besuch der jungen Dame

»Dinge, die einem leichtfallen, sind nicht wirklich was wert«, sag ich.

Frau Doktor Arnhold nickt. Ihr Kittel ist so reinweiß wie die Wände ihres psychiatrischen Instituts am See.

»Es geht Frau Sanders schon viel besser. Aber in den letzten dreißig Jahren hat sie nie jemand anderes als ihr Sohn besucht«, erklärt sie mit solchem Gewicht, dass es mich nicht wundern würde, wenn über ihrem Kopf ein Heiligenschein erschiene.

»Martin und ich wollen heiraten«, lüg ich. »Ich

möchte mir vorher ein Bild von seiner Familie machen, und dazu gehört eben auch, dass ich mit seiner Mutter spreche.«

Doktor Arnhold versteht das. Sie bringt mich in die geschlossene Abteilung und stellt mich vor. Sanders' Mutter ist eine gepflegte, fragile dunkelhaarige Schönheit Anfang sechzig mit Augen in der Farbe der Einsamkeit. Ich möchte sie sofort mit nach Hause nehmen und mit Sahnetorte aufpäppeln.

Doktor Arnhold bringt uns einen Tee, dann lässt sie uns allein in der Küche des kleinen Apartments.

Überall stehen selbstgemalte Bilder, Marslandschaften in psychedelischem Lila. An der Wand neben dem Fenster hängt ein Druck, der einen Turm zeigt, in dessen Spitze eine Handvoll Weberinnen aus goldenen Fäden den Mantel der Welt weben. Ich kenn das Bild: *Bordando el Manto Terrestre* von Remidios Varo. Plötzlich weiß ich, was Sanders in all den Jahren getan hat.

»Ich bin Veronika.« Sanders' Mutter hält mir ihre weiche, kühle Hand hin. »Ich freue mich so, dass Sie mich besuchen. Bitte entschuldigen Sie, die Medikamente. Ich habe das eben nicht ganz verstanden – sind Sie Silke, die Ehefrau meines Sohnes?«

»Nein«, sag ich und drück ihre Hand so zärtlich und gleichzeitig so fest wie möglich. »Ich heiße Liberty.«

Ihre Augen tasten mich ab wie ein Gesichtsscanner. »Sie passen nicht zu Martin«, sagt sie mit dem freundlichsten Lächeln der Welt.

»Trotzdem bin ich heute hier, um mit Ihnen darüber zu reden, was für einen wunderbaren Sohn Sie haben.«

»Nicht wahr?« Sie strahlt. »Und endlich geht es mir auch gesundheitlich wieder besser. Ich bin so glücklich mit meinen neuen Tabletten. Mein Kopf fühlt sich ganz leicht an. Ich kann wieder richtig klar denken, Fräulein Liberty. Sie glauben gar nicht, was das für mich bedeutet.«

»Martin freut sich auch sehr für Sie«, sag ich wohlerzogen. Ich fühl mich wie in einem Spin-off von *Zeit des Erwachens*. Und wie eigenartig klarsichtig mich Frau Sanders mustert. Jedenfalls so, als ob sie alles weiß. In meinem Kopf öffnet sich eine Faust. »Frau Sanders, hören Sie, ich ...«

Veronika Sanders lässt meine Hand los, steht auf, geht um den Küchentisch herum, streicht mir durchs Haar. Es hat nichts Falsches. »Zu Martin passen Sie vielleicht nicht, aber mir gefallen Sie. Ich mag Ihre Augen. Erzählen Sie mir alles, Kind.«

»Hier in der Klinik war man aus therapeutischen Gründen nicht immer ganz ehrlich zu Ihnen«, tast ich mich vor.

»Ich weiß.« Sie tritt an das vergitterte Fenster. »Ich wünschte, wir könnten ein paar Schritte im Garten gehen«, seufzt sie. »Glauben Sie, die lassen uns in den Garten? Es muss doch jetzt schon nach Frühling riechen.«

Der Pfleger schließt uns auf. Der Garten ist nicht groß und von einem hohen Zaun umgeben. Bei einem Rosenbeet stehen ein paar Bänke. Ich spür Veronikas Arm kaum, als ich ihn nehm.

»Ich wollte es nicht wissen, nicht wahrhaben. Aber ich hatte es immer im Gefühl«, sagt sie. »Rebecca und Philip sind tot, nicht wahr?«

Mir ist, als hätt ich Chilischoten geschnitten und mir versehentlich die Augen gerieben. Ich brech eine Rose ab und fummel daran herum. »Es war ein Unfall, Frau Sanders.«

»Ach, weinen Sie doch nicht«, sagt Veronika und tut es selbst. »Ich habe so viel getrauert in all den Jahren. Es tut mir vor allem leid, dass Martin ganz allein ist auf der Welt. Seine Geschichten habe ich immer geliebt. Diese Ernsthaftigkeit, mit der er von seinen Geschwistern gesprochen hat. Das hat mir die Wahl gelassen. Ich konnte immer daran glauben. Wenn es mir ganz schlecht ging, habe ich seine Geschichten für wahr gehalten.«

Ich fühl mich plötzlich, als wär ich die Patientin. »Martin ist nicht allein.«

»Er ist ein Mann, der einem das Leben leichtmacht, nicht wahr?«, hör ich Veronika sagen. »Kommen Sie mich jetzt öfter besuchen?«

»Nur, wenn Sie ihm keine Vorwürfe machen«, erwider ich und geb ihr die Rose.

Nichts und wieder nichts

Die Obduktion von Konrad Trasseur ist ganz großes Kino. Doktor Schäfer demonstriert Hinrich Kaplan seine absolute Überlastung und scheucht die Präparatoren durch den Saal, als ob bei Trasseur senior in Sachen Wiederbelebung noch was ginge.

Schäfers Stirn ist schweißbedeckt, als er seinen Mundschutz hochschiebt. Während er sich die Gummihandschuhe von den Händen schnippst, sagt er: »Herr Kollege, da kann ich Ihnen ein schnelles Ergebnis liefern. Todesursache ist der querverlaufende Abriss der Aorta carotis communis und der Aorta vertebralis kurz oberhalb der Gabelung. Dadurch gab es keine Hirnversorgung mehr, und dann aus die Maus. Sie sehen ja, im Vorderhals ist die komplette Muskulatur zerrissen, der Kehlkopf liegt frei. Abriss des Rückenmarks in Höhe des zweiten Halswirbels, Wirbelkörper seitlich ausgerissen. Also für Sie zusammengefasst: Trasseur senior hat sich mit seiner Autoscheibe den Kopf abgeschnitten.«

Kaplan zeigt auf den Rest des Körpers. »Und was ist mit dem offenen Rippenbruch?«

»Ja, der ist auch unschön. Aber ich dachte, Sie wollen wissen, woran er gestorben ist.«

»Haben Sie schon was aus der Toxikologie gehört?«

»Nee, werden wir auch nicht.«

»Wie?«

»Na, dass der den ganzen Abend Alkohol konsumiert hat, dafür gibt es Dutzende Zeugen. Und die Todesursache ist so eindeutig, da können wir uns das ganze Tamtam sparen und auf eine toxikologisch-chemische Untersuchung verzichten.«

»Legen Sie es darauf an, mich rasend zu machen, Schäfer?«

»Ich habe nur keine Lust, auf meinem eigenen Tisch zu landen, weil mir die Institutsleitung wegen ständiger Budgetüberschreitung eigenhändig die Bogenwurzeln des zweiten Halswirbels bricht.«

»Ganz schön wenig Rückgrat.«

»Im Gegensatz zu Ihnen habe ich jemanden, der um mich weinen würde.«

»Was Neues von Michael Waschke?«

»Salamibrötchen. Haben wir unverdaut in seinem Magen gefunden. Also Todeszeitpunkt kurz nach dem Frühstück. Bericht habe ich noch nicht fertig diktiert. Ich muss ja hier ständig euer Frischfleisch aufschneiden.«

»Aber was hatte Waschke unter seinen abgebrochenen Fingernägeln? Und jetzt sagen Sie nicht, Fasern von dem Seil, an dem er hing.«

»Nein, wir haben gekämmte dunkelgraue Wollfasern gefunden, könnte von einem billigen Herrenanzug stammen.« Doktor Schäfer lacht. »Vielleicht klappern Sie die bekannten Kaufhäuser ab und fragen, wer in letzter Zeit so einen gekauft hat.«

Der Alltag im öffentlichen Dienst neigt leider nicht dazu, sich dramatisch zu verdichten wie ein Sonntagabend-*Tatort*, denkt Kaplan. Immerhin weiß er jetzt, er jagt einen Mann mit einem Anzug, was in einer Stadt wie Berlin an Originalität fast nicht zu überbieten ist. In Momenten wie diesen überlegt er, dem Leben mehr Würze zu geben, indem er zur anderen Seite überläuft und sich auf das Umlegen von Gerichtsmedizinern spezialisiert.

Amour fou

»Hör zu, ich hab nicht viel Zeit!« Doktor Helen moduliert ihre Telefonstimme dezenter als üblich. »Ich verstoß gegen meine ärztliche Schweigepflicht, also mach was daraus! Diese Trasseurs sind zu allem fähig, Libby!«

»Und Waltraud Trasseur hat wirklich gesagt, Sanders trüge ein Totenhemd?«

»Sie hat ihn besser beschrieben als du. Stichwort Nase.«

»Kann man das glauben, was jemand unter Hypnose erzählt?«

»Pass mal auf, ich mach den Job schon ein paar Jahre! Die Trasseur zeigt zwar in der Regression ein ausgeprägtes False Memory, das heißt, sie hat mir eine Erinnerung ihrer Mutter als ihre eigene präsentiert. Aber vieles, was wir irgendwo aufgeschnappt haben und das uns im Vorbewussten beschäftigt, erhält unter Hypnose eine andere Valenz.«

»Mich hat auch was beschäftigt«, sag ich. »*Día de los Muertos*. Du weißt schon, Doktor Helen. Der Name auf deinem Totenschädel, Cono.«

»Libby! Junge Damen sollen nicht schnüffeln!«

»Ich weiß halt gern, vor wem ich die Hosen runterlass. Also, Madame, zurück zu deinem mexikanischen Freund: Cono kurz für Conrado, und das ist Spanisch und bedeutet Konrad – Trasseur. Lieg ich richtig?«

Schweigen. Dann sagt sie: »Ungeheuer scharfsinnig! Meine Fresse, Fräulein Libby, das ist vierzig Jahre her!«

»Und? Kann der Tod der Liebe etwas anhaben?«

»Nur, wenn man ihn fürchtet!«

Sie hat vielleicht schon wieder vom Cognac genippt, denn sie wird ganz melancholisch und verdrückt hörbar eine Träne – eine wilde alte Frau, die einer noch wilderen jungen Frau nachweint. »Und jetzt rufst du Sanders an«, befiehlt sie zum Schluss, »damit dir das nicht auch passiert, Kindchen!«

Ich bedank mich und leg auf. Gehorsam wähl ich Sanders' Nummer. Ich erzähl ihm die Story. Er lacht nur. »Klar, viele alte Schachteln wollen mich im Hemd sehen.«

Ich sag ihm, dass er sich sein Hemd dahin stecken kann, wo die Sonne niemals scheint, und wir lachen beide.

»Was glaubst du, ist die Liebe stärker als der Tod?«, frag ich irgendwann.

»Das fragst du besser jemanden, der etwas davon versteht.«

Kentuckys

Peer Mann wohnt zur Miete, aber mit Niveau: im Le-Corbusier-Haus an der Flatowallee, Westend, gleich beim Olympiastadion. Die Frühlingsmorgendämmerung liegt noch seicht-silbern um das betongraue Hochhaus mit den bunten Fassadenplatten. Die Berliner Moderne hat neben konsequenter Sachlichkeit auch die Bedingungen für ein glückliches Leben schaffen wollen – Licht, Luft und Farbe statt Neuköllner Hinterhof. Sanders hat seine Zweifel, ob Peer Mann sich hier in Westend glücklich fühlt. Er hängt sich an den von der Rückwärtsfahrt im Kreisverkehr noch immer am Heck lädierten schwarzen Geländewagen des Politikers, rauf auf die Heerstraße, durch die Alleen, über die Autobahn und direkt ins Büro seiner Reinickendorfer Fraktion.

Sanders ist nichts als ein silberner Schatten unter vielen. Er wartet eigentlich nur auf den richtigen Moment, um Mann anzusprechen, aber der Tagesablauf des Politunternehmers entwickelt seinen ganz eigenen Sog. Wie viele ungeliebte Seelen mutet sich Peer Mann ein irres Arbeitspensum zu. Er fährt von einer Sitzung zur nächsten, am Nachmittag dann von Baustelle zu Baustelle, ins Büro seiner Firma HausMann, schießt erratisch durch Berlin und durch alle Themen des Lebens. Das Einzige, worum Mann sich in dieser Stadt nicht selbst kümmert, ist scheinbar das Bepflanzen der Blumenrabatten am U-Bahnhof in Alt-Tegel.

Um drei viertel zehn abends zieht Mann seinen SUV auf den Olympischen Platz vor dem Olympiastadion. Es ist eine fast sommerlich späte blaue Stunde, das Licht versinkt hinter dem verlassen daliegenden steinernen Oval des Stadions. Über den olympischen Ringen, die zwischen zwei Uhrentürmen über dem Eingangstor hängen, ballen sich dramatisch schwarzblaue Regenwolken.

Peer Mann parkt gegenüber einer heimelig leuchtenden Imbissbude und steigt aus. Auf dem gänzlich leeren Platz steht nur ein Grüppchen einsamer Autos. Sanders stellt seines dazu. Das Geräusch seiner Autotür kommt fünfmal zu ihm zurück. Stärker als auf diesem Platz kann das Echo am Wörthersee auch nicht sein. Wer laut schreien möchte, sollte hierher kommen. Die Akustik ist Weltklasse. Der Schall trägt weit. Sanders kann Peer Manns Cowboystiefelschritte so lange hören, bis es an der Imbissbude zischt und ein Kronkorken fällt. Von der Waldbühne dringen die Bassläufe eines Konzerts herüber. Er steckt seinen Autoschlüssel ein, überquert die Straße und steuert den klebrigen Tresen der Bude an.

»Und du krichst?«, will der rotgesichtige Wurstbrater wissen.

Überall hängen Hertha-Schals. Es riecht nach dem Aluminium im Frittenfett und nach Pipi aus den Büschen hinter dem Imbiss. Sanders entscheidet sich für einen Schokoriegel. Der ist originalverpackt.

Peer Mann steht an einem Biertisch, in der Hand eine Flasche, und lächelt amüsiert.

»Gehen wir ein Stück?«, fragt Sanders.

Sie laufen Richtung Eingangstor, wo sich eine Gruppe langhaariger spanischer Touristen mit Leihfahrrädern und Flipflops gegenseitig unter den olympischen Ringen fotografiert. Es sieht so aus, als würden sie die auf ihren Zeigefingern balancieren. Von der Imbissbude kommt Gelächter. »Digger, dein Arm schläft ein!«

»Was wollen Sie von meinen Vater?«, fragt Sanders. »Spielen Sie nicht für dasselbe Team?«

Peer Mann nimmt einen Schluck Bier. »Was meinen Sie?«

»Das mit dem Schlüssel, den Sie dem angeblich schon mausetoten Waschke aus der Tasche gezogen haben, das können Sie ja vielleicht noch abstreiten.«

»Klar, Liberty weiß das auch. Sonst hätte sie sich bei den Bullen ausgeweint, meinen Sie nicht?«

»Vielleicht stand sie unter Schock. Wann hat Sie das letzte Mal einer mit vorgehaltener Waffe gezwungen sich auszuziehen?«

Peer Mann winkt ab. »Die macht das doch beruflich. Der macht das nichts. Außerdem sieht die spitze aus.«

Sanders lässt sein Herz ein paarmal ins Leere schlagen, bevor er antwortet: »Gratuliere zu Ihrem guten Geschmack.«

»Ach, tu doch nicht so!« Manns fleischige Pranke fällt auf Sanders' Schulter wie ein Schmiedehammer. »Ich hab doch gesehen, wie du Libby angestarrt hast. Aber so ist das Leben halt: Bei mir läuft's, und bei dir läuft's nicht.«

»Sie sind ein Gewinner. Sieht man gleich. Tolle Schuhe.« Sanders nickt in Richtung von Manns Statement-Stiefeln. »Auch das Foto ist toll, das Sie meinem Vater geschickt haben. Guter Text – kurz, prägnant. Und Sie haben das Bild noch ein bisschen verschönert, nicht wahr? Sie haben den Rand abgeschnitten. Ich sag Ihnen was: Photoshop speichert solche Bearbeitungsschritte. Ich konnte das Original wiederherstellen. Darauf sieht man, dass der Fotograf denselben Schuhgeschmack hat wie Sie. Zufall?«

Von der Waldbühne her brandet Applaus auf.

Mann zuckt mit den Schultern, halb belustigt, halb beeindruckt. »Ich könnte die Stiefel in den Wannsee schmeißen.«

»Richtig.« Sanders versucht sich an einer gemessenen Mimik und einer unanfechtbaren Stimmlage. »Aber erstens würde das schmerzen. Und zweitens wäre es sinnlos. Ich habe auf der Immobilienparty Hunderte Fotos von Ihnen und Ihren Kentuckys gemacht. Mit einer Knopflochkamera.«

Mann überlegt noch einen Moment, dann sagt er: »Vor ein paar Wochen hab ich Ihren Vater angerufen und ihn gebeten, dass er mit seinem Freund Trasseur spricht, damit die meine Rechnungen bezahlen. Aber er hat nur gelacht. Der gute Rainhard hielt sich für wahnsinnig nervenstark, er gab mir noch einen Tipp mit auf den Weg: ›Jeder stirbt für sich allein.‹«

»Und da denken Sie, nichts leichter als das?«

»Hier geht's um Geschäfte, Junior. Ich dachte, wenn ich Ihrem Vater genug Angst mache, verkauft er seinen Anteil an der Sanierungsgesellschaft vielleicht zu einem guten Preis an mich. Der hat doch eh die Schnauze voll von dem Investment. Also habe ich ihm als kleine Entscheidungshilfe den Drohbrief mit dem Foto von Waschke geschickt.«

»Sie wussten ja, dass die Investoren schon einmal bedroht worden waren. Von Paul Rausch.«

»Paul hat mit dem zweiten Drohbrief nichts zu tun. Ich wollte nichts weiter als über fünfzig Prozent der Anteile an der Sanierungsgesellschaft, dann hätte ich die Geschäftsleitung entlassen können. Saskia Schwarz hätte ich rausgeschmissen und mir mein Geld selbst überwiesen. Na, Schwamm drüber. Aber ich bereue es nicht, Ihrem Alten Angst gemacht zu haben. Das ist einfach eklig, dieses Idyll da in der dicken Dahlemer Villa, Vater, Mutter, Kind und Kohle ohne Ende. Kann sein, dass ich das einfach kaputtmachen wollte.«

»Verständlich. Familien kaputtmachen, das ist ja Ihr Ding.«

Der wuchtige Kerl lacht nur. Es hallt über den dunklen Platz. Und dann entzündet sich etwas in seiner Pupille wie ein olympisches Feuer, ein wahnsinniges Flackern, das Sanders nicht zum ersten Mal sieht. »Dieser Waschke war ein Schwachkopf«, zischt Peer Mann und bohrt seine Hände obszön tief in seine Anzugtaschen. »Ich hab gerade in der Wohnung unter dem Dachboden ein Aufmaß gemacht, da war plötzlich oben ein Höllenlärm. Waschke hat einen Riesenkrach mit seinem Hocker und seinem Seil gemacht. Ich natürlich hoch, und da stand er schon auf dem Hocker, Seil um den Hals, und guckte so angestochen, der Wichser!«

»Sie haben ihm natürlich gesagt, dass alles gut wird und dass er vom Hocker runterkommen soll.«

»Bin ich nicht der Richtige für. Außerdem hat der rumgebrüllt, ich solle abhauen und ich hätte ja Schuld an dem ganzen Drama hier. Ich, verstehste? Ich soll da schuld dran sein! Weil ich Politiker sei, und Politiker seien alle korrupt. Der Drohbeck, der hätte die Hände aufgehalten. Und mir hätten die die ganzen Aufträge zugeschustert. Volksschädling hat der Waschke mich genannt und rumgebrüllt wie verrückt und mich am Revers gepackt. Ich dachte, der pellt mir eine!«

»Das musste aufhören.«

»Ja klar, die Schnauze halten sollte der!«

»Und da haben Sie ihn geschubst. Und der Waschke ist vom Hocker gefallen.«

Peer Mann bleibt stehen. Der Horror des Erinnerns weitet sichtbar seine Pupille. »Dieses Knacken, als sein Genick gebrochen ist. Der hat mich direkt angeschaut. Ein Blitz ist ihm durch die Augen gezuckt, und dann war aus. Ausgeschaltet. Ende. Nichts konnte ich machen. Nichts! Da hab ich zum ersten Mal im Leben gedacht: Das kann Gott doch nicht gewollt haben.«

Sie gehen nebeneinanderher zurück zu den Autos.

»Aber dann haben Sie ihm einfach den Schlüssel aus der Tasche genommen und sind abgehauen?« Sanders weiß immer gerne alle Details, auch wenn sie im Angesicht von Alltagsmonstrosität zu plötzlicher, geradezu zärtlicher Nichtigkeit zerflattern.

»Ach, Schwamm drüber«, schließt Peer Mann sich seiner Meinung an. »Sie geben mir jetzt einfach meine CD, und dann sind wir wieder Freunde.«

»Nein.« Sanders will nicht unkooperativ sein, aber er kann dem Fleischklops die CD nicht geben. Die hat das Labor.

Mann missversteht das als Provokation. »Ich war noch sehr jung, als ich das Wort Abrechnung gelernt habe.« Mann holt ansatzlos aus und rammt Sanders seine Faust in den Magen. Sanders' Körper reagiert mit einer kurzen harten Gerade an Manns

Kinn. Es knackt, Mann knallt rückwärts gegen sein Auto und rutscht an der Tür ab, sein Blick ist glasig. Ein wahnsinniger Schwall Mordlust schießt durch Sanders' Körper. Er tritt Mann die Knie weg und noch mal in die Rippen. Schlag ihn tot, schreit alles in ihm. In letzter Sekunde findet Sanders doch noch ein bisschen Selbstbeherrschung irgendwo tief in sich. Glück gehabt, Peer Mann, denkt er und überlässt Mann sich selbst. Der hustet und drückt an seinem Kinn herum. Seine Finger sind blutig.

Sanders setzt sich in seinen Wagen, fährt die Scheibe herunter. Seine Magengrube ist tiefer und wärmer als sonst. Aber das ist nur eine Frage der Zeit. Hinter den olympischen Ringen ziehen Regenwolken vorbei. Je dunkler es wird, desto heller lässt ein Scheinwerfer links der Türme die fünf Ringe in dunklem Gold erglühen. Die Konzertmusik von der Waldbühne hat jetzt genau die richtige Lautstärke. Eine Gruppe Yogaschüler setzt sich vor dem Tor im Kreis aufs Pflaster und verfällt in langsame Bewegungen. Die ganze Szene hat die Dramatik eines Stummfilms: große Geste, große Stille. Nur eine Grille zirpt, ein Seil schlägt rhythmisch gegen einen Fahnenmast.

Sanders fällt auf, dass er sich nicht mehr an seinen letzten Erste-Hilfe-Kurs erinnern kann. Er weiß nicht mehr, was man bei stumpfem Bauchtrauma noch tun soll, außer die Hand in den Magen pressen und abwarten, bis man sich wieder traut, tief genug einzuatmen, um den Wagen starten zu können.

Vor der Imbissbude wird gelacht, mit Hamburger Akzent.

Eine Hand wäscht die andere

Ich hol Rechtsanwältin Doktor Selma im Büro ab und geb ihr ein hausgemachtes Falafel beim freundlichen Libanesen von »Falafel Khalife« aus, in der Ottostraße gegenüber dem Eingang zum Ottopark. Wir sitzen draußen, die Sonne geht unter, hinter den Büschen im Park hört man das regelmäßige Ploppen von Tischtennisbällen, die hin- und hergespielt werden. Das ist die gute Seite vom Ottopark – Abenteuerspielplatz und Kinderlachen. Die Dealer drücken sich weiter hinten herum, Richtung U-Bahnhof Turmstraße.

Als die Mikrowelle unsere Falafelkugeln erwärmt hat, ist Selma bereits auf Seite fünf des Rechtsgutachtens von Rainhard Sanders. Ich fische die eingelegten Steckrüben aus dem Taboulé. Der Libanese an sich legt ja jedes Gemüse der Welt erst mal in Salzlake ein, ich steh da nicht so drauf, weil es hinterher einfach nur noch salzig schmeckt. Die Tahini-Sauce dagegen ist wunderbar bissig.

Doktor Selma auch. Sie gluckst angriffslustig. Schließlich klappt sie die Akte zu und beißt schwungvoll in ihr gerolltes Pitabrot. »Der Mann ist ja noch besser als sein Ruf. Ein verdammtes Genie, dieser Sanders senior!« Selma kaut und schwärmt gleichzeitig. »Mit der Munition gewinnen wir den Prozess gegen die Fluggesellschaft, mach dir mal keine Sorgen! Soll ich Gegenklage einreichen?« Sie reibt sich die Hände. »Das wird ein Schlachtefest!«

Ich freu mich ein bisschen verhalten vor mich hin. »Was kostet denn so ein Gutachten?«

Selma schiebt die Unterlippe vor. »Der Typ ist teuer. Weiß nicht. Zehntausend Euro vielleicht, so in dem Dreh.«

Mir wird ganz schwindlig. Ich schluck wie in Trance den Rest vom Falafel runter. Selma verabschiedet sich, sie muss zu Gericht. Euphorisiert Samba tanzend verschwindet sie im Aufgang zu ihrem Bürohaus an der Ecke zur Turmstraße.

Ich steh auf und geh in den Park. Es ist dunkel geworden, die Tischtennisspieler sind verschwunden. Die Granitplatten sind noch warm von der Sonne. Ich setz mich drauf und google kurz die Nummer von Rainhard Sanders' Kanzlei. Eine Sekretärin meldet sich. Sie spricht ein fantastisches Hochdeutsch. Wahrscheinlich würde die Queen so sprechen, wenn sie Deutsch spräche.

»Also, ich ... Mein Name ist Liberty Vale.« Ich stotter ein bisschen. »Ich hätt gern Herrn Rechtsanwalt Sanders sprechen wollen.«

»In welcher Angelegenheit?«

»Vale gegen ...« Ich muss mich kurz auf mich selbst besinnen, dann sprech ich weiter. »Vale gegen den Rest der Welt, wissen Sie. So fühlt es sich zumindest an.«

»Haben Sie ein Aktenzeichen für mich?«

Beinahe hätte ich 08/15 gesagt, aber ich krieg mich doch wieder ein. »Herr Sanders war so freundlich, ein Rechtsgutachten für mich zu erstellen. Dazu hätt ich noch mal eine Frage.«

»Ach, wirklich? Einen kleinen Moment bitte.«

Es klickt, die Melodie von *Greensleeves* säuselt mir ins Ohr, dann plötzlich Stille. Eine sehr schöne, kontrollierte Stimme sagt: »Sanders.« Das Wort hat eine schockierend ungewohnte selbstgewisse innere Strahlkraft.

»Ja, hallo. Guten Abend, Herr Rechtsanwalt Sanders.« Ich bin ein bisschen heiser vor Schreck. »Entschuldigen Sie die Störung, Liberty Vale hier.«

Ich höre das Leder eines Schreibtischsessels knarren. »Nicht zu fassen.«

»Sie müssen Ihre Sekretärin mal nachschulen.« Ich lade meine Stimme mit dem charmantesten Lächeln der Welt auf und lass sie im Abgang keck vibrieren. »Die stellt Ihnen ja wirklich jeden Idioten durch, was?«

»In der Tat.« Kurze Antwort, lange Pause, in der die Würde des Ertragens schmerzhaft nachschwingt.

»Hören Sie, ich bin sicher, Ihre Zeit ist kostbar. Ich wollte mich nur kurz persönlich bei Ihnen melden. Ihr Sohn hat mir Ihr Gutachten gegeben, und meine Rechtsanwältin ist ganz begeistert. Sie wissen gar nicht, was mir das bedeutet. Ich musste einfach kurz anrufen und mich persönlich bei Ihnen bedanken.«

Der Mann am anderen Ende der Leitung holt tief Luft. Ich plapper einfach weiter: »Sie haben mir so was von den Arsch gerettet, Herr Rechtsanwalt! Sie glauben gar nicht, wie erleichtert ich bin. Sie haben was gut bei mir. Falls ich also mal was für Sie tun kann ...«

»Das können Sie, Fräulein Vale.«

Ups, das geht ja schnell. »Ja klar, gerne! Was immer es ist, betrachten Sie's als erledigt.« Ich spitz die Ohren.

Rainhard Sanders räuspert sich. »Halten Sie sich von meinem Sohn fern. Ich glaube, er hat da so eine gewisse ungute Fixierung entwickelt. Sie kennen ihn ja. Wir wollen doch beide nicht, dass er leidet.«

»Aber ...« Ich starre ins Dunkel zwischen den Parkbäumen. Etwas raschelt durchs Dickicht.

»Es geht ihm am besten, wenn er allein ist«, sagt die wunderschöne Männerstimme. »Wäre das jetzt alles, Fräulein Vale? Ich muss wirklich ...«

Ich schlucke, und mein Inneres wird plötzlich ganz angstfrei authentisch. »Es gibt hier ein kleines Problem«, sag ich und denk: Hop oder top. »Sie wissen ja, ich hab als Stewardess gearbeitet. Auf dem Flughafen, da hab ich täglich so viel Abschiedsschmerz und Wiedersehensfreude gesehen, das greift einem ans Herz. Ehrlich, manchmal hatt ich das Gefühl, dass es doch noch echte Liebe gibt auf der Welt. Und wissen Sie, warum die Leute beim Wiedersehen immer viel aufgeregter sind als beim Abschied? Wenn ein Mensch in die große weite Welt aufbricht, Herr Sanders, dann weiß man halt nie, ob derselbe Mensch zurückkommt, den man hat gehen lassen. Und so ist das mit Kindern auch. Denken Sie einfach mal drüber nach.« Ich leg auf. Der Puls klopft in meinen Ohren. Klopft sozusagen bei meinem Verstand an. Wie auch immer sich das Ganze hier jetzt lebensgeschichtlich entwickelt, meine Spezialausgabe einer original Berliner Schnauze hat mir mal wieder zu einem klaren Sympathievorsprung gleich zum Auftakt einer Bekanntschaft verholfen. Arsch gerettet, was? Denken Sie mal nach? Mannomann! Andererseits: Ungute Fixierung? Na, whatever.

Ich rutsch von der Tischtennisplatte und steuer auf die Straßenlaternen der Ottostraße zu. In diesem Moment trifft irgendwas von hinten meinen Kopf. Die Straßenlichter explodieren in einer Supernova, die Parkschatten tanzen zu *Greensleeves*, und dann ist die Moabiter Nacht so tief und schwarz wie nie zuvor.

Hasso

Als Sanders am nächsten Morgen vor dem Flurspiegel das Hemd in die Anzughose steckt, findet er ein gelbgrünes Hämatom auf seinem Rippenbogen. Vielleicht wird er alt.

Er fährt nach Norden, Richtung Wedding, parkt vor der Buchhandlung am Schäfersee und geht durch den Hausflur daneben, der direkt hinunter ans Wasser führt.

Veit Rausch trägt ein verwaschenes Hertha-Trikot mit seinem Namen. Er sitzt auf einer Bank vor der Volkshochschule in der Morgensonne. Sanders weiß durch Recherchen, dass der Mann mal ein paar Jahre beim Hauptstadtklub gespielt hat, in der Regionalliga, jetzt ist sein Knie kaputt. Er ist nur noch der Vater von Paul, dem hoffnungsvollen Talent. Er ist auch der Sohn von Magda Rausch, der

Rabennest-Mieterin, und der Freund von Jürgen Schrödter.

Sanders setzt sich zu ihm auf die Bank. Links liegt ein Bootsverleih, die ersten Kunden trudeln ein. Am Ufer des Sees vor ihnen schnappen ein paar Schwäne nach den knochigen Fingern der Großmütterchen, die ihnen ihr hartes Brot aus zerknitterten Plastiktüten hinzählen.

»Wird ein schöner Tag«, sagt Sanders.

»Ich hab dich letztens in der Siedlung gesehen«, sagt Rausch. Es ist Frühstückszeit, aber er riecht schon warm und alkoholdurchtränkt. Sein Gesicht ist schwer und matschig wie eine Rumerdbeere. »Jürgen hat gesagt, dass du alle aushorchst, die was mit dem Rabennest zu tun ham. Verpiss dich!«

»Wer ist Doktor Hasso von Rudloff?« Sanders hält ihm das Foto seines Klingelschilds hin, an dem jemand den hochtrabenden Namen mit Tesafilm gleich über *Rausch* befestigt hat.

Rausch lacht tonlos. »'n Rechtsanwalt.«

Sanders schüttelt den Kopf. »Laut Anwaltskammer gibt es den nicht.«

Rausch mustert Sanders genauer. Dann hält er ihm eine Flasche Brandwein hin, Marke Pennerglück. Sanders schaut kurz auf die Uhr, dann beschreitet er den Weg zu Rauschs Herzen und nimmt einen tiefen Schluck.

Rausch nickt anerkennend. »Hasso ist 'n Traum von einem Rechtsanwalt«, schwärmt er. »Janz engagiert, und Geld will der auch keens nich. Omman braucht doch jetzt 'nen Anwalt. Dreimal haben die ihr schon ihr Häuschen jekündicht, wegen die

Modanisierung, weil se die Betriebskostenabrechnung nich jezahlt hat, und jetzt wegem Jarten – wo solln wa denn hin mit Omman? Der Mensch muss sich doch wehren könn.«

»Aber Sie haben gar kein Geld für einen Anwalt. Sie versaufen alles. Sogar Ihr Handyvertrag läuft schon über Ihren Sohn.«

»Omman wollte in 'nen Mietavaein eintreten, aber die ham jesagt, dett it zu spät is. Für laufende Vafahren zahln die keen Anwalt nich.«

»Und da hatten Sie eine Idee.«

»Nee, hab ich schon lange nich mehr. Die Idee war vom Jürgen. Paul hat uns dann am PC Briefpapier jemacht. Wir ham uns den Namen ausjedacht. Hasso, wie der Hund. Ham jut jelacht an dem Abend.« Glory Days. Rausch schaut versonnen und setzt die Flasche an. »Der Hasso, denken wa so, hat 'ne Menge Jeld. Zuerst schreibta die Entwicklungsjesellschaft an, lässt sich Prospekte von die Häuschens schicken. Sagt so, er kann sich vorstellen, watt zu koofen. Die sin dermaßen voll auf den abjefahren, glaubste nich. *Sehr geehrter Herr von Rudloff* – Mann, ham wa jelacht. Und dann hat Hasso sojar die Vertretung von Omman übernommn, wo er nu schon ma da wa. *Anwaltliche Bevollmächtigung wird zugesichert* – der Jürgen, der war bei de Jewerkschaft, der kann supa Briefe schreibn. Hat mir nur 'n Bier jekostet.«

»In einem Gerichtsverfahren kommt das eh raus. Auch, dass Ihr Paul meinem Vater Drohbriefe geschrieben und einen Pömpel in den Briefkasten gesteckt hat.«

»Mia ejal, wa.«

Aus dem Totholz am Ufer fliegt ein Entenpärchen auf. Sanders greift nach Veit Rauschs Flasche und nimmt noch einen Schluck. Man findet allerhand irres Zeug bei diesen Siedlern, aber man findet einfach kein Geld. Habgier und Besitzstandswahrung sind starke Mordmotive. So richtig kennt Sanders sich nicht aus, schließlich war er nie reich und auch nie bei der Mordkommission. Aber er glaubt daran, dass Menschen aus Sportlerfamilien und Omas wie Magda Rausch letztendlich auch mal verlieren können. Wer nicht viel hat, hat schon oft verloren. Irgendwann wird das zur Routine.

Sanders gibt dem Mann seine Flasche zurück. »Wissen Sie, Ihr Nachname, der verpflichtet Sie zu nichts, das ist Ihnen schon klar, oder?«

»Is mia ejal, wa?«, resümiert Veit Rausch ihren gemeinsamen Morgen am See, und die Antwort enthält seine ganze Welt.

Das Ebenbild Gottes

Das Licht über dem Lustgarten vor dem Alten Museum ist an diesem Nachmittag so grell hellgelb, als sei irgendwo eine schmutzige Bombe explodiert. Die Betonsilos der Schlossbaustelle sind angetreten, die Spitztürme der Friedrichswerderschen Kirche am Schinkelplatz zu überragen.

Sanders hat mit Erfolg auf einen Parkplatz in der Bosestraße spekuliert. Da stört es das Triumphgefühl kaum, wenn man für zwei Euro pro Stunde einen Parkschein ziehen muss.

Der zerstörte Körper von Mitternachtsnotar Konrad Trasseur ist von der Staatsanwaltschaft zwar noch nicht zur Bestattung freigegeben, aber seine Witwe Waltraud Trasseur hat ihre Beziehungen spielen lassen und eine Trauerfeier im Berliner Dom organisiert. Die Familie Trasseur gehöre der Domgemeinde schon seit Sohn Olivers Taufe an, hat Waltraud Trasseur der *Berlin Post* erzählt.

Die Rasenflächen vor dem Museum sind als Liegewiese ausgewiesen, Touristen und Studenten sonnen sich dort. Sanders schlendert entlang bunter Blumenkübel zur Domtreppe. Rot-gelbe Wandelröschen, Trompetenblumen und Afrikanische Schmucklilien biegen sich im Frühlingswind. Vor der Treppe des Alten Museums spielt jemand ganz leicht und elegant auf einer elektrischen Balalaika. Neben der Wasserfontäne macht einer schillernde Trauben aus Seifenblasen. Fahrräder sirren an Sanders vorbei wie Gewehrkugeln. Es riecht nach Oleanderblüten und dem Parfüm asiatischer Damen. Das Haar einer Gruppe Italienerinnen tanzt im Wind. Spanische Schuhe stöckeln laut gestikulierend vorbei. Eine Krähe findet eine Lychee und hoppelt damit in die Scheinsicherheit zwischen den parkenden Autos mit schwedischen, englischen, litauischen und polnischen Kennzeichen.

Während Sanders sich dem Dom nähert, wird die Balalaika hinter ihm leiser, übertönt von einem Streichquartett, das auf der Ecke vor dem »Domcafé« *New York, New York* spielt. Japaner klatschen im Takt. Es ist schwer, dies alles gegen eine Trauerfeier einzutauschen.

Im Dom ist es kühl, und es riecht nach altem Holz. Schwere Pforten öffnen sich auf eine Predigtkirche voller Sandstein und Marmorsäulen. Der Altarraum glüht vor Gold. Rechts davon steht ein großes Foto von Konrad Trasseur vor einem Tischchen mit einer Kerze und einem Kondolenzbuch. Sanders legt den Kopf in den Nacken. Direkt unter der gewaltigen Kuppel verliert man das Gefühl für Dimensionen und für sich selbst. Ein gelbgoldenes Fenster ganz oben im Zentrum der Kuppel zeigt eine riesige weiße Taube.

Der Raum füllt sich zusehends mit Menschen. Auch Jürgen Schrödter ist da, man sieht ihm an, dass er den Verlust von Trasseur senior im Geiste gewogen und als recht leicht befunden hat. Vor dem Kondolenzbuch bildet sich eine Schlange.

Kirchenbänke knarren, Orgelmusik hebt an, die Töne fliegen empor zur Decke, nehmen dem Raum seine Weite und heben die Zeit auf. Es ist lange her, dass Sanders in einer Kirche war.

Plötzlich steht Oliver Trasseur neben ihm. Sein Gesicht ist fahl wie Sandstein. »Schwindelerregend, nicht wahr?«, sagt er und zeigt auf das Taubenoberlicht über ihnen.

Unter einer Kuppel wie dieser steht man direkt im Fadenkreuz einer höheren Macht, als wäre man unter ein Vergrößerungsglas geraten oder unter eine filigran durchbrochene Totenglocke. Nur Gott und du. Oder nur du, je nachdem, überlegt Sanders.

»Mein aufrichtiges Beileid, Herr Trasseur«, sagt er, um den Bann zu brechen. »Wo ist denn Ihre reizende Verlobte?«

Oliver Trasseur nimmt das Beileid mit einem Kopfnicken an. »Saskia und ich haben uns getrennt.«

»Das tut mir leid.«

»Das muss es nicht.« Trasseur packt ihn am Jackenärmel und zerrt ihn in eine ruhige Ecke zwischen zwei Prunksarkophagen. »Kommen Sie, ich zeige Ihnen etwas. Sie müssen etwas für mich herausfinden.«

Trasseur drückt auf seinem Handy herum, ein Foto erscheint. Es zeigt die Fünfhunderttausend-Euro-Rechnung, die Sanders aus Trasseurs Ordner geklaut hat. Darauf klebt der gelbe Notizzettel, den Waltraud Trasseur beim Psychiater aus der Tasche geflattert ist: *Schmiergeld.*

»Bisher«, zischt Oliver Trasseur Sanders ins Ohr, »bin ich immer davon ausgegangen, dass wir kleine Gauner sind, die irgendwelchen reichen Säcken unrentable Schrottimmobilien andrehen. Aber dann hat mir jemand dieses Foto geschickt. Ich habe Saskia damit konfrontiert, und jetzt weiß ich: Wir sind verdammt große Gauner, die ihr Vermögen mit Steuermitteln aufstocken.«

Sanders vergrößert das Bild. »Wer hat Ihnen das geschickt?«

»Keine Ahnung. Anonym. Scheinbar über einen Sofortmail-Dienst versendet. Finden Sie es für mich heraus? Und Sanders, tun Sie mir einen Gefallen und machen Sie nicht immer so ein selbstgerechtes

Gesicht. Ich könnte sonst an Ihrer Professionalität zweifeln.«

Sanders sieht sich den jungen Trasseur noch mal ganz genau an. »Sie sind erwachsen geworden«, sagt er und schickt sich das Foto auf sein eigenes Handy. »Sie haben diese Rechnung also vorher noch nie gesehen?«

»Nein, habe ich nicht. Aber Saskia hat sofort alles eingestanden, als ich sie darauf angesprochen habe. Angeblich haben mein Vater und sie mich für eine zu große Tratschtante gehalten und mich deshalb nicht eingeweiht. Na ja, vielleicht hatten die sogar recht, immerhin rede ich ja jetzt hier auch gleich mit Ihnen.«

»Das machen viele Leute. Sind Sie sicher, dass ich dem nachgehen soll? Ich glaube, Sie werden eine unangenehme Überraschung erleben.«

»Das ist mir egal. Ich will jetzt reinen Tisch.« Er macht eine umfassende Geste.

Hier und heute, im Angesicht der Ewigkeit, kommt es ihm vermutlich leicht vor, ein guter Mensch werden zu wollen, denkt sich Sanders. »Schön. Ich rufe Sie an, wenn ich etwas habe.«

Oliver Trasseur drückt Sanders den Oberarm, dann wendet er sich ab und widmet sich an der Seite seiner Mutter ganz staatsmännisch den eintreffenden Trauergästen. Sanders setzt sich in die hinterste der schlichten Holzbänke, während die Trasseurs beim Kondolenzbuch Aufstellung nehmen. Waltraud Trasseur lässt sich bedauern. Sie ist aufgedonnert wie eine der Hohenzollerngruft entstiegene Walküre. Eine schrille Alte in einem scharlachroten Kleid und mit charakterstarkem Gesicht stützt sie – vielleicht ist das diese Psychiaterin. Kriminalhauptkommissar Kaplan, der Vampir, ist offenbar zu Observationszwecken hier. Er wirkt neben den beiden geradezu diesseitig.

Die Orgel intoniert laut Programm die H-Moll-Suite von Johann Sebastian Bach. Peer Mann kommt zu spät, es ertönt bereits der zweite Satz. Sein Kinn ist blaugrün verfärbt. Er schiebt sich in die erste Reihe neben Oliver Trasseur, und sofort beginnen die beiden, heftig und unangemessen zu tuscheln. Sogar von hier hinten kann Sanders sehen, dass der Wahnsinn in Manns Gesicht heller flackert als die Opferkerzen.

Die Musik endet. Der Vorsitzende der Berliner Anwaltskammer tritt ans Pult, um eine schale Rede auf Trasseur senior zu halten. Fasziniert betrachtet Sanders den Altar, hinter dem vier Säulen aus rotem Marmor ein Ölgemälde flankieren. Den roten Marmor durchziehen weiße Einschlüsse wie bizarr versteinerte Galaxien und Spiralnebel. Auf dem Ölschinken sieht man den Heiligen Geist, wie er, in Form einer Taube, über einen blondlockigen jungen Mann kommt. Der Mann auf dem Bild hat eine frappierende Ähnlichkeit mit Oliver Trasseur.

Dessen Platz in der ersten Reihe ist plötzlich leer. Auch Peer Mann ist nicht mehr da. Aus dem Augenwinkel sieht Sanders eine Tür zufallen. Lautlos schiebt er sich aus der Bank und huscht hinterher. Er findet sich in einem Treppenhaus wieder. Schritte poltern über ihm die Stufen hoch. An der

Treppe hängt ein Schild: *Kuppelumgang, 270 Stufen, kein Fahrstuhl.*

»Lass meine Mutter aus dem Spiel, oder ich bring dich um, du Drecksau!«, hört Sanders Oliver Trasseur schreien. Zur Antwort lacht Mann höhnisch. Sanders rennt los.

Die ersten Treppenläufe ähneln noch bequemen Altbaustufen. Er nimmt zwei auf einmal, holt auf, sieht, dass Oliver Trasseur hinter Peer Mann her ist wie der Teufel hinter der Seele. Aber Mann ist nicht schlecht in Form. Auf Höhe des Dommuseums flankt er über ein Drehkreuz, die Treppen werden enger.

Sanders' Lungenflügel schmerzen. »Seien Sie vernünftig!«, schreit er. Das soll aufhören, stehen bleiben sollen diese beiden Verrücken.

Dann klappt eine Tür. Sanders stürzt die Stufen hoch, reißt die Tür auf. Dahinter liegt ein Gang, der die Domkuppel umgibt. Manns und Trasseurs Schritte verhallen den schmalen Flur entlang. Sanders rennt hinterher, immer wieder versperren ihm Türen den Weg. Schließlich ist eine verschlossen. Eine steile Metalltreppe schraubt sich rechts weiter in die Höhe, kaum breiter als seine Schultern. Sie endet in einer Gitterrosttreppe, die auf eine offene Bodenluke zuführt. Sanders taucht unter einem Absperrband hindurch, steigt zu der engen Luke empor, und plötzlich findet er sich auf dem Mond wieder.

Jedenfalls ist es hier so stickig, als gäbe es keine Atmosphäre, und zu sehen ist fast nichts als grauer Staub. Die Domkuppel liegt vor ihm, mächtig wie ein Mondberg. Keuchend schaut Sanders sich um. Rechts über ihm klettern Mann und Trasseur auf schwindelerregend steilen Steigleitern an der Kuppel hinauf, die sich dunkelgrau und konturlos aufwölbt. Links unter Sanders, Richtung Dachhülle, klafft ein bodenloser Abgrund. Er springt auf die Leiter.

Das rostige Moniereisen, aus dem sie vor hundert Jahren zusammengebastelt wurde, schneidet ihm in die Hände. Seine Ledersohlen rutschen ab, er fängt sich, er schiebt sich Sprosse für Sprosse die Kuppel hoch, Richtung Taubenoberlicht. Es fühlt sich so an, als klettere er an einer überdimensionalen Königskrone hoch. Er hat keine Ahnung, was Mann vorhat. Das wird doch hier nichts, hier oben kann niemand abhauen, das kann doch nur schiefgehen.

Peer Mann kommt als Erster oben an. Er federt von der Leiter hoch in die Spitze des Doms, auf die Gitterroste unterhalb der Kuppellaterne. Höher hinauf geht es nicht. Näher ans Himmelsreich kommt hier keiner. Trasseur zieht sich die letzten Leiterstufen hoch, fast kann Sanders nach seinen Hacken greifen – wenn er sich trauen würde, eine Hand von der Leiter zu nehmen. Die ganze Kuppel erzittert im Orgel-Crescendo.

Der Raum unter der Kuppellaterne ist rund, sein Zentrum besteht aus dem gläsernen Oberlicht mit der Taube. Sanders sieht es nun von oben, wie einen See aus buntem Glas. Der hintere Teil der Kuppel zur Spree hinunter ist eingerüstet.

Ein Gang aus Gitterrosten umgibt das runde Glasfenster. Peer Mann schlendert schwer atmend drauf herum, lässig wie Gregory Peck in *Shoot Out*.

Er grinst, als er sich zu Sanders und Trasseur umdreht. In der Hand hat er ein beachtliches Klappmesser.

Oliver Trasseur stürmt blindwütig auf ihn los. Sanders springt Trasseur von hinten an und hält ihn fest. Das runde Glasfenster wird überspannt von einer Reinigungsleiter, die in der Mitte gelagert ist und auf einer äußeren Schiene um das Fenster fährt. Peer Mann lacht und tänzelt über die Leiter bis in die Mitte des Oberlichts, als wäre sie eine filigrane Brücke in einem chinesischen Garten. Nichts als eine Glasscheibe trennt Mann von einem Sturz fünfzig Meter in die Tiefe. Trasseur wehrt sich gegen Sanders' Griff, schlägt um sich und schreit, dass er Mann, dieses Schwein, umbringen wolle.

»Warum?«, schreit Sanders zurück.

Trasseur dreht sich halb zu ihm um. »Der fantasiert, meine Mutter hätte meinem Vater auf der Immobilienparty Gift ins Glas getan! Er sagt, er geht zu den Bullen!«

»Ganz ruhig«, keucht Sanders. Da ist sie auch schon, die böse Überraschung, die er Trasseur vor einer halben Stunde prophezeit hat.

»Umgebracht hat sie ihren Alten, die beschruppte Waltraud!«, plärrt Mann und hopst über der Mitte des Oberlichts herum. »Euthanasie! Scheiße, Oli, da nutzt das ganze Geld nix, so eine verschissene Familie! Dein Alter zieht die Leute ab, und deine Mutter ist so 'ne abgedrehte Blutordensträgerin, und hässlich ist die, Mann, ehrlich, die schminkt sich doch mit Fensterkitt!«

Trasseurs Körper spannt sich an, er schlägt Sanders seinen Ellenbogen in den lädierten Magen.

»Hören Sie nicht hin!«, zischt Sanders, aber Trasseur windet sich wie ein Wahnsinniger unter seinem Griff. Sanders sieht sich in diesem Ringkampf unterliegen und auf Nimmerwiedersehen in dem dunklen Spalt zwischen Kuppel und Außenwand verschwinden. Er tritt Trasseur in die Kniekehle, und als der auf das Gitterrost knallt, zieht er die SIG und schlägt sie ihm kurz und hart gegen die Schläfe. Trasseurs Körper wird schlaff. Sanders lässt ihn los und legt auf Mann an. »Kommen Sie da runter!«, befiehlt er.

Peer Mann stützt eine Hand in die Hüfte, fuchtelt mit dem Messer herum, sein Gesicht leuchtet. »Was wollen Sie eigentlich von mir, Sanders? Sie arbeiten auch als Niete an 'ner Losbude, wa? Gerade *Sie* sollten mich nicht erschießen. Sonst erfahren Sie nämlich nie, was ich mit Ihrer Liberty gemacht habe!«

»Meiner ... was?«

Mann lacht. Es hallt. Sanders hört Trasseur neben sich würgen. »Wo ist Libby?«, krächzt er.

Peer Mann kriegt sich nicht mehr ein. »Scheiße, Sanders, Sie halten mich wohl für blöde. Nicht vergessen, Gott hat mich nach seinem Ebenbild erschaffen!«

Sanders entsichert die Waffe. »Was haben Sie mit Libby gemacht?«, fragt er.

»Sie!« Mann lacht sich halb tot. »Sie haben das mit ihr gemacht, Sanders! Ich tu Ihrem Schatzi weh, aber Sie sind schuld, Sie Arschloch! Sie wollten mir ja meine CD nicht zurückgeben, Sie wollten mich ja an die Bullen verraten. Dabei hab ich nichts gemacht. Das ist alles einfach so passiert, Scheißschicksal halt. Und Sie haben gedacht, ich schau einfach dabei zu, wie Sie mein Leben versauen?«

Für zwei tiefe Atemzüge erwägt Sanders, einfach abzudrücken und den Fall Peer Mann zu den Akten zu legen. Der tanzende Teufel würde von der Reinigungsleiter durch das Oberlicht stürzen und über die Trauergemeinde kommen wie der Heilige Geist. Schönes Bild. Aber stattdessen fliegt Sanders plötzlich ein Schatten seitlich ins Gesicht, etwas trifft seine Nasenwurzel, genau an der alten Stelle. Es knirscht. Dann packt der wiedererwachte Trasseur hart seine Pistolenhand. Sanders schlägt halb blind zurück, trifft. Trasseur taumelt beiseite. Dann ist Peer Manns Messer plötzlich auch da. Sanders weicht der Klinge aus, ein Aufwärtshaken erwischt seinen Solarplexus. Die Domkuppel wankt. Er tritt zurück und ins Leere. Seine Finger krallen sich reflexartig in die Gitterroste. Peer Mann hockt vor ihm. Er lacht, als er ausholt, um die Absätze seiner Cowboystiefel in Sanders' Handrücken zu bohren.

Vom Himmel hoch, da komm ich her

Je länger Hinrich Kaplan auf dieser Kirchenbank sitzt und der salbungsvollen Rede eines Lion's-Club-Fuzzis auf Trasseur senior zuhört, desto schlechter fühlt er sich, weil er ja noch lebt. Von wegen die Besten sterben jung und so. Kaplan fühlt sich halt schon zu alt, um jung zu sterben.

Plötzlich klirrt es über ihm infernalisch. Es ist kein Spezialeffekt der Orgel, der Himmel splittert ihm direkt ins Gesicht. Ein Jesus aus Augen und Armen stürzt engelsgleich aus der Kuppel, Kaplans Verstand hält es für einen Zirkustrick oder einen Tom-Cruise-Stunt, aber der Jesus schlägt ungebremst auf dem Boden zwischen den Kirchenbänken auf – zack bumm, mit ausgebreiteten Armen vom Himmel gestürzt, wie ein Bündel Altkleider, direktemang dorthin, wo die Gänge zwischen den Bänken ein Kreuz bilden. Glasscherben rieseln hinterher.

In der plötzlich gottverlassenen Stille macht der Jesuskopf noch eine halbe Drehung nach links, ächzt bitterlich. Und dann läuft dem gefallenen Engel sein jämmerlich dünnflüssiges Gehirn aus Mund, Nase und Ohren. Der hellrote Teppich färbt sich dunkelrot. Die ganze Trauergesellschaft springt auf und schreit wie ein Mann. Besonders die Weiber.

Schrei für mich

Wir sind in einem Keller, es ist dunkel, Fenster gibt's nicht. Peer steht lässig am Brenner einer Ölheizung. Ich seh nur sein Gesicht im bläulichen Handylicht.

»Man nennt das Adlerstellung«, sagt er.

Er hat mich mit ausgebreiteten Armen an ein

Heizungsrohr gefesselt. Ich schätze, mit Isolierband. Jedenfalls tut es wahnsinnig weh – an Schultern, Armen, Handgelenken. Ich sitz auf dem Boden und kann mich kein Stück rühren. Vor mir steht irgendeine Apparatur.

»Was willst du von mir, du Sack?«, schrei ich Peer an.

»Kennst du *Der menschliche Tausendfüßler*?«, fragt der halb mich, halb sein Handy. »Das ist so ein Splatterfilm, in dem ein Arzt, Doktor Heiter, Leute von der Straße wegfängt und sie jeweils mit dem Mund am Arsch des Vordermanns hintereinander zusammennäht. Das fand ich ganz hübsch.«

Ich beweg mich vorsichtig, versuch, das Klebeband zu dehnen – aber keine Chance. »Hör auf zu filmen und red mit mir, Mann!«

»Du hast den wahren Gag noch nicht erfasst.«

Es klickt, ein Scheinwerfer knallt mir ins Gesicht. Als ich die Augen wieder aufmach, seh ich vor mir eine große Bohrmaschine, die auf einer Schiene befestigt ist. Die blanken Zähne des Bohrers blitzen böse und zielen auf meine Brust. »Als Mädchen weiß ich natürlich nicht, was das ist«, sag ich. Reflexartig zieh ich Brust und Bauch ein, atme ganz flach. Ich bin ja sonst nicht so der flattrige Typ. Jetzt schon.

»Das …«, Peer Mann strahlt, »… ist das teuerste Werkzeug, das meine Firma besitzt – ein hydraulisches Kernbohrgerät. Schau mal, hier kann ich den Bohrwinkel einstellen. Und mit dieser Nassbohrkrone kann man ein Loch von dreißig Millimeter Durchmesser machen, vierhundert Millimeter tief –

das reicht für einmal durch. Ich hab noch größere Bohrkronen, aber das trau ich mich nicht, da läufst du mir ja gleich aus. So, jetzt stell ich das hier mal an, dann warten wir ein bisschen, und im Nullkommanichts hast du mehr Löcher als SpongeBob.« Peer legt einen Kippschalter um, die Bohrmaschine fährt auf ihrer Schiene auf mich zu. Ganz langsam.

»Lass den Scheiß, Peer! Was soll denn das?«

»Ich dreh hier meinen eigenen kleinen Film, Libby. Schrei doch mal ein bisschen. Sei meine Scream Queen. Das gibt einen Mordseffekt!«

Die Eisenzähne drehen sich auf mich zu, funkelnd, scharf, mechanisch, unabwendbar. Ich red auf Peer ein. »Das kannst du doch nicht machen«, sag ich und weiß, klar, der kann das. Ich biet ihm an, dass ich mach, was er will, wann er will, so oft er will.

»Einfach nur schreien!« Er lacht und hält sein Handy auf mich. »Einen hab ich noch«, gurgelt er und zieht einen Kanister hinter der Heizung hervor. »Da ist noch ein Schluck Diesel vom Probelauf drin!« Er gießt das Zeug aus, eine regenbogenfarben schimmernde Pfütze bildet sich am Boden und kriecht auf mich zu.

Ich erzähl ihm was von »Schneid mich los, und ich geh nicht zur Polizei«. Ich schwör, ich bettel, ich red mich um Kopf um Kragen, ich zerr an meinen Fesseln. Peer holt ein Feuerzeug raus, schnipst damit rum. Ich tret um mich, ich heul, ich seh Sterne, ich pinkel mir in die Hose, und dann, der Bohrer ist vielleicht noch fünf Zentimeter von meinem Brustbein entfernt, tu ich ihm schließlich den Gefallen – ich brüll los.

Leben und Sterben in Berlin

Das Erste, was Sanders sieht, ist ein riesiger Büstenhalter. Der hängt neben einer Werkbank, und in jedem Körbchen liegt eine Handvoll Schrauben. Von Domkuppel keine Spur. Dafür prangt an seinem Hinterkopf eine kuppelförmige Beule.

Das Zweite, was er sieht, ist Peer Mann. Ein Bartschatten in der Farbe schmutzigen Sands ist auf dem Bluterguss an seinem Kinn gewachsen und gibt ihm eine wahnsinnige Terroroptik. Eine Nacht muss vergangen sein.

Mann lehnt an einer archaischen grünen Kreissäge und sagt: »Das wird jetzt lustig.«

Sanders richtet sich auf. Sein Kopf fühlt sich an, als hätte sich ihm die Nase ins Gehirn gedrückt. Er sitzt im flirrenden Staub auf dem Fußboden einer Werkstatt, eine Erfahrung, auf die er gerne zugunsten einer großen Flasche Pennerglück verzichtet hätte. Er ist am falschen Ort, und sein Schulterholster ist auch leer.

»Meine Arbeiter hab ich alle nach Hause geschickt.« Peer Mann tritt ihm in die Seite. »Wir sind mitten im Gewerbegebiet, hier kannste schreien, so viel du willst. Hier kommt niemand her. Und jetzt steh auf. Ich zeig dir was.«

Sanders' Knie haben sich ein paar schlechte Angewohnheiten zugelegt: unzuverlässig, instabil, kraftlos. Er will sich an der Werkbank hochziehen. Dabei fällt ihm auf, dass seine linke Hand in einer Handschelle steckt, die an einer schweren Stahlkette hängt.

»Na, was ist los, Weißer Ritter?«, spottet Mann. »Ist dir die Rüstung zu schwer?«

Sanders kämpft sich hoch. »Wie bin ich hierhergekommen?«

»Ich hab dich erst ausgeknockt und dann hergetragen wie 'ne Braut über die Schwelle.« Mann lässt seine Schultern kreisen. »Gott sei Dank bin ich brutal gut in Form, sonst hätte ich dich noch von der Kuppel fallen gelassen, wie den armen Oliver. Aber wir zwei hatten mehr Glück. Es gab einen Bauaufzug an dem Gerüst, hinten zur Spree hinunter. War trotzdem ein langer Weg.«

»Ich verstehe das nicht. Sie haben doch ein ganz passables Leben. Warum werfen Sie das alles weg?«

»Tu ich nicht, Klugscheißer. Ich kämpf doch noch drum.«

»Mit Körperverletzung und Freiheitsberaubung? Es sind nur noch ein paar Monate bis zur Wahl. So lange kann sich selbst der dementeste Wähler merken, was ihr hier abgezogen habt.«

»Ach Sanders, das kriegt doch keiner mit. Du bist wahnsinnig diskret, und ich will ja nur meine CD wiederhaben.«

»Man will manchmal manches.« Was Sanders wiederhaben will, daran kann er jetzt nicht denken. Sein Herz könnte platzen und ihm den Anzug versauen. »Auf der Immobilienpräsentation«, sagt er, um sich selbst abzulenken, »da haben Sie gesehen, wie Waltraud Trasseur ihrem Gatten was in den Gin gekippt hat.«

»Kann's nicht beweisen, Schnüffler. Die Bullen haben den Notar aufgeschnitten und nichts gefunden.«

»Ich hab einen Kanister mit GBL-haltigem Reinigungsmittel im Bad des Musterhauses stehen sehen. Das Zeug ist frei verkäuflich. Jeder kann es im Internet bestellen.«

»Was soll das sein, GBL?«

»Als hipper Machtmensch sollten Sie das wissen. Gamma-Butyrolacton. Felgenreiniger, Graffiti-Entferner, Grundreiniger – steht auf dem Etikett. Man trinkt es, und der Körper macht GHB daraus, Gamma-Hydroxybuttersäure, besser bekannt als Liquid Ecstasy. Das Zeug schmeckt salzig und bitter, darum ist Gin zur Verdünnung wirklich eine brillante Idee. GHB wirkt wie K.-o.-Tropfen. Zusammen mit Alkohol kann es zu Atemlähmung mit Todesfolge führen. Im Körper ist GHB schon nach ein paar Stunden nicht mehr nachweisbar, aber ich hab Fotos von Trasseurs Leiche direkt nach dem Unfall. Pupillen wie Untertassen. Damit muss die Polizei was anfangen können.«

»Wenn Waltraud ihren Mann loswerden wollte, dann wird das jeder verstehen. Der Konrad hat mit jeder rumgemacht. Selbst mit Saskia. Aber Oli wollte das nicht hören, der ist ja gleich total ausgetickt, dabei hab ich ihm doch nur klargemacht, dass ich über seine Mutter Bescheid weiß. Dass ich ihn in der Hand hab. So wie dich auch, Schnüffler. Ich zeig dir mal was.« Peer Mann tippt auf sein Handydisplay. »Hier, 'ne kleine Herzmassage.«

Der Film zeigt einen Kellerraum. In einer Dieselpfütze sitzt Libby, ein Bohrer fährt auf sie zu, dann zoomt die Kamera näher heran – nur noch Libbys hellblaue Augen sind zu sehen. Sie schreit und versucht, dem Bohrer auszuweichen. Schließlich stoppt der Film, ihr Gesicht friert ein. Sie schaut Sanders vom Display entgegen, als wäre sie ein Opfer der Inquisition und er in der Lage, den brennenden Scheiterhaufen auszupusten.

»Schon mal jemanden umgebracht, Sanders?«, fragt Mann.

»Oft.«

»Geiles Gefühl, oder?«

»Manche Menschen mögen das.«

»Ja.« Mann wischt den Film vom Display, steckt das Telefon weg und zieht Sanders' Waffe aus dem Hosenbund. »Ich zum Beispiel. Also, deine Wohnung habe ich mir schon vorgenommen, da war die verschissene CD nicht.«

»Wo ist Libby?« Sanders' Herz ist in eine Glasbox gequetscht: Es schlägt gegen die Scheiben an, aber es kann nicht so weit ausholen, wie es will.

»Hör mal«, sagt Mann, »ich bin doch kein Idiot. Ich weiß doch, dass dir das Flittchen nicht egal ist. Ich bohr der so lange Löcher in die Titten, bis ich meine CD wiederhab.«

Sanders kann schlecht denken, sein Kopf schwärt wie eine offene Wunde. Trotzdem hat er eine primitive Strategie. Wahrscheinlich ist er schon mit einer Strategie geboren. »Ihr Wort drauf?«, stammelt er. »Wenn Sie die CD haben, lassen Sie Libby gehen?«

»Klar, kennst mich doch. Ich bin so harmlos und zuverlässig wie ein Grundschulhausmeister.«

»Ich hab mir ein Büro gemietet.« Sanders kramt den Schlüssel aus der Hosentasche. »Beusselstraße 31, erster Stock. Die CD liegt im obersten Schreibtischschubfach.« Er wirft Mann den Schlüssel hin.

»Du verarscht mich nicht, oder? Wenn du mich verarscht, verreckst du hier. Ich bin jetzt Gott für dich, ich entscheide, ob du lebst oder stirbst.« Mann greift nach der Kette an Sanders' Handschelle und rasselt damit. Die Kette liegt um eine Stahlstütze wie eine Schlinge, die Handschelle schließt beide Enden zusammen. Unlösbar. Ist eine Binsenweisheit, dass der Mensch nicht trennen kann, was Gott verbunden hat.

Peer Mann legt die SIG auf einem staubigen Amboss außerhalb von Sanders' Reichweite ab. »Wenn ich die CD nicht finde, komme ich wieder, und dann – Leben und Sterben in Berlin, Sanders. Du weißt schon ...«

Handspiel

Das Werkstatttor schließt sich hinter Peer Mann. Sanders zählt zwei Minuten herunter, dann glaubt er, ein Auto abfahren zu hören. Mann hat davon gesprochen, dass dies hier die Werkstatt seiner Firma ist. Er befindet sich also mit hoher Wahrscheinlichkeit in Reinickendorf, weil Manns Firma HausMann da sitzt. Bis nach Moabit fahren, das Büro durchsuchen, nichts finden, vor Wut schäumen und wieder zurückkommen – Sanders schätzt, er hat etwa dreißig Minuten.

Es war dumm von Mann, ihm das Video zu zeigen. Natürlich, ein emotionaler Charakter wäre bis zur vollständigen Lähmung von Herz und Verstand in Libbys Angstaugen versunken. Aber Sanders hat den ganzen Film analysiert. Rechts und links von Libbys bebenden Hüften hat er eine frischgeflieste, tiefergelegte Kellerbodenplatte registriert, genau wie er sie im Musterhaus der Rabennest-Siedlung gesehen hat. Wo er hinmuss, weiß er also. Oder wo er die Polizei hinschicken könnte, wenn er ein Handy hätte. Wenn nur die Handschelle nicht wäre. Sie liegt unerbittlich um sein linkes Handgelenk und lässt sich vielleicht fünf, sechs Zentimeter hin und her bewegen, aber an der Daumenwurzel ist Schluss. Obwohl seine Hände schmal und lang sind, kann er den Daumen einfach nicht weit genug Richtung Hohlhand drücken, um die Schelle abzustreifen. Er versucht es trotzdem, die Adern auf seinem misshandelten Handrücken schimmern grünlich im Werkstattlicht.

In einem Überlebensratgeber hat er mal gelesen, man solle sich einen Universalhandschellenschlüssel in die Naht der Jacke einnähen lassen. Er wird bei der nächsten Jacke mit seinem Schneider sprechen. Falls er überhaupt noch eine nächste Jacke braucht.

In Sanders' Reichweite findet sich nichts als ein halber Meter langer, rostiger Stahlträger. Sanders hockt sich hin, er versucht, den Trägerstummel mit der Rechten hochzuheben. Schwer ist das Teil, er kann es kaum bewegen. Aber dann spürt er plötzlich eine zweite Kraft, die direkt aus seiner Seele zu kommen scheint. Wenn er jetzt nachdenkt, geht er fruchtlos vorbei, dieser Anfall ruchloser Konsequenz.

Sanders schließt die Augen, er hat nur einen Versuch. Der Stahl bewegt sich. Er hebt ihn, so hoch er kann, macht die linke Hand schmal – und lässt den Träger fallen.

Der Schmerz trifft ihn wie eine Stahlfaust, der Träger kippt zur Seite. Der Boden schwankt. Sanders' Hand ist geplatzt, Daumen und Zeigefinger stehen in einem absurden Winkel zueinander. Alles brennt wie Phosphor, mit jedem Pulsschlag mehr. Nein, er wird nicht schreien. Hilflos umklammert er sein linkes Handgelenk, atmet. Er darf nicht an diese nutzlose Hand denken, er muss an die Aufgabe denken, er muss los, Libby befreien. Er fädelt das, was von seiner Linken noch übrig ist, vorsichtig aus der Handschelle. Es ist ja nur diese Hand kaputt, sein restlicher Körper funktioniert, auch wenn ihm der Schmerz einreden will, dass er keine Luft bekommt, dass er kotzen muss, dass er das Bewusstsein verlieren wird.

Nichts da. Es gibt einen Weg, und er wird ihn gehen. Der Boden beruhigt sich wieder, der Schmerz wird dunkler. Mit der Rechten nimmt er seine Waffe vom Amboss. Die Werkstatttür ist nicht verschlossen, er wankt auf den Hof, zwischen überwuchertem Baumaterial hindurch, durch ein Tor. Hinter ihm eine Spur aus Blutstropfen auf dem Kopfsteinpflaster. Er tritt auf eine ruhige Straße, keine Passanten – keine Ahnung, wo er ist. In einem Säurefass vielleicht. Jedenfalls fühlt es sich so an, als fräße etwas an seiner Hand.

Ein Auto biegt um die Ecke. Sanders stellt sich auf die Straße, die Waffe im Anschlag. Das Auto stoppt. Eine erschrockene Frau blockiert den Fahrersitz. Er zerrt sie hinter dem Steuer hervor und schleudert sie auf den Asphalt, springt ins Auto, legt den ersten Gang ein, gibt Gas, kann nur schalten oder lenken. An der nächsten Hauptstraße hält Sanders am Straßenrand, tippt *Rabennest* in das Navi, das an der Frontscheibe befestigt ist. Seine Rechte zittert so sehr, dass er die Buchstaben kaum trifft. Die Eieruhr rotiert, die Route wird berechnet.

Wie langsam der Straßenverkehr plötzlich ist. Es stinkt nach Rauch und Wunderbaum in diesem Wagen. Sanders bekommt keine Luft, das Blut aus seinem Kopf rauscht ihm über den Augenhintergrund und sackt dann in seine linke Hand. Er muss in ein Krankenhaus. Sofort. Die Hand ist rot und dick wie ein Skihandschuh. Sein Magen zuckt, als würde er mit einem Elektroschocker gefoltert. Gut, dass er heute noch nichts gegessen hat. Die Plastiktüte, die er im Handschuhfach findet, reicht gerade für die Tagliatelle al ragù von gestern Mittag.

Sanders starrt auf die Straße, ohne sie zu sehen. Er kann immer noch die Polizei rufen, dann ist er raus. Aber dazu ist er überhaupt nicht in der richtigen Stimmung. Er ist eine einarmige Ein-Mann-Armee auf Adrenalin und Testosteron, und alles, was er kann, ist schneller sein als Peer Mann, und alles, was er will, ist Libby. Und dazu muss er sich konzentrieren, ein Stofftaschentuch um die kaputte Hand wickeln und den Motor aufheulen lassen wie eine gequälte Kreatur.

Der Schmerz lässt die Ränder seines Gesichtsfeldes verschwimmen. Sanders überfährt eine rote Ampel, rumpelt über einen Bordstein. Die Straße Am Rabennest ist eng. Sanders rammt ein Auto, die Räder des Wagens graben sich in den Rasen vor dem Musterhaus.

Er steigt aus und schießt auf das Türschloss. Die Tür zerbirst unter den Neun-Millimeter-Parabellum-Geschossen, es regnet Holzteile. Sanders taumelt durch den Flur, durch die Küche, wirft sich gegen die Kellertür – abgeschlossen. »Libby«, brüllt er, »bist du da unten?«

Stille.

Dann, kaum hörbar, ruft jemand: »Hier, hier bin ich!«

Sanders zerschießt, rasend vor Ungeduld, die Kellertür, stürzt fast die Treppe hinunter. Dort ist es dunkel und warm, es riecht nach Angst und Dieselöl. Ein Scheinwerfer strahlt eine Bohrmaschine an, die in Betrieb ist. Ein Bohrer dreht sich direkt vor Libbys Brust, die neben einer öligen Pfütze auf dem Boden sitzt. Er hat sie gefunden, er ist bei ihr! Er stößt die Bohrmaschine mit dem Fuß beiseite. »Bist du verletzt?«, schreit er. Ihre feuchten hellblauen Augen leuchten seine Hand an.

»O Gott«, flüstert sie, »schneid mich los!«

Schneiden, womit? Er zerrt einhändig an den Klebestreifen, die sie am Heizungsrohr fixieren, bekommt einen Arm frei.

Aber sie brüllt, dass das wehtue, ob er denn kein Messer habe. »Jeder Idiot hat doch ein Messer in der Tasche!«, schreit sie. Sie weint, zappelt hilflos.

Also wieder hoch die Treppe, zurück in die Küche, die SIG in den Hosenbund, ein spitzes Messer suchen. Sanders' Hand fliegt durch die Küchenschubladen – ein Obstmesser. Wo ist der verdammte Schalter für das Kellerlicht? Das Geräusch hört er erst, als es zu spät ist.

»Wie kommst du denn hierher, Schnüffler?«, raunzt ihn Peer Mann an und greift nach seinem linken Handgelenk.

In Sanders' Kopf explodiert die Welt. Feuer, durchpeitscht von Übelkeit und randloser, bodenloser Dunkelheit.

Mann holt aus und drischt ihm seinen Ellenbogen an die Kehle. »Das tut weh, was!«

Sanders taumelt rückwärts. Mann stößt ihn beiseite und verschwindet im Keller. Libby schreit, und dann hört Sanders das Ratschen eines Feuersteins. Die Dieseldämpfe verpuffen. Das dumpfe Geräusch trifft Sanders wie ein Schlag ins offene Herz. Da ist sie wieder, die Flammenhölle in der Garage. Er hört die längst verhallten Schreie, spürt die rasende Hilflosigkeit. Er kann da jetzt nicht hinunter. Aber er kann auch nicht wieder versagen. Er muss Herr seiner selbst sein, und wenn es das Letzte ist, was er tut.

Er federt um die Ecke zum Kellereingang, sieht eine Feuerwand. O Gott, o nein! Warum immer er? Wenn er jetzt zögert, werden Menschen sterben, also muss er die Treppe hinunter, hinein in die Hitze. Er reißt die SIG hoch wie einen Zauberstab.

Mann hustet und grölt ihm vom unten entgegen: »Sie brennt schon, Sanders!«

Ein Fehler. Sanders hat die Wahl: was zum Löschen suchen oder schießen. Er schießt. Aber er ist ein schlechter Detektiv, er hat nicht mitgezählt – es klickt, der Zündhammer fällt ins leere Magazin.

Idiot! Er hat die Kugeln für die Tür verschwendet. Und schon taucht Mann aus dem Feuer auf, mit gezogenem Klappmesser. Sanders will ihm die SIG überziehen, doch Mann weicht aus, Sanders springt die Treppe hinunter, sein eigener Schwung reißt ihn direkt in die Flammen.

Er knallt auf den Boden neben der Ölheizung, rollt sich ab, atmet Rauch ein, reißt sich einhändig den Mantel vom Körper, wirft ihn über die Flammen am Boden, trampelt darauf herum. Er spürt, wie das Feuer unter dem Stoff erstickt. Libby muss hier raus, sie braucht frische Luft, sie hängt kraftlos da und hustet matt. Sanders holt das Obstmesser aus der Manteltasche und will sie losschneiden.

»Scheiße«, keucht es direkt über Sanders auf der Kellertreppe, »du bist ja ein Tier!« Dann ist Mann plötzlich da, und er schlägt zu, direkt auf die zerstörte Hand. Das Obstmesser fällt klirrend zu Boden. Sanders' Bewusstsein rotiert blinkend wie ein Kettenkarussell, seine Knie knallen auf den Boden. Das große runde Loch seiner eigenen Waffe erscheint vor seinen Augen. Der Schmerz wird gleich vorbei sein, denkt er. Doch es ist ihm seltsam egal.

»Ich hab nachgeladen«, zischt Peer Mann. »Du bist zwar ein Tier, das sich die Pfote abbeißt, um aus der Falle zu entkommen, ein schlaues Tier – aber eben doch bloß ein Tier.«

Das Obstmesser. Sanders gibt ihm einen Stoß, lässt es an Mann vorbei Richtung Libby schliddern.

Dann sieht er Manns Schuhspitzen auf sich zukommen – die Bodenlosigkeit umfängt ihn, endlos, warm und willkommen.

Irgendwer brüllt irgendwo bestialisch. Er selbst? Erstaunlich, Augen auf, und die Welt ist einfach wieder da. Peer Mann nicht. Sanders hebt mühsam den Kopf. Das Geschrei kommt aus der Richtung des Heizungsbrenners, wo Mann sich auf dem Boden rollt, ein Knäuel aus Diesel, Armen, Beinen und Blut. Wenn der bloß endlich tot wäre. Oder wenn Sanders selbst tot wäre. Niemand kann ermessen, wie schwer sich sein Körper anfühlt. Wie egal es ihm ist, ob er jetzt krepiert oder nicht. Er krümmt sich um seine Hand, suhlt sich im tiefen Rotgold am Rande seines Bewusstseins – bis ihn etwas hart in die Seite trifft.

»Hey«, schreit Libby, »hiergeblieben! Ohnmächtig kannst du später immer noch werden!«

Gutes Argument. Er quält sich auf die Knie.

Libbys schweißnasses Gesicht grinst durchsichtig wie ein böser japanischer Katzendämon. In ihrer freien Hand hält sie das blutige Obstmesser. »Ich hab ihm die Achillessehne durchgeschnitten!«, verkündet sie.

Die Frau, die den Regen liebt

Es regnet seit drei Tagen. Das Wasser verwandelt die Stufen des U-Bahnhofs Birkenstraße in so was wie die Niagarafälle. Mein ganzer Körper schmerzt, als ich die Treppe hinunterhink. Ich wünsch mir einen hünenhaften Verkehrspolizisten in glänzender Uniform her, der mich hochhebt und runter auf den Bahnsteig trägt. Ich würd auch für ihn kichern.

Im Krankenhaus riecht es etwas unernst nach Kaffee und Schnittchen. Die Schwester in dem Glaskasten vor mir ist von der jungen, hübschen Sorte.

»Zu Martin Sanders«, sag ich. »Soll von der Intensiv I hierher verlegt worden sein.«

Sie schaut auf. Ihr Lächeln passt nicht hierher und nicht zum Thema. »Sind Sie Libby?«

Mir bricht der Schweiß aus. »Was ist mit ihm?«

»Er redet im Schlaf«, erwidert sie und kaut auf ihrer Unterlippe herum. »Zimmer acht, rechts den Gang runter.«

Ein großer, schmaler Mann kommt mir entgegen. Ich bin schon fast an ihm vorbei, da packt er mich am Oberarm. »Liberty Vale?«

»Ich kenn Ihre Stimme«, sag ich.

»Ich bin der Vater.«

»Wie geht es ihm?«

»Seine ganze Hand ist voller Drähte«, sagt er. »Ich habe nicht erwartet, dass Sie hierherkommen.«

»Weil Sie so ein Menschenkenner sind?«

Die Luft um uns verdichtet sich. Rainhard Sanders hat einen uralten Teddybären im Arm: dunkelbrauner Wollplüsch, bernsteinfarbene Glasaugen. Die Nase fehlt, eine Tatze ist durchgescheuert. Man sieht die Holzwolle.

»Den wollte er nicht«, sagt er und drückt mir den Teddy in die Hand.

»Ihr Sohn hat mir das Leben gerettet.«

Sanders zieht eine Visitenkarte aus der Brusttasche seines Jacketts. »Rufen Sie mich auf dem Handy an, trinken Sie mit mir einen Kaffee.«

»Ich weiß nicht. Würden Sie das machen?«

»Ich warte auf Ihren Anruf.«

Hinter uns schieben Pfleger ein quietschendes Krankenbett über den Flur.

»Schöner Name, Rainhard«, sag ich und dreh die Visitenkarte von rechts auf links. »*Rain hard* – wenn es Englisch wäre. Ich bin ja eine Frau, die den Mairegen liebt. Der macht so bescheiden, der Regen. Und Wassermeditation ist überhaupt gut für den Blutdruck.«

»Ich habe nachgedacht, wissen Sie.«

»Machen Sie sich's doch einfach zur Gewohnheit«, sag ich und lass ihn stehen, zugunsten seines Sohnes.

Wir kommen in Ordnung

Ich klopf an die Tür, und als es still bleibt, drück ich sie vorsichtig auf. Es ist ein Einzelzimmer. Sanders steht mit dem Rücken zu mir am Fenster. Seine hohe, schlanke Gestalt wird von einem bodenlangen schwarzen Morgenmantel aufrecht gehalten, wie ein Priester von der Soutane.

Sanders dreht sich langsam um, sein Gesicht ist zerschrammt, aber in seinen Augen leuchtet die Wärme eines Liebesgedichts. Ich versuch das zu ignorieren, denn keine Frau von Verstand hat für so einen Blick je genug Schmerzmittel intus.

Sanders' linke Hand ist mit einem Klettverband vor seinem Bauch fixiert, sie sieht fremd aus, wie am Arm angebunden, ein Fleischfetzen in Jodgelb, Blutbraun und mit silbernen Stahldrähten. Ich klammer mich an dem alten Teddybären fest und starr die Hand an. »Das da«, murmel ich, »das tut mir wahnsinnig leid.«

»Liberty Vale.« Er lächelt. »Warum liegst du nicht selbst in irgendeinem Krankenhausbett?«

»Du hast mich davor bewahrt«, sag ich. »Nur Prellungen, Zerrungen und leichte Rauchvergiftung. Wie geht's dir denn, Mensch?«

Er schaut auf den Bären in meinem Arm. »Ich komme zurecht.«

»Du hast wirklich eine unwiderstehliche Art, niemanden zu brauchen«, stell ich fest.

»Das täuscht. Setzen wir uns?«

»Nein.« Sanft bebend stell ich die Frage, wegen der ich gekommen bin: »Das war ja alles vollkommen irre von dir. Wie konntest du denn so was machen, du Idiot? Was, wenn deine Hand jetzt steif bleibt? Dann kannst du vielleicht nie mehr richtig arbeiten!«

Sanders' Augenbrauen heben sich mit zeitloser Eleganz und zeitloser Ironie. »Eine Hand ist eine Menge wert«, sagt er. »Aber ein Mann kommt auch ohne zurecht.«

»Junge, du redest eine Grütze ...«

»Ich habe getan, was ich getan habe, weil ich etwas gefunden habe, das mehr wert ist als eine Hand.«

Ich sag nichts. Ich bin damit beschäftigt, die Luft anzuhalten.

»Etwas, ohne das kein Mann zurechtkommen kann.«

Ich atme überhaupt nicht mehr.

»Ich habe mit meiner Mutter telefoniert«, fährt er fort. »Ein guter Freund ist mehr wert als eine Hand.«

Möglich. Vor allem wenn seine Lippen so schön sind, dass ich ohne sie ziemlich schlecht zurechtkomme. Immerhin, Sanders legt mir seinen rechten Arm um die Schulter und drückt mich mit einer schmerzhaften Zärtlichkeit fast an sich – soweit der Teddybär das zulässt.

Als Sanders sich vorbeugt und mich rechts und links auf die Wangen küsst, spür ich seine Wärme. Sie riecht nach Sommerwind am Meer und frischgewaschener Baumwolle. Fast schließ ich meine Augen, fast streift die Hitze seiner Lippen mein Ohr. Fast macht er ein winziges, federleichtes Wahnsinnssehnsuchtsgeräusch, das mir scharf mitten ins Herz fährt. Plötzlich liegt seine Stirn fast an meiner. Baby, nimm mich!, muss ich denken. Nimm meine Quecksilberseele, schreib deine Dunkelheit auf meine Haut, schreib *Was du liebst, das lass frei,* als wär da gar kein Abstand mehr zwischen uns. Aber der Abstand ist da, es ist nur ein Zentimeter, aber dieser Zentimeter ist tiefer und tödlicher als der San-Andreas-Graben.

Ich halt Sanders noch ein Sekundenzehntel fest, und natürlich ist dieses Zehntel in seiner Schönheit nur der Aufschub eines letztlich unvermeidlichen

Abschieds – dann reiß ich mich zusammen und lass ihn los.

»Alles cool, Sanders«, sag ich schwer atmend und rück meine Schultern zurecht. »Wir kommen schon wieder in Ordnung, was?«

Vom Mehrwert der Moral

»Es stirbt sich leicht in Berlin.«

Der Mann, der das sagt, heißt Simon Glass. Er lehnt an der Holztäfelung seiner Bibliothek und schaut hinaus auf Brandenburger Feuchtwiesen. Er sieht aus wie der Held eines viktorianischen Abenteuerromans, wie Allan Quatermain vielleicht. Glass trägt seine dunklen Haare zum Zopf gebunden, Nickelbrille, schmale karierte Weste mit Samtkragen. Seine Hemdsärmel sind aufgekrempelt. Er hat Unterarme wie ein Holzfäller.

Kriminalhauptkommissar Hinrich Kaplan genießt es, dass mal ein anderer das Reden für ihn übernimmt.

»Der Kapitalismus ist enthemmt, wissen Sie«, fährt Glass fort. Er löst sich vom Anblick des Landes und kommt zu Kaplan an den ovalen Holztisch. Jürgen Schrödter, Saskia Schwarz und Baustadtrat Drohbeck halten sich auf der anderen Seite des Tisches an ihren Kaffeetassen fest. »Der Strukturwandel verdrängt die Armen aus ihren Kiezen, Herr Drohbeck, aus den Städten«, doziert Glass. »In

Frankreich brennen schon die Banlieues. Geld wird zum Erfüllungsgehilfen einer als sozial ungerecht empfundenen Globalisierung. Auch in Europa sehen viele Gewalt mittlerweile als legitimes politisches Mittel gegen die sogenannten Bonzen an. Dabei machen beide Parteien einen fatalen Denkfehler: Nicht Reichtum, sondern soziale Gerechtigkeit ist Freiheit. Unsere Stiftung will verhindern, dass sich die Menschen in Deutschland radikalisieren.«

Jürgen Schrödter tippt auf das Konzept, das vor ihm auf dem Konferenztisch liegt. »Wir schlagen vor, dass die Rabennest-Siedler eine Genossenschaft gründen, die Anteile der Sanierungsgesellschaft aufkaufen und sich selbst verwalten. Was wir brauchen, ist eine schnelle, vollkommen bankenunabhängige Lösung. Ohne Schufa und Schnickschnack. Selbst ich bekomme ja schon keinen Autokredit mehr, und mein Vater ist 83, Magda 85. Da hat man nicht mehr viel Spielraum.«

»Es gibt kein gottgegebenes Recht auf ein Happy End im Leben, wissen Sie?«, merkt Saskia Schwarz an.

Arthur Drohbeck rutscht unruhig auf seinem Stuhl hin und her, als hätte er kapiert, dass sie sich Arroganz nicht leisten können.

Kriminalhauptkommissar Kaplan staunt. Schließlich hat das Gehirn des Baustadtrats in etwa die Spritzigkeit einer gepökelten Walnuss. Aber die Schwarz sitzt Drohbeck im Nacken. Die meisten Weiber sind ja dümmer als zehn Meter Feldweg. Doch die Schwarz ist anders, sie macht bei jedem Funktionsträger auf Liebe, dabei ist sie so knallhart, als hätte sie das Blaue vom Bandstahl abgeleckt. Kaplan weiß jetzt, dass sie Drohbeck bereits seit ihrer Zeit bei der Berliner Wohnungsbaugesellschaft unter ihrer Fuchtel hat. Er war dort ihr Chef, vielleicht auch schon ihr Komplize, bevor er sich für die Politik freistellen ließ.

Kaplan hat bislang nur einen Fehler gemacht: Er ist zu langsam gewesen. Den Fehler hat er sofort korrigiert, als ihm Martin Sanders einen Link zu der Cloud mit seinen Ermittlungsergebnissen geschickt hat. Jetzt sitzt Waltraud Trasseur in ihrer Einzelzelle. Sie ist davon überzeugt, dass Saskia was mit ihrem Mann hatte und beide den Oli, Mamas kleinen Immobilienkönig von Deutschland, ausbooten wollten. Waltraud hatte ihrem Oli die nötige Munition gegen Saskia und ihren Mann liefern wollen, indem sie ihm das Foto von der Beratungskostenrechnung geschickt hat. Aber der Oli war zu harmlos, der hätte einfach noch Zeit gebraucht.

Im Haftkrankenhaus wartet Peer Mann darauf, dass ihm der Fuß wieder anwächst, und brabbelt wirres Zeug. Kaplan glaubt ihm. Natürlich, er hat den Waschke geschubst, aber das war schlimmstenfalls Körperverletzung mit Todesfolge, bestenfalls ein Unfall. Merkwürdig, dass oft gerade Kerle mit einem stählernen Willen eine solch innere Materialspannung haben, dass ihr Verstand durch eine scheinbare Kleinigkeit wie die brechenden Augen eines Hausmeisters pulverisiert wird.

Kaplan hat Sanders angerufen und sich bedankt. »Ich will was ganz Familienfreundliches versuchen, um diesen Fall aufzulösen«, hat er gesagt. »Eine Mediation. Ich kenne da eine engagierte Stiftung, bei der habe ich einen Termin gemacht. Kommen Sie doch mit.«

»Bravo. Und ich dachte schon, Sie wollten Ihre Amoralität bis zum Sankt-Nimmerleins-Tag kultivieren. Aber ich muss meine Hand schonen, wissen Sie. Ich brauche mal eine kreative Pause.«

»Jeder, der so was sagt, zieht sich drei Wochen später für den *Playboy* aus, Sanders«, sagte er, und sie haben beide gelacht.

Kaplan zündet sich eine Zigarette an, um Drohbecks Angstschweiß nicht riechen zu müssen. »Wir machen nicht oft eine Mediation«, sagt er. »Wenn ich nicht so chronisch überlastet wäre, könnte ich vermutlich beweisen, dass Sie, Frau Schwarz, sich selbst fünfhunderttausend Euro aus der Kasse der Berliner Wohnungsbaugesellschaft überwiesen haben. Sie, Herr Drohbeck, haben eine Menge Immobilien, und das sind alles ehemalige Landesliegenschaften, die Sie erst für kleines Geld an Trasseur verscheuert haben und dann von ihm privat gekauft haben. Die Sanierungsaufträge haben Sie ohne Ausschreibung freihändig an Peer Manns Firmen vergeben. Dafür gab's auch ein paar schöne Provisionen. So was macht man nicht. Vielleicht beweise ich das auch einfach, und Sie alle gehen für ein paar Jahre in den Knast – wer weiß. Aber weniger Arbeit hätte ich, wenn Sie über die goldene Brücke gehen würden, die ich Ihnen hier gerade baue. Und denken Sie an die Wahlen, Drohbeck. Reinickendorf braucht einen neuen Bürgermeister, nachdem Herr Mann nun nicht mehr zur Verfügung steht. Und es liegt eine

Menge Charme darin, der Klügere zu sein, der nachgibt.«

»Unsere Stiftung wäre bereit, allen Bestandsmietern Mikrokredite ohne Sicherheiten zu gewähren, damit sie sich an einer Genossenschaft beteiligen können«, sagt Simon Glass. »Bei uns gibt es kurze Entscheidungswege. Geben Sie mir eine Mieterliste, und unser Sekretariat arbeitet die Papiere aus.«

Kaplan zieht einen Zahnstocher aus der Brusttasche seines Hemds und puhlt sich damit das getrocknete rotbraune Blut von Oliver Trasseur unter den Fingernägeln hervor. »Waltraud Trasseur kann die Anteile ihres Mannes nicht erben, weil sie als seine Mörderin nicht von ihrer Straftat profitieren darf. Weitere Verwandte gibt es nicht.« Kaplan zieht an seiner Kippe und beschließt, das Gerücht um Oliver Trasseurs unehelichen Sohn dem ewigen Schweigen zu überantworten. »Wahrscheinlich fällt das Erbe an das Land Berlin. Mit dem Liegenschaftsamt habe ich schon gesprochen. Die schulden mir auch was, wenn ich nicht öffentlich mache, dass Frau Schwarz sie abgezogen hat, als sie noch bei der BWG war.«

»Ist das nicht alles illegal, Herr Hauptkommissar?«, zischt Saskia Schwarz.

»Wollen Sie mir erzählen, was illegal ist? Man kann Beziehungen zum Guten oder zum Bösen nutzen. Vorausgesetzt, man hat sie. Rainhard Sanders jedenfalls wird seinen Anteil in die Genossenschaft einbringen. Peer Mann wird wohl unter Pflegschaft gestellt werden. Da bleiben nur Sie, Frau Schwarz, und Herr Drohbeck übrig.«

»Der Oli, das war so ein beschissener Versager!«, bricht es aus der Schwarz heraus.

»Hören Sie«, sagt Kaplan. »Sie sind doch eine junge, hübsche, talentierte Person. Diese Rabennest-Mieter hassen Sie. Sie werden Ihres Lebens nicht mehr froh mit der Siedlung.«

»Aber mein ganzes Geld steckt da drin!«

»Das ist nicht Ihr Geld. Außerdem werden Sie schon neues Geld machen, mit Ihren Talenten. Und ich verspreche Ihnen: Wenn Sie beide Ihre Anteile nicht an eine Genossenschaft verkaufen, mache ich Ihnen so lange die Hölle heiß, bis Sie die letzten zwei Wochen für die schönste Zeit Ihres Lebens halten.«

Saskia Schwarz zickt noch ein bisschen, aber dann unterschreiben sie eine Absichtserklärung. Kaplan gibt ihr noch zu verstehen, dass er immer ein Auge auf sie haben wird. Er hat sogar den *Nord-Berliner* abonniert.

Später, auf dem Weg nach draußen, fragt Simon Glass Kaplan: »Dieser Martin Sanders, der dir geholfen hat, was ist das für ein Mensch?«

Kaplan zündet sich eine Zigarette an. »Vielleicht wäre der was für euch. Der ist verdammt schnell im Kopf, aber seine Seele ist definitiv in Gefahr. Ich hab immer gedacht, diese Privatschnüffler gibt's nur in zwei Ausführungen: Jäger oder Sammler. Aber Sanders ist was Eigenes. Er ist ein Angler, er wartet. Und wenn er mal was fängt, wirft er's gleich wieder rein.«

Gute Tage

Es ist schwer, aber nicht unmöglich, mit einer Hand Auto zu fahren, vor allem wenn man sein Tonic Water mit genügend Schmerzmitteln verschnitten hat.

In der Nacht hat es aufgehört zu regnen. Das alte Fährhaus an der Havel ist winzig, aber sein Schieferdach glänzt schon von Weitem wie ein polierter Gewehrlauf. Mit seinem feuchten Backsteinsockel, dem schiefen hellgrünen Turm und den Fensterläden, von denen die Farbe abblättert, wirkt es wie ein verlebter Aussteigertraum.

Bei der Testamentseröffnung hat man ihm den rostigen Schlüssel dafür gegeben. Sanders öffnet die Tür, es riecht nach Hausstaub und Brackwasser. Er durchstreift das Häuschen wie der Geist einer Vergangenheit aus Angelruten und Klappstühlen – ein verwundeter König in seinem zerstörten Land.

Auf Sanders wirken die Blumenmusterzimmerchen wie geschrumpft, aber sie fühlen sich gemütlich an in ihrem Elend. Es ist ein Ein-Personen-Glücksort. Trotzdem ertappt er sich dabei, dass er sich einen zweiten Menschen in dieses Stillleben hineindenkt. Das und ein paar gute Tage im lichten Schatten unter dem Apfelbaum im Garten. Noch einmal in der Küche Fisch essen und selbstgemachte Ingwerlimonade aus Marmeladengläsern trinken.

Im rostigen Wintergarten steht ein nautisches Messingfernrohr zwischen Spinnweben auf einem Dreibein aus Kirschholz. Sanders schaut hindurch.

Er sieht eine Krähe, die vor dem Schilf am Havelufer auf einem halb versunkenen Ruderboot sitzt. Der Name des Bootes ist Veronika.

Es ist ein heiterer Tag mit hellblauem Himmel und scharf begrenzten Schönwetterwolken. Sanders kann mit seinem Fernrohr sehr weit sehen, bis hinüber zu den nagelneuen Seniorenresidenzen drüben am Brandenburger Havelufer. Er kann weit sehen, aber nicht so weit, wie einige Notare um Mitternacht für nichts und wieder nichts gehen.

Danke

Abschließend ein Schreibtipp: Schreiben Sie niemals allein! Suchen Sie sich ein Korrektiv. Mir geholfen haben die unvergleichlichen Carola Wolff, Ramona Karthe, Bianka-Maria Rehle, Anders Alborg und natürlich die Chefin, Claudia Johanna Bauer.

Mein besonderer Dank geht an Elmar Klupsch, Agentur BookaBook, für die Rettung meiner Hauptfiguren.

Dieser Berlin-Krimi wurde vollendet an der Ostsee, der er viele melancholische Momente verdankt.

Ebenfalls im Jaron Verlag erschienen:

288 Seiten, ISBN 978-3-89773-738-9, **€ 9,95**

Die selbstbewusste Lea Storm mit ihrem Faible für gutes Essen und schottische Whiskys und der kantige Kommissar Glander stehen im Mittelpunkt eines knisternden Gegenwartsromans, mit dem Beate Vera ein ganz neues Spannungsgenre kreiert: den Provinzkrimi aus Berlin.

Ebenfalls im Jaron Verlag erschienen:

320 Seiten, ISBN 978-3-89773-770-9, **€ 9,95**

Auch Beate Veras zweiter Berliner Provinzkrimi lebt von den menschlichen Abgründen hinter der Stadtrandidylle. Exkommissar Martin Glander und seine Kollegin Merve Celik gründen eine private Ermittlungsagentur. Gleich der erste Auftrag scheint das Team zu überfordern.